YVONNE

NOUVELLES VAGABONDES

Yvonne.

Histoire d'une jeune fille.

La princesse d'Élide.

Nouvelles Vagabondes.

PARIS

DENTU, ÉDITEUR

DE LA SOCIÉTÉ DES GENS DE LETTRES

PALAIS-ROYAL, 15-17-19, GALERIE D'ORLÉANS

187.

YVONNE

NOUVELLES VAGABONDES

ORLÉANS, IMP. DE G. JACOB, CLOÎTRE SAINT-ÉTIENNE, 4.

ÉMILE MONESTIER

Médecin de la marine nationale.

YVONNE

NOUVELLES VAGABONDES

> **Yvonne.**
> **Histoire d'une jeune fille.**
> **La princesse d'Élide.**
> **Nouvelles Vagabondes.**

PARIS
E. DENTU, ÉDITEUR
LIBRAIRE DE LA SOCIÉTÉ DES GENS DE LETTRES
PALAIS-ROYAL, 15–17–19, GALERIE D'ORLÉANS

1879

Nous offrons au public, et particulièrement aux amis de l'auteur, les *Œuvres littéraires posthumes* d'Émile Monestier, médecin de la marine nationale, enlevé par les fièvres à la Réunion, le 22 juin 1876.

Émile Monestier avait passé sa vie dans ces rudes fonctions de la marine militaire, toutes de dévoûment, de péril et de sacrifice, surtout lorsqu'on les exerce sous le ciel brûlant des tropiques. Il avait successivement habité la plupart de nos colonies d'Afrique, le Sénégal, le Gabon, Mayotte, la Réunion, Nossi-Bé, Sainte-Marie de Madagascar. Ces terres françaises perdues comme des points dans l'immense Océan, il les connaissait et il les aimait. Maintes fois il a les décrites en prose, il les a chantées en vers avec une tendresse éclairée qui n'indiquait les défauts que pour mettre plus en relief les qualités. Mais, ingrates maîtresses, elles ne l'ont pas payé de retour. Il touchait au terme réglementaire d'une carrière honorée et laborieuse; il allait prendre une retraite bien légitimement gagnée, quand ce climat terrible qu'il avait bravé tant de fois l'a mortellement frappé.

Des loisirs que lui laissaient ses travaux professionnels, Émile Monestier avait fait deux parts : la première et la meilleure, il la consacrait à des études publiées dans les *Annales de la médecine navale*, et dont les lecteurs de cet estimable recueil n'ont peut-être pas perdu tout souvenir. La deuxième était accordée au délassement d'une vie si active. Monestier aimait les lettres, et cet amour n'avait chez lui rien de platonique. Volontiers il charmait les longs ennuis d'une traversée, d'une surveillance de quarantaine ou d'un service à terre, en jetant sur le papier, suivant l'inspiration du moment, prose ou vers, pièces légères ou pages satiriques, rêveries de l'exilé qui songe au pays lointain ou morceaux de plus haut vol dans lesquels le poète maudit les haines civiles et adjure les partis de faire à la Patrie le sacrifice de leurs inimitiés. Déjà, en 1874, Émile Monestier avait publié chez Jouaust, sous le titre de *Vagabondes*, par Émile ORMESTINE, un premier volume. Il nous a légué comme un pieux devoir le soin de compléter cette publication. Nous obéissons à sa dernière pensée avec l'espoir que ce nouveau volume sera le bienvenu auprès de tous ceux qui aimaient Monestier pour la bonté de son cœur et la fermeté de son caractère.

Nous nous reprocherions de terminer cette courte préface sans faire connaître un trait qui suffirait à gagner à la mémoire de Monestier l'estime de tous les gens de bien. Comme soldat et comme citoyen, il avait doublement souffert des désastres que l'incroyable folie du second Empire avait valus au pays pendant l'Année Terrible. Après la perte de l'Alsace et de la Lorraine, il résolut de contribuer, dans la mesure de ses moyens, à l'œuvre de ceux qui essayaient de réparer, au moins en partie, tant de ruines accumulées. Sur la très-modique fortune qu'il avait amassée par l'effort de toute une vie de travail et d'économie, il prit 20,000 fr., et il attribua cette somme à l'orphelinat créé au Vésinet par l'Association alsacienne-lorraine dont M. d'Haussonville est le dévoué président. C'est sous la protection de ce souvenir que nous livrons au public les *Œuvres posthumes* d'Émile Monestier.

S. A.

YVONNE

SIMPLE HISTOIRE D'UNE FILLE DE BREST

————·⋈·———

Nous sommes en Bretagne, dans la bonne ville de Brest, en 1845. Ce magnifique port de mer s'avance sur l'Océan, à l'extrémité de l'antique Armorique, presqu'île où s'arrête la France du côté de l'Ouest, où l'Europe elle-même trouve ses confins, d'où le nom de Finistère donné au département dont Brest est, sinon le chef-lieu, du moins la ville la plus importante.

A Quimper siége l'administration civile, en tête le préfet et les services placés sous sa dépendance ; à Brest, c'est la marine de guerre, la préfecture maritime confiée à un vice-amiral ; l'arsenal, qui forme

1

comme une seconde ville enfermée dans la première ;
la rade, avec ses vaisseaux et ses frégates, ses cor-
vettes servant d'école aux aspirants et aux mousses,
pépinière de nos officiers et de nos meilleurs
marins.

A Brest, tout est de la marine, par la marine ou
pour la marine de guerre.

La marine fait tout par elle-même. Elle a ses soldats, ses artilleurs, ses médecins, ses ingénieurs, ses
tribunaux, ses bibliothèques et jusqu'à ses gendar-
mes, qui ne reconnaissent que trop les matelots en
bordée, et qui les détestent cordialement. C'est un
état dans l'État. Qu'un incendie éclate dans le port,
ce sont les pompiers de la marine qui l'éteignent : le
public n'entre pas ; et à l'époque où se passait cette
histoire, c'étaient les forçats qui faisaient la chaîne
pour alimenter les pompes, et l'on a vu ces êtres dégradés donner parfois des preuves d'un courage et
d'un dévoûment sublimes. La chaîne !... c'est le nom
même que l'on donnait jadis à une bande de galé-
riens, venus de tous les points de la France, dans ces
pandémoniums du crime, qu'on appelle les bagnes.

Jetons un coup d'œil sur la rade, où les plus
grands vaisseaux paraissent petits, tant l'enceinte, où
ils sont comme des points, est immense. Et encore l'œil
ne peut-il en suivre les détours, les baies éloignées,

les embouchures des rivières qui viennent s'y jeter, après avoir arrosé de fertiles vallées.

L'entrée de cette rade est le Goulet, veritable goulot étroit, de plus d'une lieue d'étendue, aux côtes hérissées de forts et de canons, et facile lui-même à défendre aujourd'hui, avec des torpilles qu'un guetteur éloigné peut faire éclater soudain, à l'aide d'une machine électrique.

Dans le fond de la rade, le paysage se termine par les montagnes d'Arrée, dont l'ombre de granit se profile sur un ciel couvert et sombre. C'est pourquoi les Bretons tiennent tant à leur soleil : il est si beau quand il ne pleut pas, et quand l'astre bienfaisant réussit à dissiper les nuages !

Ce granit, ce ciel de brouillards, des bruyères, des forêts de pins contribuent à donner aux Bretons un caractère taciturne et mélancolique, une allure sérieuse et méditative, et, pour ainsi dire, la foi dans des puissances inconnues. Mais leur âme est fortement trempée ; leur énergie est comme leurs durs rochers. Leur résignation, leur religion ardente et naïve, tout cela est en harmonie avec ce sombre cadre.

Il est vrai que la ville où se passent les événements que nous allons raconter n'est pas l'endroit où il faut chercher le caractère breton tel que nous venons de le dépeindre.

Si les Bretons ont la franchise et les vertus hospitalières de leurs ancêtres, ils sont loin d'en avoir conservé intacts et le type de race, et les mœurs, et les allures.

C'est que Brest est, à vrai dire, une colonie où se sont donné rendez-vous des Français de tous les points cardinaux, de tous les ports, de la Manche, de l'Océan, comme de la Méditerranée, et beaucoup aussi de l'intérieur. Paris fournit nombre d'officiers de marine, et ce ne sont pas les moins audacieux ni les moins instruits. Cette allée et venue perpétuelle d'étrangers, ou, si vous voulez, de colons, a créé une population, une race nouvelle, et qui ne ressemble en rien aux Bretons bretonnants. On se marie beaucoup à Brest; on y prend sa retraite.

Brest forme, ou plutôt formait alors deux villes disparates, essentiellement distinctes, séparées par la rivière de Penfeld, où est creusé le port de guerre : la ville élégante sur la rive gauche, le Brest proprement dit; de l'autre côté, Recouvrance, asile des marins et des ouvriers de l'arsenal, cité chère aux calfats, qui contre son séjour n'échangeraient pas les capitales du monde. Comme a dit un poète : « Voir Naples et mourir, » le calfat dirait, dans la nostalgie des campagnes lointaines : « Revoir ma Recouvrance et mourir. »

C'est en bateau que l'on traversait les quelques centaines de mètres qui séparent les deux rives, les deux villes. Il fallait payer, si ma mémoire est fidèle, deux liards, soit deux centimes et demi par tête, et le bateau partait quand treize personnes avaient fourni leur obole à ce moderne Caron qui, au lieu de morts, portait des gens bien vivants dans sa barque. Ce qui peut étonner, c'est que le chiffre treize ait trouvé grâce devant la population superstitieuse de la Bretagne.

Débarquons sur le quai de Recouvrance, car c'est là que naquit et habite notre héroïne.

Recouvrance est mal bâtie, mal pavée, mal éclairée, mal percée. Les rues sont tortueuses et escarpées : il faut toujours monter et descendre. Son nom vient probablement d'une statue de Notre-Dame-de-la-Recouvrance, placée sur une colline par la piété des marins d'autrefois qui venaient, après leurs longues absences, remercier Marie de les avoir sauvés du naufrage, et de leur avoir permis de venir au pays recouvrer la santé du corps, et celle de l'âme au foyer domestique.

Yvonne Legoff habite la rue d'Assas, rue étroite, sale et retirée. Elle est née en 1828 — nous sommes en 1845 : — c'est vous dire qu'elle a dix-sept ans.

Yvonne est la fille d'un ouvrier du port et d'une femme du peuple. Elle a trois frères et une sœur.

Voilà donc cinq enfants : c'est ce qui reste des huit que sa mère a eus. Comment ces pauvres gens sont-ils arrivés à élever tant de monde? Tout au plus le père gagnait-il, comme charpentier, 2 fr. 50 par jour. Quant à la mère, avec tant d'enfants sur les bras, les soins de l'intérieur l'absorbaient trop pour qu'elle pût aller travailler au dehors. Ces enfants, mal logés, mal nourris, mal vêtus, souffrant de tout, ont vécu grâce à la Providence qui bénit les ménages pauvres, grâce aussi à cette rude nature bretonne dont ils avaient hérité de leurs ancêtres.

Yvonne courait sur la grève de la Ninon et se retrempait ainsi aux brises de mer, si bienfaisantes pour l'enfance. Vous raconter ses premières années ne sera pas bien long. Dès qu'elle put faire quelque chose, elle travailla, non pas à l'aiguille, ce qui est ici la distraction des petites filles, mais à un ouvrage pénible : laver, par exemple, quand il fait un froid glacial ; porter des fardeaux ; aller, deux fois par semaine, au port, chercher les copeaux de menu bois que le gouvernement, dans sa munificence, abandonne aux familles d'ouvriers. C'est une véritable étude à faire que d'aller voir les types de celles qui font cette besogne. Des vieilles femmes en haillons, courbées avant l'âge, souvent la face rougie par l'eau-de-vie : d'anciennes beautés qui ont lutiné les

capitaines de vaisseau, alors enseignes ou lieutenants,
qui ne les reconnaîtraient plus aujourd'hui. Quelques-
unes, les plus adroites, mènent leur fille qui grandit
à cette curée du bois de chauffage, espérant qu'un
vieux retraité, célibataire égrillard, viendra la relu-
quer sous ses guenilles, habile à trouver une perle
dans le fumier. Et puis que l'on vienne dire que
ces filles, presque des enfants, sont vicieuses; qu'elles
courent après les hommes et sont avides de jouis-
sances et de luxe. Cruelle ironie! On les bat à la
maison; on les malmène tant qu'on peut; tout juste
si elles ont le temps de faire leur première communion. L'école n'existe pas pour elles —je me trompe:—
il y a l'école du vice, celle du mal, si puissante sur
un être fragile et ignorant.

Le père d'Yvonne était mort d'un accident survenu
dans le lancement d'un vaisseau, et sa fille aînée,
Margaït, sans surveillance, avait déserté le toit paternel pour courir avec les galants. La veuve avait
une pension modique de 250 fr., richesse relative qui
lui permettait d'entretenir le reste de la famille. Elle
commençait à être vieille et infirme avant l'âge; aussi
fallait-il voir comme la pauvre Yvonne soignait ses
jeunes frères. Elle était devenue la véritable mère de
famille, et ces soins touchants lui donnaient, avec sa
physionomie naturellement douce et gracieuse, un

tel cachet de candeur et de pureté, que les plus
corrompus n'eussent pas osé la poursuivre de leurs
obsessions. Elle était de petite taille, mais bien
prise, blonde, avec des yeux vert de mer, mais de
grands yeux ombragés de beaux cils; un regard
plein de limpidité; les lèvres roses, un peu charnues,
mais finement relevées sur les coins; un menton
rond, fin, à fossette; une oreille petite et mignonne;
un cou ni trop long ni trop court, bien attaché, ni
trop gras ni trop maigre, un cou svelte, et le reste
à l'avenant. J'oubliais qu'elle avait le nez en trom-
pette, comme les grisettes de Brest. En somme, du
galbe et une physionomie charmante.

Comme elle travaillait de bon cœur, pour soulager la mère Legoff, perclue de rhumatismes, et lui
permettre de s'offrir, trop souvent, hélas! un petit
verre de schnick! Le travail! saine et sainte occupation qui, en fatiguant le corps, repose l'esprit et
empêche les idées folles de vagabonder à travers les
faibles cerveaux des jeunes filles! Elle n'avait pas
le temps de lire de romans, et quand même, elle
n'eût pu le faire pour une bonne raison : c'est qu'elle
ne savait pas lire. Elle le regrettait bien parfois; et
quand elle allait toucher le trimestre de la pension
de sa mère, elle rougissait un peu quand le trésorier
de la marine lui faisait faire une croix sur le mandat.

Mais à qui la faute, si tant d'enfants d'ouvriers des ports de guerre sont illettrés? C'est une grande faveur que d'être admis à l'école des mousses, et les pupilles n'étaient pas encore créés.

Donc Yvonne travaillait sans cesse; elle repassait du linge, et ce qu'elle gagnait servait à payer l'école de deux de ses frères : elle voulait les faire instruire, afin qu'ils pussent apprendre ce qu'on ne lui avait pas montré. Elle se développait ainsi, et devenait une belle fille de dix-neuf ans à marier. Pas de bals, pas de danses, mais quelques promenades sur le quai ou sur la place du rempart, et l'on rentrait se coucher de bonne heure, pour se lever tôt.

Les jeunes garçons du voisinage remarquaient déjà la jeune personne, et plusieurs avaient déjà fait mine de la demander en mariage à la vieille maman. Mais quand celle-ci abordait ce chapitre, la jeune fille répondait toujours : « Rien ne presse, bonne mère; je n'ai pas encore fini de grandir, et vous voulez me marier? Mon cœur n'a pas encore parlé. » C'était vrai; mais sa pensée allait plus loin : elle se devait à sa mère, à ses jeunes frères; et, malgré la voix de la nature qui ne reste pas toujours muette pour les jeunesses, elle sentait que son rôle tutélaire cesserait d'exister du jour où elle ne s'appartiendrait plus. Tous ces jeunes godelureaux qui tournaient autour

1.

d'elle, épris de ses beaux yeux et de sa sagesse, se seraient-ils accommodés de vivre avec la vieille et avec les trois moutards ?

Quelques voisins, sous-officiers de la marine, ouvriers, et leur famille, constituaient la petite société au milieu de laquelle Yvonne trouvait, le soir, un peu de distraction. Le dimanche, en hiver, on grillait des marrons dans le feu ; on buvait une bouteille de cidre, et l'on faisait une partie de bézigue, ou bien tout le monde, petits et grands, s'attablait au loto, et le profond silence n'était troublé que par un quine soudain plein d'émotion, ou par les lazzis d'un jeune fourrier qui, à chaque numéro, accolait une épithète : « Quatre, le chapeau du commissaire ! — Dix.... putez-vous les gros lots ! — Soixante-quatorze, mon beau vaisseau ! — Soixante, Thérèse ! — Quatre-vingt-dix, tout le monde sur le pont ! » C'était toujours la même plaisanterie depuis l'invention du noble jeu de loto ; mais on riait tout de même de bon cœur.

Pendant l'hiver de 1847, hiver bien dur pour le pauvre monde, car le pain était hors de prix, les blés attendus d'Amérique n'arrivant pas, la misère était à son comble dans le pauvre peuple. Cet hiver-là, la mère Legoff mourut d'une attaque d'apoplexie, causée par son intempérance. Avec la mère Legoff disparut soudain la pension qui faisait vivre tout c e monde. Comment faire marcher la maison? Les petites épargnes d'Yvonne avaient disparu pendant la disette. L'avenir apparaissait sous les couleurs les plus lugubres. L'aîné des garçons n'avait que quatorze ans et ne gagnait que 40 centimes par jour, comme apprenti ; le kilo de pain était à 80 centimes. Yvonne sentait le découragement s'emparer de son esprit, elle jusque-là si forte, si confiante ! La religion, secours des affligés, la foi en un être supérieur, qui dirige toutes les choses et n'abandonne pas les malheureux, la soutenait encore dans son accablement. Les voisins, les parents ne pouvaient rien que s'apitoyer en paroles prolixes sur le sort de ces infortunés ; mais leur propre misère les empêchait de sentir tout ce qu'avait de poignant la position d'Yvonne.

Des commères lui disaient d'aller trouver la tireuse de cartes, la mère Conon, qui lui ferait le grand jeu et lui annoncerait peut-être pour bientôt la fin de sa détresse. La pieuse Yvonne laissait babiller son monde. Ses derniers sous n'étaient pas pour la devineresse ; elle avait son idée, idée bien simple, bien naïve : c'était d'aller acheter un cierge et de le porter, pieds nus, à la madone de Sainte-Anne, en compagnie de ses jeunes frères. Superstition, direz-vous ; j'en conviens. Mais ce sacrifice, cette fatigue que l'on impose à son corps dans un but de pénitence, cette foi en une puissance supérieure et consolatrice, qu'elle est touchante et belle à côté de la croyance grossière à la bonne aventure et aux somnambules lucides et extra-lucides !

Il avait plu beaucoup, comme il arrive les trois quarts de l'année dans la bonne ville de Brest. Yvonne se mit en route au jour dit, sans craindre de gercer ses pieds mignons. Le soleil vint dissiper les nuages ; un ciel bleu d'azur remplaça bientôt les nuages gris de plomb qui assombrissaient le paysage, et nos pèlerins eurent une matinée magnifique pour se rendre à la modeste grotte où se trouve la statue de la sainte patronne des marins. Humble autel, humble statue, humble pierre où chacun s'agenouille pour prier d'un cœur sincère.

L'on revenait à Brest d'un pas joyeux, après un repas léger comme la bourse des voyageurs, quand apparut dans le Goulet une belle frégate, la *Pandore*, qui revenait des mers du Sud, après quatre ans d'absence.

Un parent d'Yvonne, Loizic Kergommard, deuxième maître de manœuvre, avait fait la campagne. Il était cousin des Legoff et parrain d'Yvonne. Aussi, jamais n'était-il revenu de ses longs voyages sans rapporter

quelque joli souvenir à sa petite filleule. Tantôt
c'était un perroquet du Gabon, des perruches du
Sénégal, des inséparables de Madagascar, des nattes,
du bois de sandal de Nossi-Bé ; tantôt c'était un
ouistiti de Cayenne, un singe du Brésil (mais Yvonne
n'aimait pas ces vilaines bêtes) ; tantôt des éventails
des Seychelles, si finement travaillés avec ce palmier
curieux qu'on appelle le coco de mer, et qui attend
un siècle pour porter des fruits. Cette fois, Loizic
avait deux superbes kakatoès à huppe verte, avec
une robe d'une blancheur immaculée. Le brave
homme leur avait appris à parler. L'un disait :
« Yvonne ; » l'autre : « mignonne ; » et c'étaient des
cris d' « Yvonne mignonne » et de « mignonne
Yvonne » à réjouir le cœur. Quelle joie, pensait-il,
quand sa petite Yvonnette entendrait ce doux refrain !... Ces vieux loups de mer, habitués à toutes
les fatigues, faits au rude travail du marin, hôtes
plutôt de l'Océan que de la terre qu'ils laissent aux
bourgeois ; ces hommes à l'écorce grossière et à
l'air insouciant, que rien n'émeut, ni la tempête, ni
le combat, cachent sous leur dure enveloppe un
cœur d'enfant, un cœur d'or, prêt à se troubler et à
fondre en larmes à la vue d'une fillette qu'ils ont
endormie sur leurs genoux en lui chantant un refrain
de matelot.

Kergommard avait quarante-un ans. C'était un
vigoureux gaillard, carré des épaules, trapu, mais
bien découplé ; l'œil vif, avec d'épais sourcils roux ;
un collier de barbe un peu grisonnante, laissant un
menton à découvert ; l'énergie et la franchise étaient
empreintes sur son visage. Peu causeur, mais excellent camarade ; dur à la peine, et ne rechignant
jamais devant une corvée pénible, Loizic était aimé
de ses camarades et du matelot qui le respectait, et
estimé de ses supérieurs. S'il n'était que second
maître, l'équivalent de sergent dans la troupe, c'est
qu'il lui manquait une chose indispensable pour
parvenir : l'instruction. Il n'avait guère eu le temps
d'aller à l'école pendant son enfance. Mousse à sept
ans sur un bâteau de pêche de Douarnenez, il avait
appris à bourlinguer et non pas à lire, et encore
moins à écrire. Ce ne fut qu'à l'âge de vingt ans,
quand il embarqua sur un navire de guerre pour
faire son service, que, poussé par l'envie de connaître, il fréquenta l'école du bord, mais avec moins
de succès que n'en méritait sa bonne volonté. Oh !
pour tout ce qui était du métier, il n'avait pas la
tête dure. Quant à la lecture, c'était une autre
affaire, et sa main calleuse avait de la peine à
former ces petits corps sans âmes qu'on appelle des
lettres. Enfin, au bout du voyage, il déchiffrait tant

bien que mal dans un livre imprimé en gros caractères et savait signer son nom peu lisiblement. Ce
fut son pont-aux-ânes, qu'il ne put pas franchir. Le
loto aidant, il avait appris ses chiffres.

Des actes de courage et de dévoûment, son expérience professionnelle, l'avaient fait nommer quar-
tier-maître, puis second maître, en une quinzaine
d'années : avancement modeste, mais auquel il pouvait à peine prétendre avec un aussi mince bagage
littéraire.

En grande tenue, il alignait sur sa poitrine quatre
médailles de sauvetage au ruban tricolore ; et, par-
dieu ! notre homme avait fort bonne mine sous
l'uniforme, son chapeau ciré crânement rejeté en
arrière. Mais, à côté de ces mérites et de ces belles
qualités, Loizic avait un petit défaut : il était vif
comme la poudre et professait un profond mépris
pour les *cabillots,* c'est-à-dire pour les fantassins.
Il n'y eût pas eu grand mal à cela, s'il eût gardé
cette mauvaise opinion à l'égard de ceux qu'il appelait des « pousse-cailloux » dans le fond de sa cervelle ; mais un soir, le jour de la fête de la Sainte-
Barbe, où l'on avait fait de trop copieuses libations
d'arrack, où le *tord-boyaux* avait succédé au *sacré-
chien tout pur,* Loizic, sobre d'habitude, avait la tête
montée, et, passant dans la rue des Coups-de-

Triques (à Brest) avec des camarades, il avait vu
des matelots de son bord en dispute avec des militaires, et, oubliant tout, il s'était mis de la partie
pour bûcher sur le troubade, bien plus pour l'honneur du bouton et pour le plaisir de s'amuser un
peu que par brutale méchanceté, car, à jeun, il
n'eût pas voulu faire du mal à une mouche. Bref, il
se remua si bien qu'un cabillot resta sur le carreau :
il en fut quitte pour deux dents brisées et quinze
jours d'hôpital. On sut le nom du coupable : l'affaire
fut étouffée ; mais Loizic, porté pour la croix à
l'affaire de Mogador, où il avait encloué deux canons
sous le feu de l'ennemi, fut rayé du tableau, et ce
fut tout. Par la suite, cette malechance laissa une
impression pénible dans l'âme du pauvre garçon, et
un nuage errait toujours sur son front.

A peine arrivé en rade, Kergommard fut au courant de la situation de sa filleule et de la petite
famille. Il avait des économies, et la joie revint sous
l'humble toit d'Yvonne. La *Pandore* donna un bal
au Treillis-Vert, et le galant parrain y mena sa
pupille, qui fit, ma foi, brillante figure, quoique peu
habituée à ces fêtes et bien modestement parée.
Mais sa gentillesse, rehaussée par sa vertu, lui donnait mille attraits, et sa timidité imprimait à sa joue
un vif coloris qui lui donnait une grâce nouvelle.

Kergommard s'amusait-il à ce bal? J'en doute. Il ne dansait pas, mais son amour-propre était flatté de se voir le cavalier d'une si jolie personne, nouvelle Cendrillon qui attirait tous les regards, car on n'était pas accoutumé à la voir dans ces joyeuses réunions. Notre marin se promenait gravement dans le salon, jusqu'au moment où l'on fit une ronde à laquelle sa gaucherie dans l'art de Terpsichore ne l'empêchait plus de prendre part. Excellente occasion pour secouer son flegme et se dégourdir. On chanta l'air de : *Nous n'irons plus au bois,* et Loizic, au fameux : « Embrassez qui vous plaira pour soulager vos peines, » prit Yvonne dans ses bras, et lui colla de gros baisers sur les deux joues : elles étaient brûlantes.

Pauvre Loizic! ce feu qui empourprait les joues d'Yvonne, il fut assez naïf pour l'attribuer à une tout autre cause qu'à la cause véritable et pourtant bien naturelle. C'était la joie, la reconnaissance qui faisaient si vivement circuler le sang dans tout l'être de la jeune fille, et elle était à la fois heureuse et fière, en rendant devant tout ce monde les baisers reçus, de montrer qu'elle n'était pas ingrate envers son brave cousin.

Sur ces entrefaites arriva la révolution de 1848.

On cria beaucoup : *Vive la République!* dans la

bonne ville de Brest, quand la malle-poste arriva de
Paris, le 26, avec les nouvelles, et pavoisée de dra-
peaux tricolores dont les couleurs étaient renversées.
On chanta, non, on hurla la *Marseillaise* dans les
rues et au théâtre ; on écorcha le *Chant des Giron-
dins* et le *Chant du Départ*. Beaucoup de bruit, peu
de besogne. Le sous-préfet, ce bon M. Cocagne,
sommé par une dizaine de patriotes, — ils étaient
bien sept au grand complet, — demanda un quart
d'heure pour faire adhésion au gouvernement nouveau, après quoi il fit placarder une proclamation
emphatique, terminée par un cri chaleureux de :
Vive la République ! Cette conversion si subite méritait bien une récompense : il garda sa place huit
jours de plus, digne fruit de sa platitude.

Kergommard, qui ne se doutait guère de ce qu'est
la politique, jugeait que les choses allaient mal, et
disait que si l'on ne nommait pas le prince de Joinville président, on ne pouvait plus savoir où l'on
irait. Par économie, on désarmait les navires, et l'on
parlait de diminuer les cadres. On congédiait les
marins des classes. Ses longs services, ses bonnes
notes lui firent obtenir de l'emploi sur la corvette
des apprentis marins. Le voilà amarré dans le port
pour longtemps : genre de vie nouveau pour lui, qui
s'ennuyait au bout d'un mois de terre.

Que faire dans un port, à moins que l'on n'y
songe ? Notre homme qui, jusque-là, n'avait pas
plus fait cas des femmes que d'une vieille chique,
sentit germer dans sa tête de vagues idées de *matri-*
monium. Entreprendre cette campagne au long cours
qu'on appelle le mariage, chose qui naguère lui eût
paru phénoménale, lui semblait maintenant l'affaire
la plus naturelle du monde. La femme était toute
trouvée, et les moutards étaient déjà grandelets : je
veux dire les enfants de Legoff, auxquels il s'était
attaché comme s'ils eussent été son propre sang,
depuis qu'il vivait à terre. N'était-ce pas le moyen
d'assurer le sort de son Yvonnette et de toute la ni-
chée ? La jeune fille ne dirait pas non. N'avait-elle pas
refusé déjà plusieurs prétendants, jeunes gens bien
tournés, qui avaient fait leur demande en forme ?
Cela avait suffi pour décider Loizic et lui donner
à penser qu'Yvonne lui gardait et son cœur et sa
main.

Cependant un jeune mécanicien, beau brun de
vingt-cinq ans, avait mille attentions pour elle ; mais,
très-réservé devant le monde, il profitait des moments où Yvonne était seule pour lui glisser dans
l'oreille de ces mots qui font battre le cœur des
jeunes filles, et qu'il accompagnait de regards langoureux. Kergommard voyait ce beau garçon d'un

mauvais œil ; il lui trouvait un air trop muscadin, un je ne sais quoi qui semblait peu naturel, enfin quelque chose de louche. Il lui faisait l'effet d'un aristo qui n'appartenait pas à la même société que lui.

Yvonne paraissait très-sensible, et l'était véritablement, aux attentions du galant mécanicien ; ses manières polies, sa conversation distinguée, ses regards éloquents, quoique voilés, tout cela faisait un peu tourner la tête à notre héroïne, habituée à vivre dans un milieu tout différent. Comment notre Céladon s'était-il introduit dans la place ? D'une manière bien simple. Il avait navigué sur le même navire que Kergommard ; ils avaient vécu dans le même poste pendant trois ans, et, sans avoir de liaison intime, leur caractère et leur âge si dissemblables ne le permettant guère, ils n'en avaient pas moins établi des relations banales qui forçaient le second maître à tolérer les visites du jeune homme. Et puis, au bal du Treillis-Vert, il avait dansé avec Yvonne, et ses visites semblaient n'avoir qu'un motif louable : il lui apprenait à lire et à écrire, ce qui lui permettait de multiplier ses allées et venues.

Au début de ces relations fort innocentes, Loizic ne pensait pas encore au mariage, et c'eût été une cruauté que d'empêcher les prétendants de se pré-

senter. Mais le temps avait marché : on en était toujours aux jolis compliments bien tournés, aux petits
bouquets de violette, sans que le jeune homme eût
fait une déclaration ou une demande en forme.
Yvonne, la candeur même, ne trouvait rien d'extraordinaire aux visites fréquentes du mécanicien : elle se
plaisait en sa compagnie, sans que sa conscience lui
fît le moindre reproche.

Notre bel amoureux s'appelait Loupetto et était né
en Corse. Après avoir suivi les cours de l'école des
arts et métiers d'Aix, il était entré dans la marine
avec l'espoir de devenir un jour officier mécanicien,
en suivant la filière des grades qui mène à l'avancement. Moitié ouvrier, moitié bourgeois, il pensait
à devenir un « monsieur » tout de bon. Se marier
presque au début de sa carrière, et avec une enfant
du peuple, n'eût pas été le moyen de parvenir : son
avenir eût été enrayé. Aussi ne recherchait-il la
demoiselle que par passe-temps, pour faire une conquête, sans plus s'occuper des conséquences que
pourrait entraîner cette amourette.

Heureusement, vers la fin de 1849, il fut rappelé
à Lorient, son port d'attache, et il vint faire ses
adieux aux Legoff, sans rien dire qui engageât
l'avenir. Kergommard se frotta les mains, content
d'être débarrassé de cet importun, qui ne venait

voir sa filleule que pour l'autre motif. Tout s'était
terminé tranquillement ; mais il était temps, car la
moutarde commençait à monter au nez de Loizic.
La jalousie s'en mêlait : elle le mordait au cœur,
lui qui voulait bel et bien le mariage, tandis que ce
jeune freluquet ne songeait qu'à faire une victime.
Certes, il aurait bien perdu sa peine ; mais il
n'y a pas de fumée sans feu, et il valait mieux
pour tout le monde que ce roman en restât à la
préface.

Peu de temps après ce départ, quand le calme
parut rétabli dans le cœur d'Yvonne et que tout eût
repris le train-train ordinaire, Kergommard prit
une décision grave : il résolut d'offrir son nom à
Yvonne ; mais il était fort troublé et très-perplexe, ne
sachant guère comment s'y prendre pour aborder un
sujet aussi délicat.

Comme Yvonne était pieuse et que le vieux curé
de la paroisse lui avait toujours montré de l'intérêt,
notre second maître, après s'être creusé la cervelle,
eut l'heureuse inspiration d'aller trouver le vieux
prêtre et de lui confier la chose bien franchement,
comme il convient « entre-z-hommes. »

L'homme de Dieu, malgré son expérience de vieillard, ne connaissait guère les replis du cœur ni le
trouble que les passions peuvent produire dans

l'âme des femmes qui paraissent le plus à l'abri de leurs ravages. Il approuva le projet du marin, sans s'inquiéter de la différence d'âge qu'il y aurait entre les deux conjoints. Au contraire, il se disait : « Yvonne aura pour mari un homme raisonnable, réfléchi, avec une position toute faite, qui donnera au ménage un bien-être relatif. Cette union sera heureuse. »

Le vénérable ecclésiastique avait vu tant de jeunes couples si mal tourner! Un matelot à 24 fr. par mois épousait une petite couturière qui, de son côté, gagnait 50 centimes par jour : il ne pouvait nourrir ses enfants. Il partait pour un lointain voyage, assurant 8 fr. par mois à sa jeune femme, et celle-ci, trop tôt mère, ne pouvait plus aller à l'ouvrage. Voilà du monde sur la paille. Le besoin, le démon de la tentation s'en mêlant, la pauvre fille oubliait ses devoirs, et au retour des grandes Indes, le pauvre diable de matelot trouvait deux poupons au lieu d'un. Je vous fais grâce du reste.

Le curé sonda le cœur d'Yvonne et entra en pourparlers, sans dire sur le champ de qui il s'agissait, ne parlant que de la position, de l'âge et des mérites du candidat, puis il la laissa réfléchir quelques jours. Ce mystère ne fut pas sans intriguer

Yvonne, qui en dit un mot à Kergommard, ne se doutant guère, la pauvrette, qu'elle prenait pour confident son véritable prétendant.

Notre brave Breton ne s'attendait guère à jouer ce personnage. Aussi, tout désorienté, dans sa brusque franchise, il s'écria : « C'est moi qui veux t'épouser, follette! » et des pleurs vinrent mouiller ses paupières. L'enfant lui sauta au cou sans répondre, et fondit en larmes à son tour : larmes de joie et d'effusion.

Elle comprenait toute l'affection que Kergommard avait pour elle, et cette demande en était une preuve, la plus sincère qu'il pût lui donner. Mais quand elle fut seule, qu'elle envisagea froidement les choses, elle devint pensive et triste, car, en descendant en elle-même, elle sentait bien qu'elle n'éprouvait pour Loizic qu'une affection filiale, une vive amitié, mais pas un brin d'amour.

Elle retourna donc chez le curé quelques jours après, et lui raconta ce qui s'était passé et comment Kergommard avait été amené à lui dire qu'il s'agissait de lui-même dans cette grave affaire.

« Eh bien ! qu'en pensez-vous ? dit le bonhomme. Vous êtes libre de refuser ou d'accepter. Avez-vous bien réfléchi, mignonne ? Que répondrai-je à Kergommard ? »

La jeune fille avait sa décision toute prête, et, sans embarras comme sans joie expansive, elle déclara qu'elle consentait à ce mariage de bon cœur. Disait-elle toute la vérité ? Le bon père la crut, et se donna le plaisir de porter la nouvelle à l'heureux Kergommard.

Oui, c'était le cœur d'Yvonne qui avait parlé. Les nuits précédentes, elle n'avait guère dormi, préoccupée de sa détermination, entendant une voix instinctive qui lui disait : « Refuse, » tandis que la reconnaissance lui dictait une autre conduite. Cruelle perplexité ! Elle ferait trop de peine à ce brave homme en repoussant une demande si honnête. Et pourquoi la repousser ? Quelle raison valable se donner à elle-même ? Car les âmes loyales ne se paient pas de mauvaises raisons. Elle n'en trouvait pas en dehors de cette voix secrète, de ce pressentiment vague qui l'agitait.

Que de jeunes filles de tout rang, que l'on marie avec moins de préparation et qui sont plus inconscientes de ce qu'elles font que la pauvre Yvonne !

Bref, le jour fut arrêté ; on publia les bans, et tout fut consommé.

C'était en 1849 : Yvonne avait ses vingt-un ans. Je ne vous raconterai pas les détails de la noce. Sachez seulement que le commandant de la cor-

2

vette voulut bien signer au contrat, pour montrer à son brave serviteur le cas qu'il faisait de son mérite, et que l'église de Recouvrance fut pleine de curieux. Un loustic, fourrier des équipages, Parisien d'Asnières pour le moins, fit un peu haut cette réflexion : « Ça ne fait rien, la mariée est trop jolie et trop jeune pour son vieux singe de mari : on dirait qu'il est son père. »

Un an, deux ans se passèrent sans événement remarquable. Les garçons de Legoff grandissaient : l'un était ouvrier ; un autre naviguait ; le troisième mourut du choléra, malgré les soins touchants que lui prodigua sa seconde mère. Celle-ci ne pouvait se dire malheureuse, et pourtant elle avait perdu sa gaîté habituelle, et sa physionomie était empreinte de cette vague langueur que les Italiens nomment la *morbidezza*.

Loizic finit par s'en apercevoir et lui dit un jour : « Mais qu'as-tu donc, ma bonne amie ? Si tu étais enceinte, quelle chance ! Je voudrais faire sauter de petits mioches sur mes genoux. » Yvonne sourit..... mais rien ne faisait présager une grossesse. — « Ce sont les pâles couleurs, dit une voisine ; buvez de l'eau rouillée : ça ne coûte rien, et cela rend les couleurs aux jeunes personnes. Moi qui vous parle, j'en ai bu pendant six mois dans ma jeunesse, et je

m'en suis bien trouvée. Mais ce n'était pas comme
vous, ma belle. J'étais encore jeune fille, et le vieux
docteur, en donnant son ordonnance à ma mère,
ajouta : « Vous ferez bien de la marier : comme
« ça pousse, ces jeunesses ? et dire que j'ai vu
« ça tout petit, gros comme le poing. » La mère
Tampon ne s'arrêtait plus quand elle était lancée,
et elle continua encore longtemps à défiler son
chapelet, disant entre autres choses que le docteur
Clamot lui prenait le menton, etc. On la fit taire
en lui offrant un verre de shnaps ; et quand elle
fut partie, Kergommard se dit : « Elle a raison tout
de même, la commère ; il faut appeler le docteur.
Mais je ne veux pas de ces médecins de marine,
vieux ou jeunes égrillards qui caressent le menton
des jeunes femmes. Je prendrai un civil, celui qui
est toujours en habit noir et qu'on appelle le *croque-*
morts. En voilà un qui a l'air grave et qui ne doit
pas penser à la malice ! » Pauvre Kergommard,
comme tu te trompes !... Jeunes ou vieux, sérieux
ou gais, tous ces médecins sont de la même pâte, et
bien fol est qui s'y fie.

On s'adressa donc au vieux Cornières, un décoré
à cheveux blancs, tout pétri, disait-on, d'expérience
et de sagesse. Il percuta, ausculta, palpa, fit tirer la
langue ; il examina les gencives, les paupières, inter-

rogea la jeune femme, et une rougeur vint colorer
son front ; puis il dit : « Ce n'est rien : vous man-
gerez de la viande saignante ; il faut boire du vin,
faire de l'exercice, des promenades à la campagne,
prendre des bains de mer pendant l'été. Dégour-
dissez-vous les jambes, ma petite dame, et surtout
ne lisez pas de romans : cela rend les yeux tout
rouges, et ce serait vraiment dommage de gâter les
vôtres, qui sont si beaux. » Enfin il ajouta une
ordonnance où il y avait, quoi ? du fer, comme avait
dit la mère Tampon ; mais du fer de pharmacie,
avec un nom long comme le bras : une solution de
tartrate ferrico-potassique.

Le docteur Cornières avait vu l'effet, la maladie ;
mais la cause lui avait échappé. L'exercice, la promenade, très-bien : cela repose l'esprit et l'empêche
de vagabonder dans le pays des chimères. Quant
aux romans, nous savons qu'Yvonne n'en faisait pas
sa pâture, et j'ajouterai qu'elle ne savait pas ce que
c'est que Paul de Kock, si cher aux modistes. Sa
bibliothèque se composait uniquement d'un livre de
messse, d'un catéchisme et d'un volume du *Magasin
pittoresque*, et encore ce livre n'appartenait pas à
Yvonne, mais à Loupetto, à qui, vu la précipitation de son départ, on n'avait pas pu le rendre.
Quant à lui, il n'y avait guère songé, ou peut-être

voulait-il laisser cet ouvrage en souvenir de lui à
la jeune personne. Son nom était sur la première
page, où il avait inscrit une petite pièce de vers :

> A imer est un plaisir charmant ;
> M ais ce bonheur qui nous enivre
> E t qui produit l'enchantement,
> L orsqu'on le perd, c'est un tourment ॒
> I l tue au lieu de faire vivre
> E t nous torture incessamment.

Pensait-il à Yvonne quand il avait écrit ces vers ?
Étaient-ils de sa composition, ou bien n'était-ce
qu'une copie, ou plutôt, ne pouvant avec le nom
d'Yvonne faire une strophe passable, avait-il fait servir une seconde fois une pièce composée pour une
autre ? Il n'eût pas été le premier à recourir à cette
ruse, qui ne manque pas de faire des dupes. En tout
cas, Yvonne n'y avait guère fait attention. Elle se fût
effarouchée, si son nom eût été prononcé et mis en
vedette sur le verso de la couverture du livre. Et
puis, connaissait-elle l'amour ? Il faut en avoir subi
les atteintes pour en comprendre les enivrements
et les tortures.

Néanmoins, ce livre rappelait à Yvonne le souvenir
du galant mécanicien qui avait eu naguère de vives
attentions pour elle.

2.

La République était morte de mort violente, étranglée par le neveu du grand homme, qui avait solennellement juré de la servir et de la défendre. Princes et Républiques sont des mots qui hurlent ensemble. Ce qui arriva était prévu : confiez un trésor à un escamoteur pour qu'il soit en sûreté !

Mais les malins, les vieux roués des anciens régimes, les Changarnier, les Guizot, les Odilon-Barrot, le papa Thiers lui-même, et puis les avancés, les Montagnards, qui ne voulurent pas d'une République à l'eau de rose, avec un honnête homme, un Cavaignac pour président, toute cette coalition avait pris le prince Napoléon pour tirer les marrons du feu, espérant les croquer ensuite. Ils croyaient avoir affaire à un imbécile, et ils s'étaient donné un maître plein d'astuce, aussi taciturne qu'ils étaient bavards : le tour était joué. Qui s'en mordit les doigts? Ce fut Jacques Bonhomme, ce fut le peuple, ce fut tout le monde enfin dans notre pauvre France.

Après le coup d'État, les armements reprirent une grande activité dans les ports de guerre, et le tour de Kergommard approchait. Il commençait à se rouiller à terre, et parfois il se prenait à regretter la mer et les émotions qu'elle procure. C'est un fait ordinaire. Celui qui a eu toujours une vie accidentée, qui a beaucoup couru le monde, croit un jour trouver

le bonheur au coin de son foyer, dans son pays natal, au sein d'une famille; mais, tôt ou tard, l'instinct voyageur se réveille, comme chez les hirondelles,
et le plus heureux trouve que son repos lui pèse et
qu'il lui manque quelque chose : il songe alors à
s'envoler vers d'autres régions.

Oui, le pays paraît plus beau, on en goûte mieux
les charmes quand on y revient après une longue
absence. Quelle jouissance de tomber dans les bras
d'une femme dont l'image a toujours été présente à
notre esprit! Mais aussi, que de déceptions nous at-
tendent au retour! Les parents meurent, et l'on
n'était pas là pour leur fermer les yeux; celle que
l'on aimait, une fiancée, recherchée par un autre, a
douté de votre retour, et vous la retrouvez deux ans
après mariée, avec un poupon à la mamelle. Le marin qui part ne se dit pas tant de choses, sans quoi
il ne partirait pas; et puis, combien sont insouciants
et se moquent de ce qui peut arriver, vrais fatalis-
tes, qui prennent le temps comme il vient et se rient
de l'avenir!

Kergommard s'ennuyait : il n'avait pas, comme
d'autres, des enfants pour l'occuper. Les petits Legoff étaient grands et s'étaient débrouillés. Enfin, le
digne second maître pensait toujours à la croix d'honneur, et se disait qu'en faisant campagne il trouve-

rait plus d'occasions de se distinguer qu'en pourris-
sant au mouillage dans un port. Il aurait voulu qu'on
déclarât la guerre à l'Anglais exprès pour lui. Ces
coquins d'Anglais, qui avaient mis « l'autre » sur le
rocher de Sainte-Hélène, ne se doutaient guère qu'en
donnant au héros l'auréole du martyre ils aidaient à
créer la légende qui a fait éclore en France un second empire.

Kergommard partit pour la station des côtes orien-
tales d'Afrique, sur la goêlette de l'État la *Turquoise*,
un bien petit navire à voiles, armé de quatre caron-
nades, mais où il avait le rare honneur de faire un
quart comme officier. Il pouvait donc torcher de la
toile tout à son aise : il se retrouvait sur son élément ;
il n'eût pas troqué son poste à bord de la goêlette
pour celui de premier maître sur un vaisseau à
vapeur. « La vapeur, la machine : la belle affaire !
Naviguer ainsi, c'est un métier de fainéant. Ce char-
bon, ça salit tout ; ces chauffeurs, ce sont des mitrons :
c'est bon pour des nègres. Le bord devient un res-
taurant : les matelots sont des soldats ; mais les ga-
biers, le vrai marin, où est-il ?... Disparu ! »

Voilà à quoi pensait Loizic en fumant sa bouffarde
et en regardant le navire s'espalmer sur la lame. Il
avait emporté la photographie d'Yvonne, et, dans ses
loisirs, il y jetait souvent un regard : il devenait

pensif; mais les occupations du bord coupaient court
à cette rêverie, et le temps s'écoulait.

La *Turquoise* relâcha à Ténériffe, puis au cap de
Bonne-Espérance, pour faire quelques vivres et surtout se procurer de l'eau et des légumes frais. Il faut
avoir navigué pour comprendre avec quel plaisir le
marin, après une longue traversée, déguste un chou,
une salade ou quelques radis. Si Loizic eût été plus
lettré, il eût pu écrire à Yvonne une longue lettre
dans laquelle il lui eût dépeint les contrées par où il
passait : Ténériffe au pic orgueilleux, qui s'aperçoit
de plus de quarante lieues en mer ; Ténériffe aux
brunes Espagnoles, dans les veines desquelles semble
circuler tout le feu des Tropiques ; le Cap, avec des
Hollandaises blondes, dont la blanche peau contraste
si étrangement avec le teint d'ébène du Cafre. Mais
Loizic n'allait guère à terre : il gardait le bord, pendant que les officiers allaient dépenser leur argent
plus vite qu'ils ne l'avaient acquis, car l'argent file
vite aux colonies, surtout dans les pays anglais.
Loizic, à chaque relâche, envoya une lettre bien
brève, dans laquelle il disait qu'il se portait bien, en
souhaitait autant à sa petite femme, et lui adressait
un baiser.

Cent et quelques jours après l'appareillage de
Brest, on mouillait dans la rade de Saint-Denis. Cette

capitale de l'île de la Réunion (jadis Bourbon) est
une fort jolie ville. La plupart des maisons sont en-
tourées d'arbres qui donnent à la côte un aspect
champêtre des plus gracieux. Ici des tamariniers
gigantesques, au frais feuillage, fin et compacte ; là
des manguiers magnifiques, puis des palmiers de
Cayenne, aux cimes élevées ; et plus humble, mais
plus coquet, le palmiste du pays, qui se balance et
agite son panache toujours vert au gré du vent : il
plie et ne rompt pas, même dans les ouragans les
plus terribles. Pourquoi l'a-t-on détruit dans presque
toute l'île ? Pourquoi l'a-t-on remplacé par l'affreux
filao, si maigre, qui rappelle les sombres paysages
du Nord ? Affaire d'argent et de bois de chauffage.
Mais le filao ne conserve pas l'humidité, la fraîcheur
du sol ; il n'étale pas de larges feuilles aux ondées
bienfaisantes de la pluie. Les lianes grimpantes, aux
fleurs les plus richement colorées, donnent encore aux
rues de Saint-Denis un caractère des plus riants. La
fugitive liane de mai, aux massifs neigeux, la pétréa,
avec ses guirlandes du bleu le plus tendre, la Bou-
gainvillea, aux bractées d'un rouge éclatant, l'hy-
poméa, plus sombre, et d'autres encore empruntées
aux diverses parties du monde : tout cela grimpe et
serpente sur la tonnelle. Et sous ce toit de feuillage
et de fleurs viennent, après la chaleur du jour, res-

pirer, voir et se montrer, les charmantes créoles : des fleurs sous des fleurs, bouquet délicieux aux plus enivrants parfums.

On était au moins de janvier, c'est-à-dire à l'époque de l'hivernage, saison des coups de vent, qui sont terribles dans ces mers. On se hâtait de mettre à bord diverses marchandises destinées à Mayotte, où la goëlette allait jouer le rôle pompeux de paquebot. Mais le mauvais état de la mer nuisait beaucoup aux opérations. Pourtant il fallait se hâter. Le baromètre baissait, et la brise, qui hâlait est, augmentait : elle était chaude, le ciel gris, sans un rayon de soleil. « Nous allons avoir un cyclone ; c'est un cyclone. » Ces mots passent dans toutes les bouches. Dans la nuit du 7 au 8, le baromètre baisse encore : il est à 747. Les rafales augmentent ; on a rentré toutes les embarcations et les chaloupes. Les navires chassent sur leurs ancres ; le coup de canon qui ordonne d'appareiller est tiré. Voici une douzaine de navires, trois-mâts, bricks ou goëlettes, neufs ou vieux, qui vont chercher un abri sur la mer immense contre la furie des lames monstrueuses de la rade. Voilà donc l'Océan lui-même qui reste l'unique ressource contre ses propres colères !

Notre goëlette se comportait bien à la mer ; on leva l'ancre, et l'on partit babord amures. Le com-

mandant de la *Turquoise* avait regagné son bord. Il
n'en fut pas de même des capitaines des navires
marchands qui, la plupart, restèrent. à l'hôtel pendant que leurs seconds veillaient à bord et subissaient
l'assaut de l'ouragan. Ces capitaines, la longue-vue
en main, sur la plate-forme de l'hôtel *Joinville*,
regardaient et jugeaient les manœuvres, chacun de-
visant et critiquant; puis ils parlaient de la loi des
cyclones, des typhons, des pampires et des coups de
vent dont la fureur a déjà cent fois éprouvé les côtes
inhospitalières de l'île.

Le vent continua pendant deux jours à augmenter,
ne variant guère que d'un quart dans sa direction.
Puis l'accalmie se fit, le soleil reparut avec un ciel
bleu; la mer restait encore mauvaise. En ville, ce
n'était qu'arbres brisés ou déracinés, toitures ar-
rachées; la rivière, au lit caillouteux et desséché
d'habitude, roulait impétueusement ses flots jaunis
par les terres enlevées aux pentes dénudées. Les navires commencèrent bientôt à rallier la rade : il en
était parti douze. Combien manqueraient à l'appel?
Combien seraient avariés et impropres à la navigation? Deux : le *Fannély* et le *Jeune-Albert* ne repa-
rurent jamais. D'autres perdirent une partie de leur
mâture.

La *Turquoise* fut des premières au mouillage : elle

n'avait que de légères avaries dans son gréement et une vergue brisée. Par malheur, cette vergue, en tombant, avait fortement contusionné Kergommard à la tête, pendant qu'il payait bravement de sa personne dans une manœuvre périlleuse. On l'envoya à l'hôpital militaire. Il resta plusieurs jours sans connaissance, comme idiot, n'entendant, ne voyant, ne comprenant rien. Des soins bien entendus et attentifs firent disparaître ces accidents cérébraux, et la convalescence survint.

La malle était partie pendant ce temps-là, et personne n'avait donné à Yvonne des nouvelles du pauvre malade. Celle-ci crut à de la négligence, à de l'insouciance, à de l'oubli de la part du brave homme qui, en recouvrant ses idées, avait donné sa première pensée à sa femme et avait appelé Yvonne la bonne sœur qui veillait à son chevet.

Loizic n'était pas un pilier d'hôpital, comme on en voit dans les ports, exploitant la bonhomie des médecins et se faisant dorloter en entretenant quelque vieil ulcère ou affirmant ressentir des douleurs imaginaires. Ceux-ci connaissent tous les trucs : ils répondent à la prière et ne manquent pas un office pour avoir les bonnes grâces de la sœur, qui leur paie cette cafardise en petits plats, vin de Bordeaux, chocolat non prescrit et autres douceurs.

La sœur Pancrace avait attaché une médaille de Notre-Dame-de-la-Salette au cou de Loizic pendant son délire, et à son reveil intellectuel, la charitable personne avait eu le soin de dire au marin que son salut était dû à cette médaille et à l'eau sainte dont son front avait été arrosé.

Kergommard, lui, envoya promener l'aumônier de l'hôpital, grand maigre qui voulait le confesser, et la sœur ne put le décider à aller à la chapelle. Il n'était pas incrédule pourtant ; mais il avait la foi sincère à Dieu et à Marie, sans faire aucun cas des prêtres qui font, au dire des marins, venir le vent debout quand ils se trouvent à bord d'un navire. Dès lors Loizic ne fut plus bon à donner aux chiens. La sœur Pancrace lui garda rancune et ne lui ménagea pas ses petites vengeances. Mais passons.

La *Turquoise* allait partir pour les Comores ; le major du bord vint voir les malades qui pouvaient faire campagne, et Loizic eut son *exeat*. Il n'était pas encore bien solide : il avait un bras engourdi ; mais l'appétit était vigoureux, et c'était l'essentiel.

Pendant que la goêlette cingle, avec une petite brise de sud-est, vers le cap d'Ambre, jetons un regard en arrière, et retournons à Brest, où nous avons laissé notre héroïne baignée de pleurs au départ de son mari.

Pauvre jeune femme, toujours si occupée, qu'elle n'avait jamais eu le temps de s'ennuyer au milieu de ses travaux et de ses affections, la voilà seule pour trois ans au moins, n'ayant pour société que des voisins indifférents et ses souvenirs, ou bien des lettres, aussi rares que brèves, mais toujours impatiemment attendues. Elle tomba dans la mélancolie. Elle écrivait bien à Loizic par toutes les occasions et, comme font les femmes, savait toujours trouver mille choses à lui raconter; mais tout cela ne pouvait remplir son existence. Son ménage ne lui prenait plus qu'un temps trop court, et l'appétit s'était envolé.

Sur ces entrefaites, Loupetto était revenu à Brest. Notre brillant mécanicien avait monté en grade. Il vint faire une première visite chez Yvonne, puis une seconde; puis, comme l'accueil de la solitaire avait été aimable, il revint souvent, au point que les voisins commencèrent à jaser. Il était si bien tourné! il avait si bon air!

La mère Tampon, un soir qu'ils étaient seuls, était venue à l'improviste demander des allumettes, curieuse de les surprendre, et avait trouvé les deux jeunes gens côte à côte, la main dans la main et ne soufflant mot, dans cette contemplation muette de deux amoureux qui en sont encore à l'aurore de la passion. Doux instants, chaste volupté, sainte extase, où les sens n'ont aucune part, où tout n'est qu'un sentiment vague, où les objets matériels disparaissent, et où se confondent deux âmes !

La vieille, peu connaisseuse en ces exaltations des cœurs, leur dit : « Vous avez l'air tout chose, vous autres, avec vos yeux blancs et vos figures d'enterrement : vous ne dites rien ! Pardon de vous déranger ; mais vous n'êtes pas gais tout de même. M. Ernest, au lieu de vous regarder comme ça, ferait mieux de vous raconter ses voyages aux Grandes-Indes, pour vous distraire, car vous paraissez bien triste depuis le départ de votre mari, dame Yvonnette ! »

On lui raconta l'histoire du vaisseau *Fantôme*, et on lui fit prendre un verre d'arrack, ce qu'elle attendait, et elle s'en alla en se disant à elle même : « Ça ne fait rien, Yvonne est une femme sage et incapable de faire un trait à son mari : ils étaient comme des petits saints, tous les deux.... mais ce muguet, sûrement, ne vient pas ici pour enfiler des perles. »

Loupetto comprit qu'on les observait et vint moins souvent chez Yvonne. La jeune femme qui, d'abord, ne trouvait qu'une distraction vulgaire dans la venue du beau mécanicien, avait peu à peu trouvé un véritable charme à le recevoir. Elle l'attendait avec impatience, et quand il ne venait pas, son âme était inquiète et agitée. Elle ne pouvait rester en place : tout ouvrage l'ennuyait.

Loupetto lui avait prêté des livres : c'étaient des romans. Elle, qui n'en avait jamais lu, se prenait à n'éteindre sa chandelle qu'à onze heures du soir, et avait beaucoup de peine à s'endormir. Ces histoires d'amour lui faisaient tourner la tête, car c'était toujours des histoires d'amour : *Valentine, Léone-Leoni,* de George Sand ; *Le lys dans la vallée,* de Balzac, et d'autres encore, livres bien plus dangereux que les farces de Paul de Kock ou que les récits grivois de Pigault-Lebrun !

Notre séducteur avait-il conscience du trouble que ces lectures allaient jeter dans l'imagination d'Yvonne, ou bien était-ce sans calcul, sans préméditation qu'il agissait ?

Nous pensons qu'à son âge léger, où le mariage est considéré par les jeunes gens comme une chose sans importance, on ne songe pas de gaîté de cœur à détourner une femme de ses devoirs, à la corrompre, en effaçant chez elle, par des lectures malsaines, la notion exacte du bien et du mal. Les hommes mûrs sont capables de ce machiavélisme ; mais à vingt-cinq ans, à moins d'avoir une âme profondément vicieuse, on agit sans réflexion : on obéit à la

mode, qui prétend qu'un jeune homme doit avoir
des maîtresses, doit faire des conquêtes; on veut
avoir un petit roman dans son existence. On fait des
compliments en l'air, puis on écrit des lettres de
tendresse; on se laisse prendre soi-même; on se
monte l'imagination; on a la tête pleine d'amour; et
comme la chair est faible.... un beau jour, tout est
consommé! Il y a une victime qui se repentira toute
sa vie d'un moment de faiblesse; ou bien cette femme
aura pris son parti sans vergogne, et, jetant son bon-
net par dessus les moulins, se moquant du qu'en-
dira-t-on, elle ira de chute en chute, et cessera de
compter dans ce qu'on appelle le monde, orgueilleuse
et fière de son abaissement, ayant en un mot l'inso-
ience du vice.

Loupetto, s'apercevant que ses assiduités auprès
d'Yvonne la compromettaient (car la passion ne l'égarait
pas autant que la jeune femme), devint prudent et
fit des apparitions plus rares sous le toit de la belle.
Mais il savait glisser dans les livres qu'il lui remet-
tait *coram populo*, sans mystère, des billets tendres,
des lettres que dévorait ardemment la malheureuse,
et qu'elle relisait sans cesse, quand Ernest ne paraissait pas à la maison.

Tout cela était venu si naturellement, que la pauvrette agissait sans se rendre compte de ses actes.

Si elle eût pris le temps de réfléchir dans son âme aux conséquences possibles de ce manége, elle ne l'eût certes pas encouragé : dès le début, elle eût fermé sa porte au nez du jeune mécanicien.

Mais l'amour pénètre graduellement dans les cœurs ; il chemine comme un feu couve sous la cendre, puis éclate avec tant de violence, remue l'âme si profondément, que le recueillement est impossible et qu'on cesse de s'appartenir, ne vivant que pour l'objet aimé : véritable extase qui nous transporte dans un monde supérieur, où tout n'est qu'enchantement.

Vous dirai-je ce qu'écrivait le galant Ernest ? Souvent des vers, ce langage de l'amour créé pour la femme, qu'elle soit du menu peuple ou du grand monde, langue divine, qui est comme une étincelle d'en haut.

A SES FLEURS

Charmantes fleurs, que la femme que j'aime
Un jour daigna cueillir pour mes plaisirs !
Ah ! voulut-elle en vous tracer l'emblème
De son amour, de nos tendres soupirs ?

Douce pensée, est-ce à moi que tu songes,
Pure, sans tache et pareille à son cœur ?
Amourette, ah! n'êtes-vous que mensonge ?
Non, je vous vois près d'une blanche fleur.

Groupe charmant, qui me rappelle Yvonne,
De son amour vous me parlez tout bas :
Vous servirez à tresser la couronne
Que je décerne à ses brillants appas.

TOUJOURS ELLE

Hier soir, je me le rappelle,
Et j'y songerai bien souvent,
Je vis une blanche prunelle
S'élever vers le firmament ;
Je vis un œil vif, plein de vie,
Un regard plein d'expression,
Non pas le regard d'une amie,
Mais d'une amante, empli de passion.
Vers qui s'envolait-il ? Était-ce vers la nue,
Vers la prompte hirondelle, ou bien vers le ciel bleu,
Ou vers moi ? Je ne sais... Mon âme en fut émue,
Et tout mon corps brûla comme d'un nouveau feu.

Ce regard passager sur un si doux visage,
    Moi, je l'ai saisi comme au vol
Et j'en ai conservé la fugitive image
    Comme un voleur recèle un vol.
Ce regard... il est là : je le garde en mon âme,
    Je l'y grave profondément,
Et je me sens brûlé d'une puissante flamme
    Qui me dévore incessamment.
    Mais, hélas! à quoi bon vous dire
    Ce cruel tourment de mon cœur?
    Tout au plus vous ai-je fait rire
    En vous parlant de ma douleur?
    Ah! fou! pour calmer ma souffrance,
    Tremblant, j'allais vous demander
Que cet œil bleu, ce rayon d'espérance
    Daignât encor me regarder.
    J'allais de votre bouche rose
    Implorer un sourire, un mot :
    J'allais demander autre chose;
    J'allais... Mais je m'enflamme trop.
    Je devrais, pour calmer ma peine,
    Savoir philosophiquement
    Me consoler de l'inhumaine
    Qui fait un jeu de mon tourment?

Après les vers, la prose :

« 3 mai.

« Mon cœur déborde. Elle m'a dit : « Je t'aime. »
Ce mot si doux, qui résume tout à lui seul; ce mot,
je l'avais lu dans ses yeux bien avant que sa jolie
bouche ne le prononçât. Mais on doute toujours :
on se demande si l'on n'est pas dupe de sa propre
espérance, si ce n'est pas la trompeuse illusion qui
nous berce et nous leurre comme à plaisir..... Il est
de ces femmes coquettes qui jouent avec l'amour
d'un homme, qui se plaisent à aiguillonner sa passion, qui l'encouragent à parler, pour le repousser
ensuite avec hauteur et dédain.

« Mais Yvonne a-t-elle rien de commun avec ces
êtres sans cœur, qui ne comprennent pas ce qu'il y
a de plus doux et de plus élevé au monde : l'amour?
Yvonne est le miroir de la vérité. Ce que disaient ses
yeux, sa langueur, tout son être enfin; ces doux tressaillements quand ma main touchait la sienne et
que mon visage frôlait le sien, sa bouche me l'a répété avec un accent de l'âme aussi profond que le
sentiment qu'elle éprouve.

« Ce sentiment m'agite aussi vivement, ô ma tendre amie ! il m'enlève la conscience de mon être, au

point que je me demande par moments si je suis dans
la vie réelle ou dans le royaume des songes.

« Je baise ces beaux cheveux blonds, qui sont bien
les tiens, et que je porte toujours sur mon cœur. Ils
ne me quitteront jamais, et je veux qu'on les laisse
à mon cou quand je mourrai, pour les emporter
dans la tombe. La mort..... elle est bien loin de
nous; mais je ne la craindrais pas, si je t'avais
possédée un instant, une seule minute. Oui, elle
nous frapperait dans les bras l'un de l'autre ; qu'il
me serait doux de mourir alors!... Nous resterions
ainsi unis éternellement, confondus dans une étreinte
suprême.

« Il doit y avoir, au ciel, des bosquets charmants
où ceux qui ont aimé du véritable amour jouissent
d'un bonheur parfait, sous l'œil de Dieu seul, lui qui
nous a donné la faculté d'aimer, pour nous doter de
la félicité la plus complète.

« La terre, les humains, tout ce qui remue autour
de nous m'importune et m'obsède. Je suis jaloux de
la brise qui se joue dans ta chevelure, de la fleur qui
parfume ton sein.....

« Horreur! un autre a profané ce beau corps, et
ses baisers n'étaient pas purifiés par l'étincelle sacrée de l'amour! Mais à quoi pensé-je? quelles fu-
nestes images troublent mon esprit? Ton cœur, ton

âme n'ont jamais appartenu à un autre : moi seul,
oh ! répète-le-moi, j'habite dans leurs replis les plus
profonds qui ne se sont ouverts que pour celui qui
devient fou de cette violente passion.....

« Hier, j'ai fait un rêve horrible ! Un homme te
couvrait de baisers ardents, et tu lui souriais, et tu
lui rendais ses baisers ; et dans ma rage, je vous
tuais tous les deux sur la couche impure... Pardonne-moi, Yvonne : je divague, ma raison s'égare,
et j'évoque des images cruelles qui te font souffrir !...
Te faire souffrir, toi, ma vie, toi dont je ne veux
que le bonheur !...

« J'allais déchirer ces pages fiévreuses, ces idées
confuses et étranges : je ne sais ce qui m'arrête...
Je veux que tu saches ce que j'éprouve, au risque
même de t'affliger cruellement ; il faut que tu con-
naisses toutes mes pensées, puisque nos deux âmes
sont sœurs et doivent s'appartenir l'une à l'autre.
Mon cœur est comme l'Océan : tantôt calme, comme
par un beau soir d'été, où le flot vient mourir mé-
lodieusement sur une plage unie ; tantôt gonflé et
agité, comme dans la tempête, il gronde et bondit. Mon sein est oppressé, tumultueux comme la
vague furieuse. Mon sang est une fournaise ; il me
brûle et bouillonne dans mes artères ; je crois te
tenir et te presser contre ma poitrine, te dévorer de

mes baisers de feu qui t'embrasent à ton tour...
Un voile passe sur mes yeux... une nuit profonde
m'environne... J'appelle... pas une voix ne répond à
la mienne : le cauchemar m'étouffe... Yvonne est
loin... elle dort paisiblement ; elle ne se doute
pas de mes tortures, et pourtant elle m'a dit : « Je
« t'aime ! »

« Non, ce n'était pas un rêve ! »

« 12 mai, onze heures du soir.

« Ce baiser, qu'il était doux ! Mon âme s'est con-
fondue avec la tienne dans cet embrassement d'une
seconde, et cette seconde, cet instant fugitif dure
encore, et un feu puissant circule dans tout mon
être, et ma lèvre est encore brûlante ! Comment te
dire ce que j'éprouve ? comment analyser mes sensations ? Je suis comme transporté dans un autre
monde : c'est le ciel qui s'ouvre pour moi. Je ne
vois rien, je n'entends rien : tout ce qui m'entoure
ne semble plus exister. Je suis à tes côtés : ta tête,
ta tête charmante est penchée sur ma poitrine, et
tes regards humides sont chargés d'une molle langueur ; mes lèvres pressent tes lèvres, et une nouvelle vie passe dans notre être. Jouissance ineffable !...

Un nuage enveloppe mes idées... je ne sais si
j'existe, si c'est le rêve ou la réalité. Des pleurs
inondent mon visage. Puis je reviens sur la terre ;
je cherche auprès de moi, et je suis seul... L'ange
que j'adore s'est envolé, a disparu dans une vapeur
dorée, comme si elle retournait aux cieux... »

» 14 mai.

« Il y a deux jours que je ne t'ai vue : deux
jours, c'est un siècle !... Je ne vis pas quand je
cesse de te voir. Répète-moi que tu m'aimes, que tu
veux être à moi, que nos destinées sont sœurs et
seront inséparables.

« Vivre ainsi loin l'un de l'autre, est-ce vivre ?
J'ai passé hier sous tes fenêtres, et j'ai aperçu ton
ombre derrière les rideaux. As-tu deviné que j'étais
là, l'âme oppressée, respirant à peine, désirant te
voir ou même retrouver quelque chose de toi, boire
l'air que tu as respiré ? J'ai disparu bien vite pour
ne pas te compromettre auprès du voisinage, et
j'errai longtemps avant de regagner ma demeure.
J'errai sur l'esplanade qui borde la mer, sous les
ormeaux séculaires, où l'esprit se recueille, et où
ton image me suivait comme mon ombre. C'est là

que j'éprouve un soulagement à ma peine, quand la brise vient rafraîchir mon âme toute brûlée de tes feux. C'est là que je voudrais, ton bras sur mon bras, ou bien assis sur la pierre, me trouver à tes côtés, sentir le doux parfum de ton haleine.

« Tu as allumé dans mon être une flamme violente qui me dévore, qui m'agite sans cesse et trouble ma raison... Je crois que je suis fou ! Et tu n'as pas pitié de ma peine, et tu me laisses me consumer seul, pensif et soupirant !...

« La femme est donc un démon qui ne se plaît qu'à faire souffrir les hommes, qui se plaît à les transporter une minute jusqu'au ciel, pour les faire retomber ensuite sur la terre, plus encore, pour leur faire subir des tortures infernales ?...

« Par moments, mon cerveau s'égare ; il me prend de sinistres envies de me précipiter du haut de la falaise du cours d'Ajot sur les grèves, où un passant retrouvera mon corps en lambeaux sur les aspérités des rochers.

« Mais qu'ai-je dit ? Suis-je donc déjà devenu insensé ? Ne m'as-tu pas répété ce doux mot : « Je « t'aime ? »

« Puisque tu m'aimes, prouve-le-moi : aie pitié d'un malheureux que ton silence ferait mourir...

« Ernest L.... »

Pauvre Yvonne ! quel chemin avait fait la passion dans son cœur jadis si fort ! Cette lettre, qui aurait dû l'éclairer sur l'abîme qui s'ouvrait sous ses pas, fit l'effet tout contraire à celui qu'elle eût produit sur un esprit calme et réfléchi. Elle ne vivait plus : toutes ses pensées étaient pour celui qui, après avoir pris une petite place dans son âme, avait fini par la remplir tout entière. Elle n'avait pas encore écrit à son Ernest : elle prit la plume avec précipitation et écrivit sans la moindre rature...

Elle ne tournait pas des vers à tête reposée, le front appuyé sur la main gauche et le coude sur la table. Elle n'avait jamais songé à aligner des phrases, et quand elle écrivait à Kergommard, ce qu'elle lui disait venait si naturellement, qu'il lui semblait mettre sur le papier ce qu'elle aurait dit de vive voix, si elle eût causé avec son mari. Mais l'amour a cela d'étrange, qu'une femme, même sans instruction, trouve, pour s'adresser à l'objet de ses rêves, des élans, des expressions qui surprennent au premier abord. Grandes dames ou grisettes, toutes, quand elles ont le bonheur ou le malheur d'être violemment éprises, toutes, quand elles sont en proie à la passion, ont des termes éloquents pour l'exprimer.

« Cruel, que voulez-vous de moi ?... Si c'est ma vie que tu me demandes, je te la sacrifie, je te la donne.

« Ce secret de mon âme n'est plus un secret pour toi : je t'aime, et cet amour, qui m'embrase, me tue et me fait vivre. Es-tu content que je t'écrive cet aveu d'un cœur fragile ? Veux-tu plus encore ? Veux-tu qu'à la face du ciel et de la terre je crie, dans ma misère, que je ne vis que par toi et pour toi, et que jamais mon cœur n'a tressailli pour un autre ?

« Oui, je t'aime à en mourir, et tu le sais trop, et tu abuses de ma faiblesse. Je croyais pouvoir marcher le front haut, avec une flamme pure, éthérée, qui m'eût dévorée à petit feu... Mais les hommes sont insatiables : les hommes ne sont contents que lorsque l'honneur d'une frêle créature a succombé. Tu veux mon honneur : je te le donnerai pour sauver ta vie...

« Mais c'est un jeu méchant qui t'a dicté ta lettre. Si tu ne pensais pas ce que tu m'écris, ce serait un crime... Songes-y, je te haïrais autant que je t'aime, si je pouvais penser un seul moment que tu abuses de ma tendresse. Ah ! comment mon cœur a-t-il pu se laisser surprendre ? Cet amour, qui me paraissait une lueur d'espérance dans une sombre

nuit et dans mon abandon, comment est-il devenu
une atroce douleur et le désespoir de ma vie?...

« Je relis cette lettre fatale qui trouble mon repos
et me rend folle.

« Oui, tu m'aimes, cher Ernest, du plus profond
de ton âme ; je le sens à l'amour que j'éprouve moi-
même et qui m'emporte auprès de toi.

« Espère, et vis !... Ce soir, à la nuit tombante, en
noir et voilée, j'irai vers l'allée sombre...

« Mille baisers.

« Ton Yvonne qui est à toi. »

Cela était écrit à bâtons rompus, mais d'une main
ferme. Elle cacheta en hâte cette lettre et la fit
porter à son adresse.

Le sort en était jeté !...

Plusieurs semaines s'écoulèrent, qui furent bien
rapides pour Yvonne, en proie à une perpétuelle
agitation fébrile, remuée tour à tour par les fougues
de la passion et du remords. Sa physionomie, jadis
si douce et si calme, s'était transformée : ses yeux
excavés lançaient des éclairs ; sa joue était creusée ;
son teint pâli se colorait parfois de rougeurs su-
bites. A la rondeur d'un frais visage avait succédé
un air maladif, des traits allongés qui n'enlevaient

rien à la grâce de la jeune femme et semblaient
au contraire lui donner un caractère de distinction
qui lui manquait auparavant. Ses nuits étaient sans
sommeil, et une fièvre lente la minait sourdement.
Depuis que Loupetto avait assouvi ses désirs, ses
lettres étaient devenues plus brèves, moins passion-
nées et aussi moins fréquentes. Yvonne faisait un
retour sur elle-même, sur son égarement fatal, et
la terrible réalité commençait à lui apparaître.

Kergommard avait enfin donné de ses nouvelles,
annonçant à la fois et sa maladie et la guérison ;
mais il cachait une partie de la vérité. Il ne disait
pas que, depuis son arrivée à Mayotte, sous l'in-
fluence des chaleurs de l'hivernage, il souffrait vivement de la tête, et que son bras droit était comme
engourdi, ce qui ne laissait pas de le rendre morose
et inquiet. La vie du bord est monotone, surtout
quand on navigue dans les parages de la ligne :
brise faible ou du calme ; quelques grains, mais
rien à redouter, si ce n'est la trop vive ardeur du
soleil.

Sur les grands navires, le personnel est nombreux ; officiers ou maîtres trouvent entre eux une
société, un milieu commun où la conversation, les
jeux, font paraître le temps moins long, jusqu'à ce
qu'on arrive à une relâche où l'on rattrape le

temps perdu. Mais sur les petits bâtiments, avec un personnel excessivement réduit, l'ennui ne tarde pas à envahir les esprits. Bien rares sont ceux qui se créent, par le travail du cabinet, les distractions indispensables à la conservation de la santé de l'âme et du corps.

Ces beaux officiers, si attrayants dans les romans que publie la *Revue des Deux-Mondes,* deviennent maussades et insipides. Ils pointent l'annuaire tout comme nos troupiers de garnison et font avec un jeu de cartes des réussites sans fin. Le pauvre diable qui, pour arrondir sa bourse, pour subvenir à une famille nombreuse, a accepté le commandement d'une goêlette, vit dans une solitude forcée qui le ronge, le reportant sans cesse vers le foyer conjugal, au milieu des siens. Il évite, par dignité ou par vergogne, de se familiariser avec ses inférieurs, mange seul, perd l'appétit, et devient morose et sombre. Les moustiques, les cancrelats, des rats innombrables lui refusent le sommeil : heureux quand des manœuvres répétées ne l'empêchent pas de reposer sur la dunette, dans un fauteuil de toile !

Kergommard, qui ne pouvait guère se livrer à la lecture, ne pensait plus qu'à une chose, en dehors de ses occupations banales : à sa femme, à cette

jeune Yvonne qu'il avait laissée seule à Recouvrance.

Les lettres qu'elle lui envoyait étaient moins affec-
tueuses et plus rares. Il est vrai que les occasions
manquaient; mais celui qui a besoin d'être soutenu
dans son isolement devient égoïste... Il accuse vite
d'indifférence et d'oubli ceux dont il ne reçoit pas
de nouvelles, sans tenir compte des difficultés maté-
rielles.

La *Turquoise* était tranquillement ancrée, en vue
de Mayotte, dans la rade paisible de Dzaoudzy.

Quand le navire a franchi une passe étroite, mais
profonde, bien balisée par des bouées, il se trouve
dans un magnifique port naturel, formé, d'une part
par une ceinture de coraux sur laquelle la lame
déferle et se brise, et d'un autre côté par la terre
elle-même, largement et profondément découpée.
Une chaîne de montagnes centrale, avec des sommets
s'élevant à 660 mètres et couverts d'arbres séculaires, constitue un horizon qui n'est pas sans grandeur. Le terrain est fortement accidenté, découpé
par des vallées arrosées de jolis cours d'eau, et le
voisinage de la mer est égayé de magnifiques plan-
tations de cannes.

Ça et là la cheminée d'une usine, une maison à
l'européenne, un village de cases en paille ou en raf-

fia et couvertes de feuilles tressées de cocotier, témoignent de la présence de l'homme et de la vie au
milieu de ce paysage rustique. La mer elle-même a
sa végétation : de grands arbres, fortement serrés, au
feuillage toujours vert, les uns, d'un ton pâle, les
autres d'une couleur plus sombre, le palétuvier rouge
et le blanc, s'avancent sur la vase ou sur le sable du
rivage et se mirent dans les eaux dormantes. Des
tourterelles roucoulent dans ces bois amphibies. Le
courlis y lance son cri aigu et plaintif. Des maques,
cette espèce de singe propre au groupe de Madagascar,
viennent s'y abriter, se tenant à la portée des bana-
niers qui avoisinent les habitations.

Cette île est charmante : elle l'était surtout avant
la destruction d'une partie de ses forêts et de ses cocotiers, dont le blanc avide n'a pas su exploiter les
produits si rémunérateurs, préférant à des résultats
certains les éventualités pleines de promesses, mais
trop souvent décevantes, de la canne à sucre, avec
son attirail de machines compliquées et ruineuses.

Cette île est charmante..... et la ville, si l'on peut
appeler cela une ville, est bâtie sur un affreux rocher, planté par l'homme de tristes bois noirs dépouillés près de la moitié de l'année. Quelques châlets,
plutôt faits pour la Suisse que pour la zone équato-
riale, servent de demeure aux nombreux fonction-

naires qui administrent de loin toute la colonie, peuplée de 7,000 à 8,000 âmes. D'un côté, la belle nature, l'activité agricole et industrielle; de l'autre, le rocher triste, sans eau potable, l'étroitesse d'une prison et le morne *far-niente*.

Pourquoi donc ceux qui prirent possession de cette île au nom de la France ont-ils établi le siége du gouvernement sur cet aride îlot, vouant d'avance à la nostalgie ceux qui par nécessité devaient l'habiter?

Mayotte serait trop beau, même avec les chaleurs élevées de l'hivernage, si, au tableau flatteur que nous en avons tracé brièvement, il n'y avait une ombre. La fièvre, la *malaria* hante ces parages et les rend dangereux pour l'Européen et pour le créole des Mascareignes. C'est donc surtout par peur de la maladie qu'on s'est fixé à Dzaoudzy, gratifié par dérision du nom de plateau. On voulait faire aussi de ce rocher un petit Gibraltar, et le quart de l'argent dépensé inutilement dans ce but aurait suffi à bâtir une ville confortable et relativement salubre sur l'île principale, désignée du nom de Grande-Terre. Que sais-je? On redoutait encore les incursions des Sakalaves, qui, de la grande île Malgache, étaient venus naguère, chassés par la guerre civile de leur patrie, chercher un refuge aux Comores, et y porter leur humeur guerrière et batailleuse.

La population de Mayotte est un curieux mélange
de races coloriées qui, tour à tour, s'y sont donné
rendez-vous ou y ont été introduites. Les noirs de la
côte d'Afrique, Mozambiques, Makouas et Cafres, y
grouillent à côté du Malgache, du Betsimitsarack de
Sainte-Marie et de l'Antalotte, sorte de métis arabe
de la côte de Zanguebar. Toutes ces races, grâce à la
polygamie, se sont mélangées à l'infini et ont cons-
titué le Mayottais proprement dit ou Mahori, sans
type bien déterminé. Les Anjouannais et les Comoriens
des îles voisines, arrivant par surcroît, n'ont fait
qu'accroître la confusion.

Plus isolée, avec ses rades inhospitalières, plus
grande et plus saine, la grande Comore (*Komoro,* feu
élevé, car elle renferme un volcan encore en activité) possède une population plus stable, à caractère
mieux déterminé et qui n'est pas sans beauté. De
stature élevée, les Comoriens ont généralement le
teint rougeâtre, les traits réguliers, avec un œil vif
et les lèvres un peu épaisses, mais sans difformité.
Les cheveux sont soyeux et frisés; mais l'usage veut
qu'ils soient rasés, d'après la loi de Mahomet. Les
dents seraient belles, si une couche de teinture de
noix d'arec n'en masquait la blancheur.

Selon l'usage oriental qui a suivi les Arabes partout où ils ont pénétré, les femmes se peignent les

sourcils et le cou ; elles se teignent les ongles et la paume des mains avec le henné, se couvrent de bijoux, et leurs fines oreilles sont surchargées d'anneaux et de pierres fausses, et le lobule est disgracieusement dilaté pour donner asile à de larges pièces d'orfévrerie.

Les extrémités sont fines et potelées, vraiment aristocratiques. Les attaches des bras sont irréprochables ; l'ensemble est svelte, avec des contours arrondis, et formerait un tout charmant, n'étaient les coutumes absurdes qui gâtent le visage et déforment la poitrine.

La souplesse et la grâce sont unies à la vigueur chez les jeunes Comoriennes. Il faut les voir, au début de la récolte du riz, danser la danse de la première gerbe qui passe au pilon : c'est comme une fête de Cérès. Chaque jeune fille sort du cercle rapide de la ronde pour prendre comme au vol le pilon des mains de celle qui la précède, frappe dans l'auge et bat des mains en faisant sauter le pilon, que saisit à son tour une autre danseuse, et l'on s'accompagne de chants et de battements cadencés des mains frappées l'une contre l'autre, entremêlés de roulades stridentes ou d'un glouglou tyrolien.

La légèreté du costume flottant dans l'espace, l'animation vive, le paysage au milieu duquel se passe la

4

scène, tout cela donne à nos danseuses un caractère
sauvage qui frappe fortement l'esprit du nouveau
débarqué.

Je pourrais vous décrire la danse infernale des
Makouas, presque nus, frappant vigoureusement le
sol de leurs pieds sans chaussures, et agitant des
sortes de grelots fixés à leurs mollets comme des
jambières.

Plus loin, les Malgaches psalmodient leur chant
mélancolique.

Chacun garde la marque de sa race originelle;
chacun a ses affinités et ses mœurs. De rares Euro-
péens et quelques créoles sont comme noyés dans
cette population à part, objet intéressant d'études
pour le psychologue et le physiologiste, mais triste
société pour un pauvre diable comme Kergommard.

Après un premier mouvement d'étonnement, le
marin s'ennuie au milieu de ces moricauds et se
reporte vers la patrie absente. Ainsi faisait Loïzic,
que le mal du pays commençait à envahir dans son
désœuvrement. Il n'avait jamais eu si peu de besogne,
et c'était le moment où il eût eu le plus grand besoin
d'occupations physiques, pour empêcher son esprit
de vagabonder. Son isolement n'avait pour correctif
que la fréquentation de quelques sous-officiers ou de
bas employés de la colonie, qui passaient leurs soirées

à vider des grogs ou des petits verres, entremêlés de chansons bachiques ou grivoises.

Ce régime était loin de convenir au tempérament de Loizic : le rhum, même à petite dose, ne tardait pas à lui faire tourner la tête et à réveiller les douleurs dues à son ancienne blessure. Le silence d'Yvonne contribuait à lui faire chercher une consolation dans l'ivresse, et il ne se sentait plus, comme autrefois, la force de résister à la tentation. Son énergie était brisée ; en un mot, ce n'était plus le même homme.

On a vu souvent ainsi des caractères des mieux trempés, à la suite d'une chute, d'un coup violent sur la tête, tomber graduellement dans une sorte d'affaissement moral, et céder alors à tous les entraînements.

La goélette naviguait peu, ou bien ses traversées étaient de courte durée. Ainsi, elle allait de Mayotte à Nossibé, île devenue française, qui est flanquée à la côte nord-ouest de Madagascar.

Si Hellville, sa capitale, est plus attrayante que Dzaoudzy, si ce petit nid de verdure récrée agréablement la vue, en somme, les distractions ne changèrent pas pour Kergommard : toujours la même société à fréquenter et la même manière d'y passer le temps.

Là, cependant, l'élément malgache prédomine. Les

femmes, qui ont la beauté du diable, aiment les
blancs et s'attachent à ceux qui les prennent, d'abord
pour passe-temps, pour compagnes passagères, et
puis, à la longue, soit par habitude, soit touchés
d'attentions soutenues, les blancs finissent par en
faire leurs femmes, quoique ni maire, ni curé, ni
notaire ne figurent dans la cérémonie. La Malgache
est fière d'avoir un rejeton issu de ses relations avec
un blanc; mais, hélas! les enfants nés de ces ma-
riages de la main gauche, pas plus, du reste, que
ceux issus des unions légitimes, ne résistent guère
au climat; sans cela, ce serait le vrai moyen de faire
la conquête de Madagascar.

Loizic était marié; il n'était pas de ceux qui émet-
tent la belle théorie que, lorsqu'on a doublé la ligne,
on redevient garçon. Ménage en deçà, ménage au-
delà. La femme légitime reçoit une délégation tri-
mestrielle sur la solde de son mari et peut vivre,
ou à peu près. Elle pratique la théorie de son cher
époux, elle qui n'a pas franchi l'équateur; mais elle
coupe la ligne de l'honnêteté!

Kergommard ne faisait pas de théories, et puis il
aimait sa petite femme, sans passion, comme nous le
savons, mais de tout son cœur, en brave homme
qu'il était. La bouteille seule était devenue sa consolatrice..... Chose triste, en vérité!

L'homme est-il condamné à faire choix d'un vice, pour éviter le pire? N'y a-t-il pas un sain équilibre de toutes nos forces physiques et morales? Le religieux, le moine veulent réduire la matière, oubliant qu'elle a ses droits, et qu'en voulant tout refuser à nos sens ici-bas, nous anticipons sur la mort, qui doit nous ouvrir les portes de la vie immatérielle.

La *Turquoise* relâcha aussi aux Seychelles, en allant à Bourbon. Un mot, en passant, sur ce groupe d'îles et sur la principale, Mahé, dont le nom rappelle le grand La Bourdonnais qui, on peut le dire, l'a créée.

Si les Seychelles n'étaient rafraîchies constamment par les brises de la mer au milieu de laquelle elles sont semées comme des perles, elles seraient bien peu habitables. Des pluies bienfaisantes viennent, en outre, presque toute l'année, tempérer l'ardeur du soleil. Les massifs épais de cocotiers projettent leur ombre délicieuse sur cette terre de granit. C'est la mer qui se charge de nourrir la population, en prodiguant au pêcheur le poisson, les coquillages, les crabes et les langoustes, et l'énorme tortue qui remplace le bœuf. Cette tortue est monstrueuse et repoussante à voir. C'est au large, aux îles Aldabra, que de hardis marins vont la pourchasser, jusqu'à ce

4.

que l'incurie et l'avidité imprévoyante l'aient fait
disparaître.

Les hommes sont rares aux Seychelles, et par une
bizarrie inexpliquée, les naissances de filles sont,
dit-on, bien supérieures à celles des garçons. Si le
fait est vrai, il en faut conclure que la race doit être
régénérée par des étrangers.

Garneray, dans ses *Voyages* aussi attrayants que
remplis de réalité, prétend qu'à son passage à Mahé
il y avait encore un énorme caïman, dernier représentant de cette race de saccoiens dans l'île. Il nous
dépeint le monstre grimpant sur un gros tronc
d'arbre à moitié déraciné par une tempête et penché
vers le sol. J'ai eu la bonne fortune, en visitant une
charmante habitation de ce pays, de causer avec
une respectable aïeule de plus de quatre-vingts ans,
et dont la mémoire égale la lucidité d'esprit et la
vigueur corporelle : exemple de ce que peut une vie
réglée sous un beau climat. Cette dame avait connu
le fameux reptile dont parle Garneray. Transporté
de Madagascar, où ses pareils abondent, il avait pu
s'enfuir de sa prison et était devenu dans l'île un
objet de terreur. Voilà ce qu'ignorait le romancier.

Peu de contrées renferment moins d'animaux in-
digènes que les Seychelles. Les oiseaux y sont très-
rares, sauf ceux du rivage et de l'Océan, qui sont

innombrables. Allez à la Providence, petite île qui
dépend du groupe qui nous occupe, vous y abattrez
des fous, des courlicous à coups de bâtons. Ces fous
sont doués d'un instinct merveilleux pour reconnaître
leur route, s'orienter au large pour regagner leur
gîte, leur nid, quand la pêche a été fructueuse, car
ils battent quelquefois l'espace pendant des jours et
des nuits, se reposant souvent sur une lame, pour
recueillir leur pâture et celle de la famille qui les
attend le ventre vide.

Vous voyez qu'ils ne sont pas si fous. Mais la
frégate, ce vautour de l'Océan, plane dans les airs
orgueilleusement, couvant du regard le pauvre oiseau
qui plonge sur le poisson qui frétille ; elle suspend
son vol soudain, s'abat comme une flèche, et s'empare
du butin au bec du vaillant pêcheur, frustré de son
travail.

Le soleil se couche derrière un nuage d'or ; des
grains montent à l'horizon : « Timonnier, relevez
le vol d'oiseaux qui passent vers la hanche de babord ;
suivez-les ; » et ainsi de suite pour trois ou quatre vols.

Un oiseau isolé tire des bordées en divers sens :
celui-là n'a pas soupé ; il ne regagnera pas son île ;
les autres, le capitaine sait où ils vont. Il n'ignore
pas que ces volatiles ne s'éloignent pas de plus de
vingt lieues des terres.

Nous pourrions, chemin faisant, étudier les hôtes
de l'Océan : poissons aux mille formes et aux mille
reflets, herbes, goémons, et tout ce qui grouille dans
ces amas de plantes; crabes flottants, renversés dans
leur carapace transformée en nacelle, toutes œuvres
admirables, divine harmonie qui fait penser au grand
ouvrier.

C'est dans les récits, aussi savants que remar-
quablement écrits, de M. de Quatrefage qu'il faut
observer ce monde si varié de la mer, dont la vue,
même pour l'ignorant, offre tant de charme.

Kergommard se retrempa dans cette navigation
plus longue et moins monotone que celle du canal
de Mozambique. Avec l'activité, les forces revinrent
rapidement, et l'esprit se ragaillardit. En voyant les
bébés à la peau blanche et à la chevelure soyeuse, à
l'aspect des jolies Seychelloises qui parlent le français, quoique les îles soient sous le sceptre britan-
nique (toutes les femmes sont jolies, quand on n'a
vu que des négresses pendant plusieurs mois, et que
l'on voit des fillettes à peu près blanches), Loizic pensa
à Yvonne, et aurait bien voulu vivre avec elle dans ce
coin de terre presque ignoré, se faire pêcheur et passer
des jours heureux. Beau rêve pour l'époque de sa retraite ; mais, pour le moment, il n'y fallait pas songer,
et un gros soupir mit fin à ces pensées si douces.

La malle anglaise venant de Maurice allait partir : elle emporta une lettre, moins brève que les autres, empreinte des idées mélancoliques qui se pressaient dans le cœur du vieux marin. Pauvre homme ! pendant qu'il servait modestement son pays, loin de la terre maternelle, il ne se doutait guère que sa femme était en train de l'oublier, et que le mécanicien, son ancien compagnon de voyage, chauffait à toute vapeur pour emporter dans un tourbillon de fumée ses joies du passé, ses espérances pour l'avenir, enfin tout son bonheur !

Le temps fuit... l'automne arrive, et les arbres de nos promenades commencent à joncher le sol de leurs feuilles mortes : triste image du cœur d'Yvonne. Cet amour, qui avait fleuri dans son âme avec les doux rayons d'un soleil de printemps, commençait à s'effeuiller comme une rose fanée que nous foulerons demain sous nos pas.

Certes, Yvonne aimait sincèrement, puissamment... je ne dis pas Loupetto, mais cet idéal qu'elle avait rêvé, qu'elle avait même cru entrevoir dans sa passion fiévreuse, et sur l'autel duquel elle avait tout sacrifié.

Aimer ! ce n'est pas adorer une créature mortelle ayant un nom, une forme déterminée : c'est avoir une aspiration plus vague, plus pure et plus haute à

la fois. Toute femme rêve dans son cœur à une image,
à un être impalpable qui réponde à ce puissant
besoin d'aimer qui est en elle et qui la transporte
dans le ciel.

Loupetto s'était présenté avec de séduisants dehors,
avec un esprit souple et peu timoré, quand la jeune
femme était tourmentée par cet irrésistible élan qui
l'entraînait, par cette soif d'aimer qui dévorait son
âme ; et il avait abusé sans scrupule de sa force devant la faiblesse d'Yvonne.

Depuis qu'elle avait satisfait la passion de son
amant, Yvonne éprouvait des sensations étranges et
inaccoutumées ; son caractère avait des bizarreries
extraordinaires. Elle était devenue capricieuse et
fantasque : tout son être semblait métamorphosé.
Ses idées étaient désordonnées : par moments, son
front s'obscurcissait, et elle semblait tomber en dé-
faillance. Sa poitrine avait pris de l'ampleur, tandis
que son visage se colorait d'une teinte maladive et
que ses yeux se bistraient d'un cercle sombre.

Bientôt de nouveaux troubles apparaissaient ; plus
tard, enfin, le doute n'était plus possible : tout s'ex-
pliquait le plus naturellement du monde.

Laissons parler notre héroïne, car elle avait,
dans ses moments de solitude, pris l'habitude de
confier au papier ses pensées les plus secrètes : c'est

un grand soulagement pour les âmes sensibles d'épancher ainsi le trop plein de leur cœur, sans apprêt et sans recherche.

« *Octobre*. — Il ne vient pas... il ne vient plus, et moi, je l'attends, pleine d'anxiété. Sa vue me fait tant de bien ! Quand il est là, qu'il me contemple d'un regard si tendre, je ne doute plus de son amour : je me sens renaître... ma langueur disparaît, et mes inquiets pressentiments font place à la douce confiance.

« Sais-tu que ce serait bien mal de m'abandonner ainsi ? Pourrais-je vivre sans toi, sans ton amour qui, seul, me soutient et me réconforte ? Par moments, les plus noires pensées s'emparent de mon esprit : je songe à mourir. Oui, il me serait doux de clore ma paupière éternellement, de ne me réveiller jamais du sommeil glacial de la mort, pendant que je crois encore à ta flamme. J'ai des heures de doute où je crains que tu ne m'oublies pour une autre ; car les hommes sont volages et se rient des larmes d'une pauvre femme. Oh ! Ernest ! pardonne-moi de penser que tu peux m'être infidèle, que tu peux abandonner celle qui a menti à toute sa vie, à tous ses serments, pour calmer ta douleur. Tu voulais périr, et ta tristesse était si sombre, si terrible, si poignante, que j'ai fait taire la voix de la pudeur qui me parlait tout bas, et qui me disait de m'enfuir, plutôt que de m'abandonner à tes fougueux transports...

« Mais mon sein s'agite de doux tressaillements. C'est donc sûr : un être vit dans mon être ; la chair s'est faite chair, et un vivant témoin de tes embrassements viendrait me les rappeler, si la mémoire des femmes était aussi inconstante que celle des hommes.

« Il faut que je vive pour que vive l'enfant qui remue dans mes entrailles : il sera le témoin de notre coupable amour ; il sera le remords vivant, et m'aidera à obtenir mon pardon du Dieu clément et miséricordieux, par la tendresse que je lui prodiguerai et par mes incessants efforts pour le rendre vertueux.

« La vertu ! ce mot jure dans ma bouche, et j'entends à mes oreilles je ne sais quel ricanement d'enfer qui me fait frémir... La vertu ! tu l'as foulée aux pieds, malheureuse ! et tu veux qu'auprès de toi, sous ton égide, un pauvre être devienne vertueux ! Tu es folle... Ce témoin de tes désordres sera ton premier accusateur, et le sceau de la réprobation publique sera sur ton front.

« Le temps approche... bientôt tu ne pourras

plus dissimuler ce fruit de ton égarement. Que dira
le monde ? Que dira Kergommard, quand, à son
retour, il verra pendu à ta mamelle ou jouant à tes
côtés cet étranger, cet être inoffensif, ce pauvre
innocent qui, pour l'époux, deviendra comme un
ennemi, et mettra un abîme entre le mari et la
femme ?...

« Que faut-il faire? Fuirai-je le foyer conjugal?
Aller au bout du monde, dans les forêts sauvages,
cacher ma faute et ma honte?... »

« *Novembre.* — Ernest ! tu me fais horreur ! tu
n'as pas pitié de ma misère, homme vain et frivole !
Ce n'était donc qu'un caprice qui te poussait, quand
tu vins porter le trouble dans l'existence tranquille
d'une pauvre femme ? J'étais un jouet pour ton
amour-propre, et ce jouet, maintenant qu'il a servi
à tes plaisirs, tu le mets au rebut, comme un objet
qui t'embarrasse et te dégoûte. Oui, je l'ai saisi au
passage, ce sourire railleur qui relevait le coin de
ta bouche menteuse, quand je te suppliais de partir
avec moi, d'aller au loin vivre solitaires, tout entiers
l'un à l'autre, à l'écart de ceux qui n'ont que le
mépris pour celle dont le plus grand crime est
d'avoir un cœur trop sensible !... Ton sarcasme semblait dire : « C'est dans les romans que l'on enlève

« les femmes mariées et que l'on part pour l'Amé-
« rique par le paquebot du Hâvre. C'est bon pour
« des capitalistes, pour des planteurs brésiliens.
« Mais mon avenir ! Je dois bientôt passer officier...
« Nous ferons un petit voyage à Paris ; nous arran-
« gerons tes affaires, mon cher petit cœur : prends
« patience... Kergommard était malade à Mayotte ; il
« peut mourir. Je t'épouserai, ma belle, et tu seras
« heureuse ! »

Comme on escompte facilement la mort de ceux
qui nous gênent !

Du reste, Loupetto ne pensait pas un traître mot
de ce qu'il disait ; il n'avait nulle envie de voir
mourir le mari d'Yvonne, qui faisait parfaitement son
compte.

Quant à la pauvrette, la désillusion entrait dans
son cœur, et elle ne vivait plus que pour la créature
qui remuait dans son sein. Elle comprenait à quel
homme elle avait eu affaire, et au sentiment de sa
faute, que ne voilaient plus les nuages de la passion,
venait s'ajouter l'idée désespérante de s'être livrée à
un être indigne de son sacrifice.

Bientôt des signes révélateurs trop manifestes
allaient dévoiler à tout le monde les amours adulté-
rines d'Yvonne. Le madré Loupetto, rassasié de sa

conquête et peu jaloux de voir les suites de son
aventure, avait pris les devants, fait des démarches
pour être rattaché au port de Toulon. Il joua de son
mieux la tristesse et même le désespoir, promit
d'écrire souvent, et eut soin d'insinuer à sa victime
d'aller se cacher dans un trou de campagne, pour
dissimuler son état, ajoutant qu'il s'occuperait plus
tard de l'enfant dont il était le père devant Dieu ;
qu'il ne l'abandonnerait jamais et se chargerait de
son avenir.

La jeune femme, qui avait perdu la foi en celui
qu'elle avait aimé par dessus tout, n'en éprouva pas
moins une violente émotion à l'idée que l'auteur de
toutes ses angoisses allait se séparer d'elle et l'abandonner à son désespoir.

La pensée de l'enfant qu'elle portait dans ses flancs
la ramena à la réalité.

Elle prit donc un parti.

Ses agitations, ses chagrins avaient contribué à
altérer ses traits, et elle ne mentait certes pas
quand elle apprit à son entourage qu'il lui était
ordonné d'aller passer quelques mois à la campagne
pour se rétablir. Elle avait une cousine à peu de
distance de Plougastel, de l'autre côté de la rade,
dans un endroit tout à fait retiré, et sa vieille
parente était heureuse de lui donner asile, étant de

son côté impotente et isolée. Yvonne aurait les ressources nécessaires pour vivre, et même pour aider sa parente. Tout marcha donc pour le mieux.

L'infortunée ! Dieu sait si elle avait besoin de l'air pur et de la vie calme des champs pour reposer sa pauvre tête et son cœur tout bouleversé !

Elle voyait un avenir sombre se dérouler devant elle. Son mari était loin : elle aurait le temps, il est vrai, de mettre son enfant au monde avant le retour de Kergommard. Mais sa conscience... Il faudrait donc dissimuler toute sa vie, feindre des transports menteurs auprès de son époux... plus encore : vivre loin de ce petit être qui la rattachait à la vie, le livrer à des étrangers, ne pas jouir de ses caresses ; être privée de sa vue, de ses bégaiements, de son sourire ; ignorer s'il était en danger, et ne pas se trouver là, en cas de besoin, pour lui porter secours. Que de tortures pour une mère, surtout pour celle qui ne vit que par son enfant, et à qui l'époux n'inspire plus que de la répulsion !

Pendant ce temps-là, Loupetto avait eu une permission de quinze jours à passer dans sa famille, au milieu des montagnes de la Corse. Il était le lion de son village, où ses parents vivaient en propriétaires fort à l'aise. Il était presque officier, et l'on songeait à trouver un bon parti pour lui.

Il ne disait ni oui, ni non, lorgnant les belles en fumant son cigare, allant à la grand'messe du dimanche, et, à la sortie de l'office, donnant le bras à une sienne cousine, beau brin de fille possédant de bonnes propriétés au soleil.

Cet homme au cœur léger avait commencé un bout de lettre pour Yvonne ; mais, ne sachant que lui dire, il s'était décidé à charger une tierce personne de lui porter ses compliments et quelque argent pour les besoins de la vie courante ; il fallait, disait-il, prendre garde d'éveiller les soupçons, ce qui ne manquerait pas d'arriver s'il écrivait par la poste, etc., etc.

Ce fut, au reste, la dernière fois qu'il donna de ses nouvelles à la pauvre Yvonne. L'infortunée était bien seule au monde.

La *Turquoise* arriva à Bourbon dans le courant d'octobre. Comme la mer était grosse et qu'il y avait raz de marée à Saint-Denis, on lui commanda par signaux d'aller mouiller à Saint-Paul, rade paisible située sous le vent de l'île.

Bourbon offre un panorama majestueux et charmant, quand on a la chance d'arriver en vue par une brise molle qui permet de contempler le paysage en côtoyant lentement les contours de cette colonie.

Par un ciel pur, la terre s'aperçoit de près de quarante lieues, la base perdue dans les nuages vaporeux, les sommets se détachant nettement au-dessus du brouillard. Les Saluzes sont d'un aspect imposant ; puis les pentes se déroulent, avec leurs larges crevasses, leurs murailles presque à pic et leurs cascades. Là, le vert riant des champs de cannes ; ici, les teintes sombres des ravines. Les feux souterrains du globe ont soulevé ces monts gigantesques, les ont disloqués et coupés d'anfractuosités profondes ; mais les eaux du ciel, dans la suite des siècles, ont à leur tour creusé ces gorges, rongé les blocs de rochers, qu'elles charrient jusqu'au rivage dans la colère torrentueuse de leurs crues.

Kergommard visita le Bernica, célébré par George Sand ; mais, à quelques jours de là, il fut pris de je ne sais quelle espèce de fièvre chinoise qui le força d'entrer à l'hôpital, d'où on le dirigea sur Saluzie à sa convalescence. Il était fort affaibli, et les médecins comptaient sur le climat froid et l'air vif des montagnes pour lui rendre les forces et la santé.

Le chemin qui mène à Salazie, ou plutôt les sentiers qui alors y conduisaient, offraient un paysage aussi pittoresque que grandiose à l'œil du

voyageur qui, à cet apect agreste et sauvage, éprouvait déjà un charme et un bien-être particulier.

Si les gorges de la rivière Dumas ont gardé leur
caractère de beauté majestueuse, c'est que l'homme,
dans son avidité, dans son ardeur pour le lucre, n'a
pu dépouiller ces séries de murailles à pic, où la
puissante nature a su faire croître dans les fentes de
rochers sa luxuriante végétation.

Aujourd'hui, la plupart des paysages sont gâtés
par des défrichements poussés à outrance, et d'un
mince profit pour l'imprudent colon qui a tari dans
sa source la richesse de l'île entière, en s'attaquant
aux arbres des montagnes, ces condensateurs des
nuages chargés d'entretenir l'humidité atmosphé-
rique et la fraîcheur du sol. Les ruisseaux sont à
sec ou torrentueux ; l'humus a disparu : des my-
riades d'insectes rongent la racine des plantes et les
maigres tiges qui poussent encore. Enfin, la fièvre
est venue à son tour frapper l'homme lui-même, e
décimer une population que ce sol appauvri ne pouvait plus nourrir.

Loizic, sans faire tant de réflexions, se disait que
les forêts pourraient donner de beaux bois de
mâture ou qu'on y trouverait à débiter de belles
vergues de hune. Il engraissa à Salazie, et, en un
mois, il avait gagné quinze livres. Mais le froid et

les pluies avaient réveillé son ancienne douleur
d'épaule et du bras, qui se paralysait peu à peu. Le
conseil sanitaire jugea notre homme impropre à
reprendre la mer et surtout à servir dans le canal de
Mozambique, et l'expédia en France par un navire
sucrier qui rapatriait d'autres convalescents et qui
allait à ordre à Belle-Ile-en-Mer. Ceci se passait en
novembre 1853.

Loizic eut à peine le temps de s'embarquer, et
n'informa pas Yvonne de son retour, voulant lui
faire une surprise en arrivant à l'improviste sous le
toit conjugal. Il se réjouissait d'avance de ce bon
tour et de l'étonnement joyeux de sa petite femme,
qui ne l'attendait pas si tôt. Cette fois, il n'avait
pas fait grande provision de curiosités. Il avait pourtant en réserve un petit baril de tafia de Mayotte
pour les amis, un ballottin de café de Nossi-Bé et des
porte-montres en chouchoute de Salazie.

Il s'était bien promis d'acheter une jolie petite
montre pour sa femme sur ses épargnes, une de ces
montres genre Pompadour, avec une peinture sur
émail représentant une bergère et de petits amours.
C'est avec ces idées riantes que les maris absents
bercent leur solitude : ils supputent d'avance le
plaisir qu'ils procureront à l'être aimé, et ces pensées abrégent le voyage et aident à vivre.

La traversée fut rapide et n'offrit pas d'incident remarquable, sauf que l'on jeta à la mer le corps d'un soldat mort de la dyssenterie par le travers des Açores. Il eut l'Océan pour tombeau, et son cadavre servit de pâture aux requins. Pauvre diable, qui était parti quelques années auparavant de son village, frais et rose, et dont la place devait rester vide au foyer paternel ! Que de vies sacrifiées de la sorte pourraient être épargnées, si on voulait enfin recourir à un autre système pour la protection de nos colonies ! Que fait donc la jeunesse créole ? Pourquoi ne participe-t-elle pas à la défense du territoire, en donnant son contingent à notre armée ? Est-elle donc d'une autre essence que le reste des Français ?

Qu'on donne à ces gaillards-là un fusil, et qu'on les habitue à la manœuvre et à la discipline ; ils gagneront au physique et au moral ; ils s'attacheront davantage à ce sol qu'ils seront chargés de défendre ; ils en surveilleront d'un œil plus jaloux le développement et les progrès. Que les pères de famille, que les représentants de nos colonies dans les assemblées de la nation adoptent cette idée, qu'ils la fassent triompher, et un grand pas sera fait pour l'avenir et le salut de nos possessions d'outre-mer.

Le *Jules de Routonnay* toucha à Belle-Ile le

7 février 1854. On mit en panne, et le capitaine envoya ses plis à terre et télégraphia à ses armateurs. Loizic, qui regrettait fort d'avoir fait mystère de son retour, envoya une dépêche à Brest.

Le capitaine ne tarda pas à recevoir des ordres : on lui disait d'aller à Nantes décharger sa cargaison.

Quant à Kergommard, il n'eut pas de réponse à sa missive et fut fort désappointé, car il se figurait Yvonne occupée à coudre ou à tricoter dans sa chambrette ; il se la représentait joyeuse à l'annonce de son arrivée prochaine, et ne comprenait pas son silence. Il fit mille suppositions, la crut malade, et ne se doutait guère qu'elle habitait loin de la ville, dans un recoin où les télégraphes sont inconnus.

Il fut triste et soucieux pendant les quelques jours que mit le navire à se rendre en rivière de Nantes. Il réfléchit alors à la brièveté des dernières lettres d'Yvonne, qu'il relisait ; il y trouva de la froideur, presque de l'indifférence, et vint à se demander si le cœur de sa femme ne s'était pas séparé du sien, comme leurs corps s'étaient désunis dans cette longue absence. Une lettre, même sans importance, offre des aspects tout différents, suivant la disposition du moment, selon la préoccupation de

celui qui la lit ; on peut y voir mille choses qui n'y
sont pas, gaies ou tristes, riantes ou sombres, pleines
de promesses ou de déception.

La dépêche télégraphique était pourtant arrivée à
destination le lendemain de son départ. Yvonne, à
cette lecture, se sentit chanceler ; une pâleur mortelle envahit son visage, et ses jambes se dérobèrent
sous son corps affaissé. Une sueur froide baigna sa
figure, et elle perdit connaissance.

Elle ne sortit de cet état que pour tomber dans
une autre crise : des douleurs étranges, comme par
éclairs, légères d'abord, puis croissantes et plus
rapprochées, vinrent contracter son sein.

Inutile, n'est-ce pas, de décrire les souffrances
qu'éprouva la pauvre Yvonne, seule et complètement
livrée à elle-même ? Sa vieille parente, sourde et
perclue, était habituée à la voir souvent se retirer
de bonne heure et ne la revoyait qu'au matin.

Yvonne, enfin, sortit de ses angoisses, et les cris
d'un petit être lui annonçaient en même temps que
ses maux étaient finis. Ses idées étaient encore
toutes confuses : elle était tout ahurie. Quelque
temps après, elle tombait dans un sommeil profond.

Au réveil, les vagissements de son enfant frap-
pent son oreille. Elle a repris ses sens : la dépêche
télégraphique est écrite en traits de feu dans sa

pensée. Elle veut fermer les yeux ; la terrible nouvelle brille toujours à sa vue d'un funèbre éclat. Un
bruit, le feuillage agité par la brise, un rien, elle
prend tout pour les pas de Kergommard, qu'elle voit
entrer dans sa chambre, le regard sévère, le sourcil
contracté, la menace à la bouche, lui demandant
compte de sa conduite, l'interrogeant sur ce nou-
veau-né accusateur dont il devra se reconnaître le
père devant les hommes, et qui pourtant ne lui appartient pas.

La veilleuse s'est éteinte, et la pauvre femme,
dans l'ombre qui l'enveloppe, voit mille formes fan-
tastiques et terribles qui l'entourent et l'assaillent.
Le sang qu'elle a perdu, l'abattement de ses forces,
rendent sa tête plus faible, son cerveau plus im-
pressionnable, et une véritable terreur s'est emparée
d'elle. La malheureuse est comme hallucinée... elle
se débat contre des êtres invisibles ; chaque cri de
son enfant provoque de nouvelles crises ; l'image de
Kergommard l'obsède. Un délire convulsif s'empare
de l'infortunée ; son égarement est au comble... elle
est folle ! Un siècle de tortures, et pourtant ce siècle
n'a duré que quelques minutes.

Inconsciente, hors d'elle-même, dans sa fièvre
insensée, cette femme, naguère si douce, qui ne
vivait plus que pour l'enfant qui remuait dans son

sein, qui n'espérait plus de joie que de ce fruit de
ses fragiles amours, cette créature si bonne et si
aimante est devenue une bête féroce : de ses mains
crispées, elle étreint la gorge de l'innocent dont les
cris demandent la vie, et l'étrangle !... Les cris
cessent, et le cauchemar épouvantable est remplacé
par une torpeur profonde. Le jour naissant vint
éclairer la sombre réalité.

Des flots de larmes amères rendront-elles la vie à
ce pauvre corps gisant inanimé sur la couche souillée
de la femme criminelle ? Quel amas d'idées afflua au
cerveau de la pauvre désespérée ? Tout un monde de
pensées l'assiégea. Elle ne comprenait pas comment
le terrible événement avait pu s'accomplir ; elle voulait douter, croire qu'elle n'avait fait qu'un horrible
rêve. Et l'affreuse vérité, représentée par un cadavre,
lui répondait : « Infanticide ! » Ses ongles étaient
marqués en taches violettes sur le cou de l'innocent ;
il était froid comme un marbre, et tous les baisers
ne pouvaient plus le réchauffer.

Yvonne, en ce moment, se faisait horreur à elle-
même : son état était indescriptible. Mais il fallait
agir, et non plus s'enfoncer dans la muette contemplation et dans l'accablement de la douleur. Il y
avait là un cadavre qu'il fallait faire disparaître à
jamais. Yvonne, chancelante, put se traîner vers un

tas de chaux voisin, — car il y avait une carrière
aux environs ; — elle en remplit un sarreau et le
porta dans sa chambre, tout cela assez habilement
pour que personne ne la vît, et ce fut avec cette
chaux et une vieille caisse qu'elle ensevelit et son
enfant, et son crime. Cruelle besogne, travail plein
d'horreur, pour lequel l'impérieuse nécessité soutint
le cœur saignant et les mains agitées d'un tremblement fébrile de cette malheureuse !...

Le *Jules de Rontonnay*, après s'être délesté en
partie à Paimbœuf, fut remorqué jusqu'à Nantes, où
les passagers militaires furent enfin débarqués par
le commissaire de marine le 15 février. On donna à
chacun sa feuille de route pour Brest, où les convalescents devaient passer devant le conseil de santé,
qui leur ferait subir un nouvel examen.

Au moment où Loizic est en route pour Brest, le
carnaval touche à sa fin ; mais la folie agite ses
grelots avec plus de fougue. La jeunesse agglomérée
à Brest prend ses coudées franches ; elle peut, sans
obstacle, se livrer à toutes les excentricités, à tous
les excès. Second n° 113 du Palais-Royal, le *Café
Parisien* est là avec ses tables dressées pour des
soupers bachiques, attendant les masques haletants
de leur danse échevelée, tandis que, dans un cabinet écarté, d'autres hommes, au front soucieux et

inquiet, suivent d'un œil ardent la carte que l'on retourne froidement à l'infernal lansquenet. Voyez-vous ce visage pâle, aux traits creusés, aux cheveux en désordre, à la lèvre contractée ? Ce jeune homme paraît un vieillard : il est vieux avant l'âge. Il est là, courbé sur les cartes depuis trente-six heures : trois journées d'agitation fiévreuse. Son œil lance des éclairs et retombe atone. Qui reconnaîtrait le brillant Loupetto, naguère si frais et si pimpant ? Sa toilette est négligée ; ses joues sont hâves : il a vieilli de dix ans. Cependant il y a quelques mois à peine que nous l'avons quitté tout guilleret dans ses montagnes de la Corse. Que s'est-il donc passé ?

Le voilà chef mécanicien, avec le rang d'officier. Il n'a donc pas épousé sa riche cousine ? S'est-il souvenu d'Yvonne ? A-t-il un remords qu'il veut étouffer, en se livrant aux plaisirs bruyants ou aux fièvres du jeu ? C'est quelque chose de tout cela. Son ambition devrait être satisfaite, et il n'est pas heureux. Sa cousine est sotte comme un panier, et la dot assez ronde de la jeune fille n'a pu le faire passer sur tant de sottise. Il est fier de son rang, et jaloux de ceux qui l'entourent et semblent le regarder comme étant d'une autre espèce qu'eux-mêmes. Il s'est jeté à corps perdu dans les amours faciles : elles le dégoûtent. Il a joué tout ce qu'il

avait, mis sa montre chez « sa tante : » tout y a
passé.

En sortant du *Café Parisien*, il se casse le nez
sur..... devinez qui? Sur Kergommard, qui a fêté
dignement son arrivée au pays natal. On aime, après
être resté longtemps éloigné de son pays, à revoir
des visages d'anciennes connaissances, même des indifférents. Un peu excité par des libations répétées,
Loizic se jeta au cou de son ancien compagnon du
poste des maîtres et lui prodigua ses témoignages
d'amitié.

Loupetto l'aurait voulu au diable; mais il faisait
assez sombre, et une idée lumineuse traversa son
esprit. Loizic devait avoir la bourse bien garnie : il
lui prêterait bien une cinquantaine de francs à rendre
à la fin du mois, cent francs même. Avec cela la
chance pouvait tourner, et le gaillard espérait rattraper la veine.

Sans aborder l'ennemi de front, le malin Loupetto
dit à Kergommard :

« Ah ça! je veux fêter votre bienvenue, et nous
allons arroser mes galons; une fois n'est pas coutume.
Avez-vous vu un bal masqué?

— Moi, dit Loizic, dans le temps que j'étais au
Hâvre, sur l'aviso du *Prince de Joinville*, à l'époque
où l'on portait toute la barbe, tout l'équipage s'es^t

déguisé en femme, et nous avons couru les rues de
la ville en voiture, et pour terminer la fête, nous
avons dansé une bamboula effrénée sur la place de
la Bourse, où il y avait une masse de belles dames.
Elles ont crié « Bis! » et, le diable m'enlève! je
crois qu'elles nous auraient embrassés, si les maris
n'eussent été là. La police fit la morte : il aurait
fallu voir les argousins toucher à l'équipage du
Prince !

— Parfait, mon vieux : nous allons passer un do-
mino et voir danser des femmes pour tout de bon. »

Ce qui fut dit fut fait, et quelques instants après
on faisait cercle autour du jeune homme, qui se tré-
moussait comme un démon, levant la jambe à la
hauteur du nez de Rigolette la débardeuse.

Celle-ci s'entendait également à lever la jambe et
à se baisser alternativement presque jusqu'à terre, à
la stupéfaction des vieux égrillards, qui assistaient en
bourgeois, sans même un faux-nez, à ce spectacle.

Un galop abracadabrant termina la scène, et le
factionnaire même fut entraîné avec sa carabine dans
le tourbillon infernal.

Nous ne suivrons pas nos deux dominos dans leur
orgie nocturne, et nous retrouvons au lendemain
Kergommard dégrisé, tout penaud de son aventure.

Il avait écrit à Yvonne une lettre datée de Paim-

bœuf. La malheureuse respira en apprenant que
quelques jours la séparaient encore du moment où
son mari serait auprès d'elle.

Nouvelle cause de remords en même temps, car
elle eût pu dissimuler la naissance de son enfant et
le cacher à tous les yeux, le mettre à la crèche avec
des signes qui eussent permis de le retrouver plus
tard et de lui rendre les caresses d'une mère.

Quelle existence misérable allait traîner maintenant
cette malheureuse! quelle vie! ou plutôt quelle mort
à petit feu! Le remords perpétuel et la honte! La
honte, sinon devant les hommes, — car le crime
resterait vraisemblablement inconnu, — mais devant
un juge plus sévère, plus inexorable: devant sa propre conscience, devant Dieu!

Kergommard obtint un congé de convalescence de
trois mois, et fut désigné pour les eaux des Pyrénées,
à Amélie-les-Bains. Il était autorisé à aller attendre
à Brest les ordres de Paris, où les bureaux font le
classement des malades à envoyer aux eaux.

Quel constraste entre les espérances caressées par
ce pauvre homme au moment où il abordait aux
rivages de la France et la réalité de son retour au
foyer conjugal, auprès d'une compagne minée par
les chagrins les plus profonds et exténuée par ses
fatigues physiques!

Yvonne fut obligée de mentir, d'inventer des maladies. L'officier de santé des environs n'était pas fort, et Loizic décida que l'on retournerait à Brest, où l'on consulterait les lumières de la médecine navale, entre autres le célèbre professeur Kernel, surnommé l'Homme à l'oreille fine, à cause de son rare talent en auscultation.

L'officier de santé de Plougastel avait dit qu'Yvonne devenait poitrinaire.

Le déménagement fut rapide, et l'on revint à Recouvrance, dans la maisonnette où tant de jours heureux s'étaient écoulés, alors que les passions sommeillaient encore dans le cœur de la jeune femme.

Elle laissait derrière elle une petite boîte, soigneusement enterrée, tout ce qui restait du petit être que ses mains criminelles avaient anéanti. Mais ce qu'elle ne pouvait laisser en arrière, c'était le souvenir, c'était l'horreur de son crime enfouie dans sa pensée. La vue d'un enfant à la mamelle, le cri d'un de ces petits êtres, le nom même de ces créatures évoquait sans cesse l'image lugubre de l'acte terrible accompli par Yvonne.

L'ordre de partir pour Amélie-les-Bains arriva bientôt, et Yvonne eut comme un poids de moins sur la poitrine, quand elle se vit seule, non plus obligée de

dissimuler, de mentir, de faire de fausses caresses à
son mari, pour qui elle n'avait jamais eu qu'une
affection filiale et pour qui maintenant elle éprouvait
de la répulsion. Elle haïssait l'honnêteté de Loizic,
qu'elle eût préféré méprisable et ravalé au niveau de
son abaissement. Et pourtant, le remords était vivant
dans son âme, et sa pauvre tête rêvait sans cesse au
moyen d'expier sa faute, de se punir et de se réhabiliter à ses propres yeux. C'est cette lueur vague
d'une purification, d'une vie d'épreuve et de souffrances muettes qui la soutenait.

La religion n'était pas morte dans son cœur : elle
croyait à une vie future, où les actes de notre vie
sont pesés sévèrement, et où chacun est jugé selon
ses mérites. Comment obtenir son pardon de Celui
qui sonde les replis des cœurs? Rendre son mari
heureux; lui prodiguer tous les soins, toutes les
appparences de tendresse, vaincre ses répulsions à
son égard : c'était quelque chose, et ce n'était rien
encore cependant.

Ah! si elle devenait mère plus tard, que de
dévoûment à la créature qu'elle enfanterait! C'est
ainsi qu'elle obtiendrait grâce et que ses tortures
auraient un adoucissement.

Ce bonheur devait lui être refusé. C'eût été trop
de joie pour elle; elle n'eût pas subi sa peine, en

vérité, si elle eût pu reporter tout son amour sur un
autre petit être qui fût de son sang et de sa chair
comme sa victime.

Kergommard mourut à Amélie-les-Bains, au moment où l'on s'y attendait le moins, d'un accès per-
nicieux convulsif, auquel les médecins prétendirent
que les excès de boissons alcooliques n'étaient pas
étrangers. En effet, Kergommard avait eu un retour
périodique des fièvres de Madagascar, et comme la
quinine ne faisait plus rien à ses accès, il voulût
tâter d'un remède populaire qu'un vieux sergent de
zouaves lui avait indiqué en disant : « Je connais ça ;
c'est comme en Afrique : une cartouche dans une
bouteille d'eau-de-vie; on prend ça d'un trait, et il
n'y a pas plus de fièvre que dans ma main : ça ne
rate jamais. » Il avait oublié d'ajouter : « quand on
n'en meurt pas ! »

Le sergent Boigrog versa un pleur sur le cercueil
de Loizic : il vida même quelques bouteilles avec les
camarades à la mémoire du défunt; mais croyez-
vous qu'il renonça à prôner son remède? Nenni
point! Il répétait à tout propos; « Ces savants sont
bêtes! Le docteur Hydropathe aurait dû doubler la
dose pour réveiller son malade : au lieu de cela, il
lui fourre de l'eau à gogo dans l'estomac et de la
glace sur la tête, avec un drap mouillé sur le corps.

C'eût été drôle s'il en eût réchappé. » Et Boigrog continuera à vanter son moyen infaillible.

Yvonne fut informée de l'événement par la voie des bureaux. Elle ne s'y attendait guère. Elle fut tout d'abord stupéfiée, puis elle se demanda si ce n'était pas une première punition du ciel qui lui enlevait son époux, son appui. Kergommard était heureux : il quittait cette terre sans connaître l'infamie de sa compagne, sans l'avoir jamais soupçonnée. Mais, en descendant en elle-même, Yvonne trouvait son isolement préférable à cette vie de mensonge qu'elle eût dû traîner auprès de Loizic. Sa pension de veuve serait bien modique : eh bien! elle travaillerait; elle fatiguerait son corps tant et tant, qu'elle engourdirait sa pensée, le souvenir terrible qui l'assiégeait sans trêve.

Après le départ de Kergommard, Yvonne, oppressée par le remords, avait songé à tout aller raconter au vieux curé de Recouvrance qui lui avait fait faire sa première communion. L'aveu du crime, n'est-ce pas déjà un soulagement? Et puis, il lui dirait comment elle pourrait racheter son action coupable, et un jour viendrait où le vieillard la relèverait de sa chute, en lui disant : « Ma fille, Dieu vous pardonne. »

Quelles considérations humaines l'arrêtèrent dans ce projet? Nous l'ignorons, ou plutôt la jeune femme se dit qu'il serait plus grand de se punir elle-même, de s'imposer les plus grandes privations et les plus vives tortures au besoin, plutôt que d'aller quémander des conseils pour ce qu'elle devait faire. Les épreuves les plus pénibles, les plus dures, les plus cruelles, voilà ce qu'elle devait s'imposer pour racheter son crime. Le bon prêtre serait peut-être trop indulgent : la conscience de la jeune femme lui disait que l'indulgence était hors de saison.

Loizic est mort. Yvonne retourne à la campagne où s'est déroulé le drame funèbre : elle déterre la boîte fatale..... Cette boîte, elle ne la quittera plus ; elle y reposera sa tête fatiguée, pour chercher un sommeil qui fuira sa paupière. Le prêtre, fût-il celui d'un dieu sanguinaire, inventerait-il un pareil supplice ?

L'histoire de la bouteille d'eau-de-vie et de la mort de Loizic est arrivée jusqu'à Brest. Les nouvelles vont vite dans les ports de guerre. On y sait tous les cancans des autres arsenaux ; on y connaît les affaires scandaleuses qui se passent à Taïti ou en Cochinchine.

Loupetto, en apprenant le veuvage de sa victime, fit le plus joli nœud à sa cravate bleue, et, un jonc fringant à la main, s'en alla d'un pas guilleret consoler la jeune femme qu'il croyait remise de ses émouvantes secousses. Elle était profondément recluse, et notre séducteur ne l'avait pas vue depuis longtemps. Tout ce qu'il savait, c'est que l'enfant avait disparu, et que Kergommard avait tout ignoré. Il ne se doutait guère de ce qui était arrivé, sans quoi il eût renoncé à sa visite.

Il se présenta précisément chez Yvonne le lendemain du jour où elle était revenue avec son précieux et terrible fardeau.

A la vue de la malheureuse aux traits décomposés, au visage creux, il éprouva un véritable trouble ; puis, se remettant, il voulut prendre le ton de la commisération et de l'amitié. Mais Yvonne l'arrêta tout net, quand il l'interpella du nom, si doux jadis, de « ma chère Yvonne. »

« Yvonne n'existe plus, lui dit-elle d'un ton grave. Je m'appelle la douleur et le remords, et vous, vous êtes le vice. Sortez, monsieur ! »

Loupetto ne se le fit pas dire deux fois : il croyait voir une ombre sépulcrale l'apostropher au sortir du tombeau...

Il avait à peine franchi le seuil de la porte, qu'il allumait un cigare en se disant : « Elle tourne au mélodrame, cette petite pimbêche ! Une de perdue, dix de retrouvées. » Et il alla faire un tour à la gare du chemin de fer, pour respirer un air plus vif. Un train allait partir pour Châteaulin ; il reluqua

Mme ***, beauté un peu fanée, mais peu sévère, prit son billet, monta en wagon auprès d'elle et fila à toute vapeur.

L'entrevue d'Yvonne avec ce Loupetto n'avait fait que rappeler à la malheureuse femme les causes de sa misère ; mais pouvait-elle accroître sa douleur ? Le mot douleur est bien faible pour décrire la situa-terrible de l'infortunée. Ce cadavre, qu'elle rappor-tait comme une relique précieuse, ne lui disait-il pas tout : le passé, le présent et l'avenir ? C'était sa joie future, sa vie, son salut, si jamais l'idée de faillir encore pouvait se présenter à elle, si jamais la pensée de revivre de l'existence des autres humains pouvait luire pour elle dans l'avenir.

Elle était jeune, et on la disait jolie : quelque honnête homme viendrait lui demander sa main, incapable de supposer que cette main eût été criminelle. « Oh ! non, jamais, jamais je n'appartiendrai à personne, pensait-elle. Les joies de la famille ne sont plus faites pour moi ; mon cœur est mort, ou plutôt la fatalité me l'a arraché de la poitrine, et c'est dans cette boîte informe qu'il est enfermé à jamais. »

Mais ce cruel tête-à-tête ne suffit pas pour un pareil crime. La vue d'un petit enfant au sein de la mère qui lui sourit fait mal à Yvonne et torture son

6

être. Eh bien ! voilà un horizon qui se déroule à l'esprit bourrelé de cette Madeleine, pendant les nuits terribles où elle repose sa tête sur le fatal oreiller. Elle prendra du service dans une honnête famille ; elle soignera les petits enfants, veillera sur ces frêles créatures, bercera leur sommeil, leur don_ nera des soins si touchants, qu'une mère pourrait en être jalouse.

Yvonne accomplit son projet au plus vite, transportant son cercueil avec elle, cercueil inséparable dont elle avait su déguiser la nature assez bien pour dépister toutes les curiosités, et même pour empêcher les indiscrétions du hasard. Que de trouble, que d'embarras, que d'astuce il lui fallut pour dissimuler la vérité, et donner à cette boîte terrible l'aspect d'un objet vulgaire, d'un meuble insignifiant !

Yvonne réussit dans sa tâche, et qui l'eût vue à l'œuvre eût pensé, en la voyant si sombre et à la fois si résolue et si terrible, aux divinités infernales. Qui eût songé, devant cette face aux traits hagards, qu'un pieux devoir s'accomplissait, que le repentir, la rémission du péché prenait la forme la plus sublime ?

Plusieurs années se sont écoulées. Nous sommes toujours à Brest : le printemps a fait reverdir les arbres ; la nature s'est parée ; un doux soleil la vivifie. De charmants enfants, frais et roses, jouent dans un jardinet. Une femme, jeune encore, pleine de fraîcheur et de grâce, leur sourit. Elle est vêtue simplement, mais avec goût, de ces étoffes légères et de mince valeur dont le faible prix est relevé par les grâces de celles qui les portent. Cette femme paraît heureuse à la vue de ces jeunes êtres qui s'ébattent dans toute la vivacité de leur âge insouciant. Cependant elle paraît préoccupée, et un pli sillonne son front. Ce doit être la mère de ces jeunes enfants : elle songe probablement déjà à leur avenir, et cela la rend songeuse.

« A quoi penses-tu, petite mère ? » dit la petite fille, blondine d'environ six ans, qui, fatiguée de jouer, s'était approchée de la jeune femme sans que celle-ci s'en aperçût. A ces mots de l'enfant, ce simple nom de « petite mère, » Yvonne — car c'était elle — serra les lèvres, qui se plissèrent amè-rement. Cela ne dura qu'un instant, car elle maîtri-sait ses émotions sans cesse renaissantes. Mais quelle ironie cruelle pour Yvonne dans cette expression si touchante ! Elle était devenue la mère de ces en-fants. Celle qui les avait mis au monde avait été

emportée depuis deux ans, à la suite d'une couche
laborieuse. Yvonne était presque de la famille :
les chérubins avaient retrouvé en elle une seconde
mère.

M. Z..., homme d'une quarantaine d'années, qui
s'était enrichi dans un commerce de gros, songeait
à se retirer des affaires et à aller vivre à la campagne, qu'il avait toujours aimée, sans pouvoir
jamais se livrer à ses goûts. Depuis un an, il avait
donné des maîtres à Yvonne, et il n'était pas éloigné
de l'idée de faire plus tard sa compagne de celle que
ses enfants appelaient déjà leur petite maman.

Naturellement, il avait gardé pour lui cette pensée,
qui s'était confusément fait jour dans son esprit. Les
soins dévoués d'Yvonne pour les enfants suffisaient à
expliquer les égards de M. Z... envers elle et ses efforts
pour accroître son instruction. Elle semblait tant se
plaire dans ce milieu, qu'elle avait refusé deux ou
trois partis sortables qui s'étaient offerts. « Me
séparer de ces petits anges qui m'aiment tant ! avait-
elle dit ; mon cœur se fendrait. »

M. Z... se disait *in petto* que s'il se proposait lui-
même, il ne pouvait guère essuyer un refus. Il fit
donc des ouvertures discrètes à la jeune veuve.
Stupéfaction d'Yvonne, qui ne se serait jamais atten-
due à pareille aventure, et ce qui eût réjoui l'âme

de toute autre vint bouleverser la tête de notre héroïne. Étrange fatalité ! c'est en voulant se punir elle-même, s'infliger un châtiment quotidien, qu'elle était arrivée presque à se créer le bonheur. Et il fallait encore qu'un homme honorable, riche, aimable, vînt lui demander comme une faveur d'accepter le titre d'épouse, et lui assurer légalement le nom de mère que lui accordaient déjà ses enfants !

Non, quelque dur pour ces douces créatures, quelque cruel qu'il soit d'abandonner cette famille, d'y faire succéder les larmes aux plus douces joies de tous les jours, Yvonne, qui a compris les intentions de M. Z..., ne peut pas le laisser s'engager dans cette voie. Un combat se livre dans son cœur. Elle s'est attachée à cette famille, à ces petits êtres qui sont sa vie ; mais il y a un cadavre sur lequel elle repose, et qui semble lui crier : « Indigne, coupable, criminelle ! tu n'as pas expié ton forfait : fuis ; on t'oubliera..... mais toi, tu ne peux oublier ; tu ne le dois pas, quand même tu le voudrais ! »

Où irait-elle, cette fois, cacher sa misère et savourer pour ainsi dire son expiation ?

Il a fallu bien des siècles pour qu'on s'aperçût, en France, que le système des bagnes est détestable, et qu'au lieu de purger la société de ceux qui ont

6.

rompu en visière aux lois de leur pays, elle ne
faisait, en les réunissant aux galères, qu'accroître le
mal, mettre en commun toutes les ressources du
crime, ouvrir une école immense d'immoralité, où
des coupables d'un instant — il s'en trouve parmi
les condamnés — sont amenés graduellement à devenir des criminels endurcis. L'Angleterre, il y a
une cinquantaine d'années, a donné l'exemple, en
déportant à Botany-Bay ses *convicts*, l'écume de ses
grandes villes, et a ainsi nettoyé, en partie du moins,
les égouts du vice et du crime.

Certes, si l'Australie est devenue rapidement pros-
père et s'est élevée d'un bond, sous la tutelle libérale
de la mère-patrie, à l'état de nouvel empire qui n'a
de colonie que le nom, avec ses parlements et les
institutions propres à un *self-government*, ce n'est
pas aux déportés qu'elle le doit : c'est à certaines
conditions de climat, de race, d'industrie, d'émigra-
tion, et aussi à la sagesse des hommes d'État anglais
qu'il faut en attribuer l'honneur. Il n'en est pas
moins vrai qu'en éloignant les êtres dégradés du
théâtre habituel de leurs exploits et de leur milieu
immonde, en les transférant sous un ciel clément et
salubre, en leur donnant des terres fécondes et des
instruments de travail, en leur créant une famille et en
répandant l'instruction au milieu de ces êtres voués

auparavant à l'ignorance, la métropole a fait un acte éminemment utile, et a réussi à réhabiliter les coupables, à les régénérer, au lieu de ne voir, comme par le passé, que la peine, que la vengeance de la société en état de défense.

La France, forte de l'exemple de ses voisins, voulut, vers 1850, avoir sa colonie pénitentiaire et fermer ses bagnes où l'on voyait, à la honte des ouvriers de nos ports et de nos marins, les forçats travailler côte à côte avec des hommes libres.

La Guyane fut choisie par nos gouvernants; la Guyane, où bien des expériences de colonisation avaient été tentées inutilement à diverses reprises et avaient échoué, tant par le mode imparfait que l'on avait suivi que par l'insalubrité du climat. S'imaginait-on donc que ces contrées étaient devenues plus saines, et que des hommes déjà usés y jouiraient d'une bonne santé? ou bien la maladie elle-même entrait-elle en ligne de compte dans les idées de nos politiques? Nous ne pouvons nous arrêter à cette dernière hypothèse, qui serait une injure pour des hommes distingués. Ils furent donc bien téméraires, et ne surent pas profiter de l'expérience du passé.

Les pénitenciers devinrent le tombeau des transportés, et la fièvre jaune vint s'ajouter au cortége des maladies endémiques. C'est là que la pauvre

Yvonne voulut subir son châtiment. « Tout coupable
d'infanticide sera puni de mort, » dit le Code pénal
(art. 302). « La loi sera satisfaite, pensait Yvonne : je
mourrai à petit feu, rongée par la fièvre ; j'irai là où
l'on envoie mes pareilles qui ont détruit le fruit
vivant de leurs entrailles, et pour qui un jury indulgent a trouvé des circonstances atténuantes dans
leurs antécédents, dans leur égarement, enfin dans
cette sorte de folie passagère, dans ce délire que les
avocats invoquent pour demander l'absolution de tous
les crimes. »

Un grand transport devait quitter Brest bientôt,
pour aller à Cayenne conduire un convoi de condamnés et quelques troupes de renfort. Il fallait
qu'Yvonne trouvât moyen d'obtenir un passage. Elle
s'informa des familles de fonctionnaires qui devaient
profiter de cette occasion pour se rendre à la Guyane,
et apprit à souhait qu'un commissaire de marine
partait, avec sa femme et ses enfants, pour cette
colonie. S'offrir comme domestique au commissaire,
forte de sa bonne mine et des meilleures références,
fut chose entreprise aussitôt que résolue.

Quelle fut la stupéfaction de M. Z... en apprenant
la détermination d'Yvonne, je vous le laisse à penser.
Ses projets renversés, les larmes chez les enfants :
cette femme était donc folle, pour avoir une pareille

lubie? Qui se serait douté d'un semblable projet?
Qui eût pu le prévoir? On se perdait en suppositions
de toutes sortes. Observations bienveillantes, remontrances sur sa détermination, supplications, perspec-
tive des dangers que courait son existence, tous les
moyens furent employés pour faire revenir Yvonne
sur ses intentions. Elle resta inébranlable, quoique
ses larmes coulassent en abondance au moment de
quitter cette famille adoptive, ces enfants presque
devenus les siens, ce toit hospitalier où elle avait
recouvré en partie le calme et la sérénité dans la
pratique de la vertu.

Quelques jours avant le départ du navire, il fut
mis en rade, les passagers de la chiourne embarqués,
ainsi que les troupes et les personnes de la domes-
ticité et les autres passagers du pont.

Toute la bonne ville de Brest avait appris l'aventure
d'Yvonne, qui avait défrayé les conversations pendant
huit jours. Chacun avait commenté l'événement surprenant, étrange, et la jeune femme était devenue
l'aliment de la curiosité publique. Elle avait hâte de
s'y soustraire, et dès qu'elle put s'embarquer avec un
bagage restreint, elle se rendit à bord, où elle n'avait
plus qu'à attendre la venue de ses maîtres et l'appareillage. Elle emportait, avec ses hardes les plus
simples, les plus grossières et quelques objets indis-

pensables, son inséparable compagnon, cette boîte
fatale qu'elle n'aurait pas détruite, en la jetant dans
les flots, pour tout l'or du monde.

Un étroit poste en toile, à l'arrière du faux pont,
avait été concédé à Yvonne, en raison de la nature de
son service.

Quand la nuit fut venue, que la pâle lueur des
fanaux ne jeta qu'un jour indécis, qu'une pénombre
sur les objets, Yvonne défit ses paquets, découvrit la
terrible boîte qu'elle avait dissimulée sous des linges,
et la plaça dans le cadre de toile où elle devait reposer, après avoir adressé à Dieu une fervente
prière.

Elle s'endormit bientôt du calme sommeil que donne
une conscience soulagée : n'allait-elle pas, comme
les forçats, subir sa peine à Cayenne? Devrait-elle
encore quelque chose à la vindicte des hommes, si
la justice de Dieu n'était pas satisfaite?

ÉPILOGUE.

20 septembre 18... — On lit dans l'*Armoricain :*

« On vient d'arrêter, à bord du transport l'*Allier,* en partance pour la Guyane, une jeune femme du nom d'Yvonne Kergommard, comme coupable d'infanticide, mais qui a donné un singulier et touchant exemple de remords et de repentir, non seulement dans sa conduite, mais dans le châtiment qu'elle s'était imposé. »

(Suivent les détails que nous connaissons.)

Et plus loin :

« M. Z..., voyant quelque chose de suspect dans le départ étrange et si brusque d'Yvonne, avait fait part de sa surprise et de ses soupçons à la justice. On fit épier la jeune femme par le capitaine d'armes de l'*Allier;* qui découvrit le mystère. Elle fut arrêtée dès le matin, et fit des aveux complets devant le magistrat instructeur. Le jury tiendra-t-il compte à cette malheureuse de cette perpétuelle souffrance morale si prolongée, et de la condamnation dont sa conscience, plus terrible que les jugements humains, l'avait frappée? »

FIN D'YVONNE.

HISTOIRE D'UNE JEUNE FILLE

PREMIÈRE PARTIE

I

Ma mère eut en horreur, dès qu'elle fut enceinte,
Le fruit que recélaient ses flancs comme un remords.
Pourtant le terme vint. Dès ma première plainte,
Elle osa bien souvent frapper mon pauvre corps.
Tels furent ses baisers, telle sa rude étreinte,
Tels son amer sourire et ses cruels transports.

Mon père, le meilleur des hommes (que son âme
Au ciel repose!), était un modeste employé
De la mairie, actif, par le travail ployé,
Mais d'un cœur vraiment droit. Comment de cette infâme
S'était-il avisé d'aller faire sa femme,
Et pour la vie ainsi s'était-il donc lié?

7

Souvent cela s'est vu, par un contraste étrange,
Un jouet du destin : d'une part, la bonté,
De l'esprit et du cœur, et, de l'autre côté,
Un démon de malice, être pétri de fange,
Qui cache sa laideur sous les traits purs d'un ange,
Vase d'impureté et de perversité !

L'enfant naît et vagit, ne demandant qu'à vivre ;
Le père est en voyage à ce moment fatal.
Quand la maternité vous charme et vous enivre,
Sans un profond dégoût pouvez-vous bien me suivre,
Mères, et croirez-vous qu'en son instinct brutal
La mienne m'alla mettre au tour de l'hôpital ?

Pourquoi cet abandon, quand par elle, au contraire,
Avaient été nourris et ma sœur et mon frère ?
Ils étaient déjà grands. Plus haut je vous ai dit
Que mon père au travail jamais ne s'engourdit ;
Il joignait les deux bouts. Cet infernal mystère,
Je l'ai connu plus tard : j'étais l'enfant maudit !

J'étais l'enfant du crime. Un porteur de soutane,
Gaillard de quarante ans, solide et bien râblé,
D'une mère impudique avait fait sa sultane.
Comme elle se livrait à cet homme endiablé,
Le curé les surprit sur leur autel profane.
Pour Genève ou pour Berne on l'eut vite emballé.

Le prêtre de Baal était plein de luxure.
Mon père appartenait au culte protestant :
En faire un catholique était assez tentant.
Mais la conversion n'était, je vous assure,
Qu'un prétexte inventé par notre homme à tonsure :
Il convoitait l'épouse, et c'était l'important.

Mon père était cassé, tandis que le saint homme
Avait de la verdeur et le jarret d'acier.
Dans l'armée, à coup sûr, le serviteur de Rome
Eût été dans son rôle en brillant cuirassier.
Revenons en arrière. Or, je vous disais commé
Ma mère m'avait mise au tour hospitalier.

Mon père, prévenu de cette manigance,
Put me faire rentrer sous le toit paternel,
Puis me mit en nourrice, en juste défiance
De celle qui n'eût pu que m'abreuver de fiel,
Et j'y franchis cet âge heureux, sans conscience
Des maux que trop souvent nous réserve le ciel.

II

Au bout de dix-huit mois, au sein de la famille
On me fit revenir. Mon père était joyeux,

Disant à tout venant : « Regardez donc ses yeux,
Sa bouche, tous ses traits ; cette petite fille
Est mon portrait frappant. Mon Dieu, qu'elle est gentille !
De nous l'avoir gardée il faut bénir les cieux ! »

Et j'allais grandissant. Mon père, à sa mairie
Tout le jour occupé, ne pouvait empêcher
Ma mère de me battre et de me décocher
Mille grossièretés dont j'étais ahurie,
Même de me priver de pain dans sa furie,
Et sans avoir mangé de m'envoyer coucher.

Quand mon père rentrait pour le souper au gîte,
Il venait à mon lit, me presser sur son cœur
Et me disait tout bas : « As-tu diné, Brigitte ? » —
C'était mon nom. — « Papa, non ; j'ai dîné par cœur, »
Répondais-je souvent. Alors de sa lévite
Il tirait des gâteaux ou quelque autre douceur.

Et je voyais des pleurs perler à sa paupière,
Puis, les sourcils froncés, son œil lançait du feu,
Et ses mains se crispaient. Un jour, mon pauvre père
Me murmura ces mots : « C'est donc une vipère
Qui t'a donné le jour, mon bel ange à l'œil bleu ?
Pour qu'il nous traite ainsi, qu'ai-je fait au bon Dieu ? »

Sa colère tombait devant mon doux sourire :
De son front irrité se déridaient les plis,

Puis il restait muet en face du vampire,
Refoulant dans son cœur aux plus profonds replis
Sa douleur, tant sa femme avait sur lui d'empire.
A tout prix il fallait éviter les conflits.

Et c'était tous les jours des misères plus dures,
Mon corps, marqué de bleus, partout endolori ;
Partout mille témoins de ces mille tortures.
Je pleurais en silence et sans pousser un cri.
L'enfer seul peut vomir de telles créatures.
La mère à son enfant n'avait jamais souri.

Je ne sais pas comment, malgré tant de misère,
Je pouvais résister ; mais mon cruel bourreau
Semblait avoir juré de m'envoyer en terre.
Pour je ne sais quel mal, dans un certain sirop,
Elle me faisait prendre un produit délétère.
Heureusement, un jour elle en avait mis trop.

Mon père, à mon aspect, me crut empoisonnée ;
De sa triste compagne il comprit le dessein.
Je vomissais beaucoup. Elle fit l'étonnée ;
Elle parla d'erreur quand vint le médecin.
Par la rumeur publique elle fut soupçonnée
D'avoir voulu répandre un poison dans mon sein.

Alors on m'envoya dans un humble village,
Pour me soustraire enfin à ce brutal instinct.

Dans une école, avec des enfants de mon âge,
Pour la première fois j'eus un meilleur destin.
Comme eux j'avais ma part au modeste festin,
Ma part de gai soleil, de jeux, de vert feuillage.

Et je vis la nature au charme tout-puissant.
Là se développa mon corps, naguère frêle.
Le souvenir amer d'une mère cruelle,
S'il ne s'effaça pas, alla s'obscurcissant,
Tandis que j'épiais un pas retentissant,
Les jours où j'espérais l'étreinte paternelle.

C'était fête pour moi, ce jour tant désiré,
Quand j'entendais la voix si chère à mon oreille.
De cette voix mon cœur était tout enivré.
Comme un pressentiment m'avertissait la veille :
Il me semblait sentir sur ma bouche vermeille
Le baiser de mon père en un songe doré.

Et le temps s'écoulait comme il fuit à cet âge :
On vit dans le présent. Que nous fait l'avenir ?
De l'existence, hélas ! c'est la meilleure page,
Temps si chers ! je n'ai plus que votre douce image ;
J'en conserve vivant le touchant souvenir,
Et quand je m'y reporte, il me fait rajeunir.

III

Mais un jour, sombre jour (cette date m'oppresse),
Un jour marqué de noir bouleversa mon sort.
Ces doux épanchements, cette vive allégresse
De mon cœur enfantin, ce bienheureux transport,
Ces chers embrassements, la mort, la froide mort
Les arrêta soudain et combla ma détresse.

Mon père ne vint pas au jour accoutumé.
Ce retard me rendit aussitôt soucieuse.
Quoique je n'aie été jamais assez pieuse,
Je priais ardemment Dieu que cet être aimé
Fût à l'abri du mal, attendant, anxieuse,
Quelque mot rassurant pour mon cœur alarmé.

Rien! et les jours suivaient les jours... pas de nouvelles.
Mille pensées de mort traversaient ma cervelle.
J'écrivis un billet que mouillait plus d'un pleur ;
Mais j'y dissimulais ma cruelle douleur...
(Hélas ! la vérité tôt ou tard se révèle !)
La réponse arriva déguisant un malheur.

Un ami paternel parlait de maladie,
De transport au cerveau, me disait d'espérer,

Qu'il prononçait. mon nom souvent dans l'insomnie;
Ajoutant, si le mal ne cessait d'empirer,
Que l'on me préviendrait... Je fus abasourdie...
Ce n'était pas vraiment fait pour me rassurer.

J'étais sur des charbons ardents... Une semaine
Se passa tout entière en cette anxiété,
Sans nouvelles: ce fut comme une éternité...
J'aurais voulu partir; ma prière fut vaine...
Ma mère avait écrit, n'écoutant que sa haine,
Que de moi ce tableau devait être écarté.

Il mourut, m'appelant à son heure dernière,
Et je n'étais pas là pour fermer sa paupière,
Pour recevoir de lui sa bénédiction !
A l'heure de la mort, recouvrant la raison,
Quand le prêtre lisait la suprême prière,
Il chercha son enfant de prédilection.

Lorsqu'il ne me vit pas, une pensée amère
Traversa son esprit... Soudain il tressaillit,
Tournant ses yeux éteints du côté de ma mère;
Brillant comme une flamme, un éclair en jaillit...
Par un dernier effort se dressant sur son lit,
Levant le bras, il dit d'une voix de tonnerre:

« Bourreau, toi dont le cœur est plus froid qu'un glacier,
Sois maudite ! » Il la tint sous un regard d'acier...

On eût dit l'œil de Dieu fouillant sa conscience.
Et puis il s'affaissa sur son lit de souffrance,
Poussant un long soupir... et ce fut le dernier...
Il est heureux : la mort, c'est notre délivrance !

Voilà par le curé ce qui me fut conté,
Quand on me replaça sous la loi maternelle,
Car le vampire enfin me tenait sous son aile,
Sous sa griffe crochue et sous sa volonté...
Que de larmes depuis cette heure solennelle
Où vers son créateur mon père est remonté !

IV

Puis-je dépeindre ici ma misère profonde ?
Mon frère au loin, ma sœur errante par le monde,
Être abject, dans le vice au plus bas descendu...
Qui la fit s'égarer dans ce chemin perdu ?
Qui la fit s'engloutir dans cette boue immonde ?
Vous me le demandez ! N'ai-je pas répondu ?

La marâtre toujours !... Ma quatorzième année
A l'horloge du temps était déjà sonnée...
J'étais presque une femme, et mes naissants appas
Faisaient impression, et j'étais étonnée

7.

Du murmure flatteur que parfois sur mes pas
Provoquait ma beauté. Je ne me doutais pas

Combien cette beauté me deviendrait funeste :
J'avais un teint de rose avec de grands yeux pers,
Un profil régulier, d'éblouissantes chairs,
Une bouche à croquer, blanches dents, et le reste...
A quoi bon détailler tous mes attraits divers ?
Mais j'avais conservé de ma tournure agreste.

J'étais douce et timide, et parfois rougissais
Jusqu'au blanc de mes yeux des flatteuses paroles
Qu'en passant près de moi disaient les bouches folles
Des lions de l'endroit, tout fiers de leur succès...
Les femmes trop souvent prisent ces fariboles.
Pour moi, j'en avais honte, et je les haïssais.

Je travaillais beaucoup, faisant de la couture,
Mille travaux d'aiguille où j'excellais surtout,
Tandis qu'en pension j'avais pris en dégoût
La grammaire et le reste. Avec désinvolture
J'offensais l'orthographe, et mon bagage, en tout,
Consistait en calcul, écriture et lecture.

Mais j'avais une voix que chacun admirait.
Ma maîtresse m'apprit tant soit peu de musique;
Cet art délicieux fut pour moi plein d'attrait.
Le curé s'écriait : « Quelle voix angélique !

Sainte Cécile avait cet air mélancolique ;
D'un séraphin des cieux n'est-ce pas le portrait ? »

Aussi, comme l'oiseau quand le soleil se lève,
Je chantais, roucoulais dès l'aube du matin.
Chanter pour la tristesse est la plus douce trève ;
Chanter pour la douleur est un baume certain :
Le présent disparaît, cédant la place au rêve
Dont l'aile nous emporte en un vague lointain.

Et les jours se suivaient sans rien de remarquable :
Ma mère faisait taire une haine implacable,
Ne s'occupant de moi pas plus qu'il ne fallait...
Enfin, à mon égard, un changement complet.
Je goûtais ces instants d'un calme inexplicable,
Quand l'orage grondeur sur moi s'amoncelait.

V

J'étais allée un jour faire une longue course
Au village de Saint-***, pour voir un vieux parent
Trop négligé par nous. On le disait mourant.
Je fis la route à pied pour ménager ma bourse,
Et fut prise de fièvre et de toux en rentrant.
D'un grave événement ce mal devint la source.

J'ignorais à peu près ce que c'est qu'un docteur.
J'avais depuis longtemps une santé robuste.
Or, ma mère appela le médecin Auguste
Trois étoiles. D'abord, son regard scrutateur
Sembla m'envelopper ; il me plaisait tout juste.
Le serpent doit avoir cet œil fascinateur.

Je crois voir le boa tenant en sa puissance
La timide gazelle… un pauvre être innocent.
Pourtant, son ton de voix était doux, caressant ;
Mais quand il découvrit ma gorge à sa naissance
Ses traits semblaient gonflés par la concupiscence,
Et la honte à mon front fit affluer mon sang.

Il ausculta, palpa, percuta ma poitrine,
Semblant prendre plaisir à ce long examen.
Comme un frémissement faisait trembler sa main.
De grossiers appétits dilataient sa narine :
Vrai supplice ! J'avais essayé, mais en vain,
De m'y soustraire. Avec un regard de fouine,

Ma mère m'empêchait même de murmurer.
Enfin, c'était fini : je pouvais respirer…
Il écrivit alors une longue ordonnance,
L'expliqua, m'enjoignit une stricte abstinence,
Puis ajouta : « Fillette, il faut vous rassurer ;
Fiez-vous en, ma belle, à mon expérience.

Je reviendrai vous voir. » Alors il me tapa
La joue avec la main, d'un air de bon papa ;
Mais son regard sournois était oblique et louche.
Un pli malicieux sur les coins de sa bouche
Et son sourire faux, tout cela me frappa.
Cette ombre, dans mes nuits, venait hanter ma couche.

Au bout de quinze jours, j'étais tout à fait mieux,
Et j'étais arrivée à la convalescence,
Moment où l'on ressent comme une jouissance,
Où vivre nous paraît un bien délicieux.
Même les malheureux reprennent confiance,
Et l'avenir leur montre un petit coin des cieux.

Du passé j'avais donc repris la vie active,
Lorsque je ressentis une douleur très-vive
Dans mon côté. D'abord je n'en avais rien dit.
L'emplâtre de thapsia, le camphre, rien n'y fit.
Horrible souvenir qu'il faut que je ravive...
Ma mère m'emmena chez le docteur maudit.

Celui-ci m'interroge ; il palpe, m'examine
Comme les autres fois, examen peu discret,
Qui pour lui paraissait n'être pas sans attrait.
Après réflexion et renfrognant sa mine,
S'adressant à ma mère, il dit qu'il me faudrait
Faire une injection avec de la morphine.

« C'est nerveux. Je m'en vais la chloroformiser,
Car l'opération est assez douloureuse.
Elle est encore faible, et je la sais peureuse.
Décidez-vous : le mal pourrait s'éterniser,
Ma belle ; je n'ai pas le temps de deviser.
Si vous voulez guérir.., » J'étais tout anxieuse.

Où voulait en venir ce satané docteur ?
« Allons! tu vas encor faire ta mijaurée! »
Dit ma mère. « Voyons, te voilà préparée.
Couche-toi! » J'obéis... mais bien à contre-cœur.
Je respirai le gaz, et bientôt enivrée
D'un étrange sommeil j'éprouvai la torpeur.

Et je ne vis plus rien... une épaisse atmosphère
Semblait m'envelopper. Quand j'ouvris ma paupière,
Il faisait nuit. J'étais seule en ces mêmes lieux
Où le sommeil de plomb avait fermé mes yeux.
La veilleuse faisait trembloter sa lumière,
Et tout dans la maison restait silencieux.

Ma mère était partie, et j'étais chez Auguste
Trois étoiles. Je crus que mon esprit rêvait,
Quand je vis le docteur surgir à mon chevet,
Sur ce lit plus cruel que celui de Procuste,
Où tout mon sang brûlait des poisons de Locuste,
Et je voulais crier : pas un son n'arrivait.

Je voulais me lever, et j'étais engourdie..
De tissus infernaux la trame était ourdie...
Je voyais, j'entendais et ne pouvais bouger.
Auguste sur mon sein porte sa main hardie.
De ses baisers lascifs il ose m'assiéger...
Je ne puis de ses bras nerveux me dégager.

Le vautour me tenait sous sa serre effroyable,
Haletante. Ses yeux, tout injectés de sang,
Sortaient de leur orbite... Il avait l'air du diable
Dans un tableau d'enfer, un monstre assouvissant
Sa rage d'impudeur sur mon sein frémissant...
Je subis jusqu'au bout mon sort impitoyable...

Et je ne mourus pas! — Le lendemain matin,
Ma mère vint me voir. Je m'étais endormie
D'un sommeil accablé. De mon affreux destin
Je lui fis, toute en pleurs, le récit trop certain
Du crime du docteur et de son infamie...
« C'est l'effet de l'opium, dit-elle, pauvre amie!

Un cauchemar. Auguste est un homme pieux,
Bien connu dans la ville et que le monde estime,
Incapable, à coup sûr, de faire une victime...
Je viendrai te chercher dès que tu seras mieux.
Mange et bois; dors tranquille et sans rêver de crime,
Folle! » Et sans plus m'entendre, elle quitta ces lieux.

Quand on n'a pas de mère, est-on si malheureuse?
O mères de famille, eussiez-vous jamais pu
Supposer tant de fiel dans un cœur corrompu?
Plaignez ma destinée et ma misère affreuse...
Le monstre me tenait sous sa serre odieuse,
Profanant à plaisir mon pauvre corps rompu.

A quatorze ans, le traître, en sa luxure infâme,
De la naïve enfant avait fait une femme!
Et le ciel permettait ce complot infernal...
J'ignorais ce que c'est qu'un juge, un tribunal;
Mille horribles pensées envahissaient mon âme :
J'aurais voulu m'aller noyer dans le canal.

Impossible! j'étais tout à fait prisonnière...
J'essayai de rester sans manger, mais enfin
Je ne pus résister aux douleurs de la faim,
Et lorsque j'invoquais la mort dans ma prière,
Du lâche il me fallut partager le festin...
Quel juste maintenant me jettera la pierre?

Enfant de quatorze ans! quel cruel abandon!
Au Seigneur il me faut en demander pardon;
Mais quand, dans le passé retournant en arrière,
Je porte mes regards... oh! je maudis ma mère...
Je maudis la beauté dont Dieu m'avait fait don;
Je maudis les humains et la nature entière!

VI

Enfin je retournai sous le toit maternel,
Dans le fond de mon cœur accumulant du fiel
Contre cette harpie auteur de ma naissance.
Auguste me tenait en sa toute-puissance :
J'étais sa chose. En vain, j'eusse imploré le ciel ;
Mon courage soudain tombait en sa présence.

Vers Pâques, je parus au confessionnal ;
Au curé je contai ma fatale aventure...
Il se fâcha tout rouge, et d'un air infernal
Il s'écria : « Sors vite, affreuse créature,
Vil suppôt de Satan... horreur de la nature !
Tu souilles sans pudeur le sacré tribunal. »

Tout le monde entendit la terrible semonce.
Honteuse, je m'enfuis sans risquer de réponse :
Quand mon âme implorait la consolation,
L'homme de Dieu lançait la malédiction.
C'est ainsi dans le mal qu'un pauvre être s'enfonce !
J'errais sur une mer de désolation.

On se montra du doigt cette fille perdue...
Mais personne ne sut le crime du docteur.

On dut en ignorer le ténébreux auteur.
Qui pensa que la chose était sous-entendue
Entre une mère infâme et ce vil séducteur,
Et qu'à ce scélérat j'avais été vendue?

On savait que j'avais Auguste pour amant;
La fashion de l'endroit trouvait cela charmant :
Débaucher une fille est pure bagatelle...
« Quel heureux sacripant! quel don Juan! » disait-elle;
Mais les gens sérieux pensaient tout autrement,
Et bientôt il perdit la bonne clientèle.

VII

Voici dans son esprit ce qu'Auguste arrêta :
Nous partîmes pour Z***, une sous-préfecture,
Où mon maître et seigneur partout me présenta
Comme sa propre femme, avec désinvolture...
On crut naïvement tout ce qu'il inventa,
Tandis que pour ma part j'étais à la torture...

Cependant, je finis par accepter mon sort
Sans murmurer. Auguste essayait de me plaire :
Pour tous les serviteurs sévère et grondant fort,
De moi le moindre mot abattait sa colère...

Alors, pour se calmer, il semblait faire effort,
Car il était sanguin, sinon atrabilaire.

Je m'en vais essayer de faire son portrait :
Il avait vingt-huit ans, la face rubiconde,
Le nez droit, un front bas, une moustache blonde,
Les yeux à fleur de tête et le regard distrait,
De belles dents, des mains très-blanches qu'il montrait,
Un aplomb d'imposteur et beaucoup de faconde.

Il était grand, bel homme et parfois cavalier :
Il me fallut monter à cheval pour lui plaire.
J'allai donc avec lui chez un maître écuyer ;
Quand plus tard, à Paris, sur un beau destrier,
J'allais caracolant, sans en être plus fière,
Sa vanité prenait une libre carrière.

Il avait pour parents des paysans normands ;
D'un oncle il sut capter le solide héritage.
J'eus des robes de soie et des chapeaux charmants ;
Quelque bon professeur m'eût valu davantage...
Mais, jaloux comme un tigre, il voyait des amants
Dans tous ceux dont la barbe est le noble apanage.

VIII

Notre séjour de Z*** comptait beaucoup d'Anglais.
Il aimait la raideur de ces gens flegmatiques.
On s'attablait souvent, et l'on y buvait frais ;
Le docteur se plaisait à ces repas épiques,
Source pour lui, je crois, d'accès épileptiques,
Et quand il rentrait tard, oh ! comme je tremblais !

Dans ces occasions, sa face était horrible.
J'éprouvais à sa vue une peur indicible :
Il me remémorait ce visage infernal
Que j'avais vu penché sur mon sein virginal,
D'une nuit de torture et d'angoisse terrible
Le fantôme hideux, comme un démon du mal.

Sentant le vin, le gin, tout en proie au vertige
(Quand j'y songe mon sang dans mes veines se fige),
De l'écume à la bouche et du feu dans les yeux,
Il menaçait, jurait en blasphémant les cieux,
M'apostrophant des noms qu'un débauché n'inflige
Qu'aux êtres les plus vils des plus infâmes lieux.

Un jour, dans cet état, il s'emporte, il se fâche ;
Il sangle mon visage avec une cravache.

Je n'y tins plus ; je pus me soustraire à ses coups :
Il avait oublié de mettre les verroux,
Selon son habitude. A ces lieux je m'arrache,
Où me claquemurait ce furieux jaloux.

Il était bien minuit. Je fuis loin de la ville,
Allant toujours. Après avoir longtemps marché,
J'errais dans la campagne, en quête d'un asile
Chez de bons paysans, dans un recoin caché
Où mon vil suborneur serait bien empêché
De retrouver ma trace en sa recherche habile.

Au matin, épuisée, à peine me traînant,
Je vis un toit de chaume à des bois attenant
Et vins me présenter à ses hôtes rustiques :
En eux je rencontrai des êtres sympathiques ;
Je goûtai dans ces lieux un calme surprenant,
Assouplissant mes bras si longtemps apathiques

Au travail le plus dur que j'eusse jamais fait.
Auguste était au mieux avec le sous-préfet,
Il sut mettre après moi des limiers de police ;
Au bout d'un temps trop court de ce calme parfait,
On trouva ma cachette : à mon amer calice
Il fallut boire encore et prendre le cilice.

Cet homme recevait ses maîtresses chez lui,
A mon nez. Il fallait leur faire bon visage.

Je me mangeais les sangs, ou je mourais d'ennui.
Sans parents, sans amis, pour me servir d'appui,
Mais des indifférents dans tout mon entourage,
Je n'eus plus qu'un seul but, qui soutint mon courage :

Fuir ! Ceci se passait en l'an soixante et dix.
Auguste, tout d'abord, était des plus hardis :
Dans les clubs il poussait la jeunesse à la guerre ;
Mais quand l'invasion des Allemands maudits
S'avança, le héros, commençant à se taire,
Prestement avec moi partit pour l'Angleterre.

Ce fut à mes tourments une diversion.
London est après tout une ville assez triste...
Auguste, à Chileshurst, en franc bonapartiste,
Alla porter sa carte avec componction...
Enfin, quand vint la paix, nous quittâmes Albion.
Pour fuir, d'une occasion je me mis à la piste.

Je voulais cette fois aller jusqu'à Paris,
Où je travaillerais, n'importe la manière...
J'irais dans les lavoirs ; je serais cuisinière,
Servante... Je voulais être libre à tout prix,
Fuir la cage dorée où j'étais prisonnière,
Où tout ne m'inspirait que dégoût et mépris.

Mon maître m'avait fait visiter la grand'ville :
J'avais vu l'Opéra, les Bouffes, Frascati,

Entendu Carvalho, Faure, Sass, la Patti ;
Vu le cirque, les bals, le Ranelagh, Mabile,
Le bois, mais, par malheur, rien qui pût m'être utile...
A la grâce de Dieu ! J'avais pris mon parti.

Je n'emporterais rien que ce corps misérable,
Des hardes sans valeur, le linge indispensable-
Et ma haine... J'avais de riches vêtements,
Des bagues, une montre et de beaux diamants.
Ces témoins de ma honte et d'un sort déplorable,
Je n'y toucherais pas. J'épiais les moments

Où je pourrais franchir cette demeure infâme...
J'avais vingt et un ans... A cet âge, la femme
A l'esprit délié. J'avais tout préparé
Pour dépister au mieux mon tyran abhorré.
Bien habile celui qui dénouerait ma trame.
Tout réussit à point. Enfin je respirai !

DEUXIÈME PARTIE

I

Je me voyais encor dans cette capitale,
Non plus dans l'opulence et me montrant au bois,
Pauvre au contraire, mais non plus, comme autrefois,
Rivée à mon forçat sous une loi brutale,
Et traînant mon boulet et sa chaîne fatale,
Mais libre comme l'air et fière de mes droits.

Après cet esclavage être enfin sa maîtresse !
Est-il rien de plus beau ? Que fait la pauvreté,
Et même la misère, avec la liberté ?
Je humais sous les toits l'air pur avec ivresse ;
Mon affreux galetas paraissait enchanté.
Par malheur, tous les jours s'accroissait ma détresse.

L'ouvrage ne vint pas. Ma constitution
S'ébranla. Je pâlis et devins anémique.
Un médecin me fit admettre à la clinique
De l'Hôtel-Dieu. Cent fois de l'auscultation

Je subis en public la mode tyrannique ;
C'était de carabins une procession.

Ensuite, au Vésinet, dans un site champêtre,
Je fus réconfortée. Il fallut revenir
A Paris, sans argent, sans lueur d'avenir,
Seule. J'accusais Dieu quand il me fit connaître
Celui par qui je vis et qui remplit mon être,
Et dont la mort pourra seule me désunir.

II

Après sept ans d'ennui, d'angoisse dévorante,
De bagne, je sentis la saveur enivrante
De l'amour. Je compris les palpitations
De mon cœur, étranger à ces émotions.
Hier si misérable, à tout indifférente,
N'allant du vague espoir qu'aux désillusions,

Aujourd'hui, je bénis la divine clémence,
La nature m'étale un gracieux tableau ;
Étais-je donc aveugle, en proie à la démence,
Quand je voulais dormir dans l'ombre des tombeaux ?
La vie à présent m'ouvre un horizon immense,
Où tout m'est souriant, où tout me paraît beau.

8

J'ai blasphémé, Seigneur, ton souffle qui m'anime ;
Tu te montres à moi dans tes bienfaits divins,
Et je bénis tes lois et ton œuvre sublime.
Mes douleurs d'autrefois sont des fantômes vains.
Cette âme où fermentaient les plus haineux levains
Plane au sein de l'éther, sur la plus haute cime.

Dépouillée aujourd'hui de ces impurs limons,
J'habite dans l'azur au milieu de la nue,
Je crois que je respire une brise inconnue
Qui me fait vivre enfin et gonfle mes poumons ;
Une céleste voix chante en mon âme émue,
Et ses divins accords me redisent : « Aimons. »

Ah ! pourquoi ma fraîcheur s'est-elle évanouie ?
Pourquoi ne suis-je plus à mon premier soleil,
Bouton inentr'ouvert, fleur inépanouie ?
Que n'ai-je ces sept ans dormi d'un long sommeil
Pour, vierge encor, pouvoir revivre une autre vie
Et me livrer à lui tout entière au réveil,

Pour lui donner mon âme en sa pleine innocence,
Cette âme qu'a souillée un débauché sans foi !
Mais si l'être charnel, tombé dans sa puissance,
De ce lâche a subi la criminelle loi,
De mon être il n'a pas eu la divine essence :
Il ne l'a pas fait battre et palpiter d'émoi.

Cinq mois sont écoulés d'un bonheur sans mélange.
Comme le temps s'enfuit d'une vitesse étrange !
Cinq mois, c'est un instant, moment délicieux,
Où mon âme enivrée a vécu dans les cieux
Parmi des bienheureux la céleste phalange.
Mais le ciel de ses biens nous est trop envieux.

III

Il est parti sur mer. La mer est sa maîtresse ;
Il retourne en son île et dans ses chauds climats :
Il lui faut l'ouragan qui siffle dans les mâts...
Peut-être en ce moment son navire en détresse
Des flots affronte-t-il les horribles combats...
L'Océan furieux remplit son cœur d'ivresse.

O femmes, croyez-moi, n'aimez pas un marin.
N'aimez pas un marin, ô frêles sensitives,
Ou bien apprêtez-vous au plus amer chagrin,
Car, reprenant bientôt ses courses fugitives,
Comme l'oiseau de mer qui passe sur nos rives,
Il ne fait qu'apparaître et s'envole soudain.

Il part, en laissant là sa douce et triste amante,
Poursuivant à plaisir son existence errante.

Quand nous sommes en proie aux soucis énervants,
Sous des cieux variés, aux mille bruits des vents,
Ignorant de nos cœurs la peine dévorante,
Il s'endort mollement bercé des flots mouvants.

Ignorant nos sanglots, nos cruelles tortures,
Quand gronde la tempête aux sourds mugissements,
Quand le journal nous dit les épouvantements
D'un naufrage, où l'on voit de pauvres créatures
Trouver au sein des flots d'horribles sépultures...
Mon cœur à cette idée a des frissonnements !

Il quitte nos climats comme les hirondelles
Vers des pays plus doux partent à tire d'ailes...
De nouveaux sites vont lui récréer les yeux...
Mais du moins, ces oiseaux à leur nid sont fidèles ;
Quand leurs couples, de loin, nous jettent leurs adieux,
Leurs petits déjà forts s'envolent avec eux.

Aux marins vagabonds la blonde Américaine,
La brune Asiatique et la noire Africaine,
La jaune enfant d'Hawaïe ou de Papéiti...
Et nous, la mort au cœur, le front appesanti,
Sommes à les attendre en la sombre géhenne,
Pleurant notre bonheur trop vite anéanti.

Quelques-unes encor trouvent dans leur famille
Des consolations qui font passer les jours.

Que n'ai-je des enfants! Je voudrais une fille,
Un être à son image, un fruit de nos amours...
Seule au monde! Un essaim de fantômes fourmille
Dans mon âme, livrée aux pensers les plus lourds.

Il m'écrira souvent. C'est la céleste manne
Qui vient réconforter un pauvre cœur désert...
Je baise chaque lettre... un doux parfum émane
De ce papier. Je tremble avant qu'il soit ouvert :
Des replis de son cœur j'y vais sonder l'arcane...
Jamais comprendra-t-il tout ce que j'ai souffert?

Ce que je souffre encor d'une absence éternelle...
Que le vent ne vient-il me prendre sous son aile,
Pour m'emporter vers lui! Je braverais les mers;
J'irais pour le rejoindre au bout de l'univers,
Pour le voir un moment, pour baiser sa prunelle,
L'entendre me bercer au doux bruit de ses vers.

IV

Dordogne, avril 1874.

C'était hier, ô ma chère Albertine,
Que je lisais dans ton regard si clair,
Que je baisais ta bouche purpurine...
De ta beauté j'étais heureux et fier.
    C'était hier!

8.

Et je te vois, charmante créature,
Quand nous roulions vers le chemin de fer,
De tes beaux bras me faire une ceinture :
Dernière étreinte, embrassement si cher...
    C'était hier !

Nous n'étions qu'un. Le sort inexorable
Vint nous disjoindre, et plus d'un pleur amer
Voila tes yeux, ô maîtresse adorable,
Mon tout, ma vie, et la chair de ma chair.
    C'était hier !

Je vis ces pleurs embellissant tes charmes.
Au firmament étincelait Vesper.
J'aurais voulu boire à longs traits tes larmes.
Le train partit aussi prompt que l'éclair...
    C'était hier.

Et c'est ainsi qu'en un moment rapide
Tant de bonheur s'engloutit et se perd.
Bonheur si pur, si calme et si limpide ;
Il est brisé par la jalouse mer.
    C'était hier !

Du souvenir maintenant il faut vivre,
Pâle rayon qui dore un jour d'hiver.
C'est du passé le miroir et le livre
Qui vient redire à notre cœur désert :
    C'était hier !

Je reviendrai, ma charmante maîtresse.
On n'est heureux qu'autant qu'on a souffert.

Tu t'écrieras dans une douce ivresse :
« Je vois le ciel; si j'ai rêvé l'enfer,
     C'était hier ! »

. Et puis après, vienne la mort, cher ange !
Que du tombeau nous repaissions le ver.
L'âme, au-dessus de la terrestre fange,
Monte et murmure au sein du pur éther :
     « C'était hier ! »

C'est daté de la mer, du détroit de Messine,
A bord de la *Dordogne,* un superbe transport.
Jamais, au grand jamais il n'eut pareil confort,
Dit-il : salon splendide, excellente cuisine...
Avec les passagers jamais on ne lésine...
Et quant au commandant, charmant dès qu'il s'endort.

Je crois voir mon amant arpentant la dunette,
Humant l'air à longs traits, fumant sa cigarette...
De mon côté peut-être a-t-il tourné les yeux !
Mais il rejoint bientôt d'autres groupes joyeux :
On rit, on jase, on chante ; on est partout en fête...
C'est un tourment de moins pour moi, s'il est heureux.

V

L'hiver s'enfuit ; déjà reparaît la verdure...
Tout m'est pourtant lugubre en ce vivant Paris :
Il se revêt pour moi de tons sombres et gris ;
Il est morne, désert... La peine que j'endure
Est atroce... Il me faut le revoir à tout prix,
Ou bientôt je mourrai si mon supplice dure.

Il doit être arrivé sous un ciel fortuné.
Ah ! je devine trop ce qui l'a ramené
A Bourbon : il s'en va retrouver sa maîtresse !
J'ai vu dans son album certaine mulâtresse,
Une brune aux yeux noirs, un minois chiffonné...
Elle est heureuse : elle a son ardente caresse...

Ma lettre... il ne l'a pas reçue. Un mauvais sort
M'aura joué ce tour. Il croit que je l'oublie ;
Lui que j'aime, à qui tout sur la terre me lie.
Comment ! deux mois après qu'il a quitté le port,
L'oublier ! Ce serait une insigne folie...
Il raille... Relisons, par un suprême effort :

C'est en partant, quand l'âme est oppressée
Par les adieux, ô douloureux instant !

Qu'un sombre deuil envahit la pensée...
    C'est en partant.

Oui, c'est alors que l'on sent mieux la perte
D'une maîtresse au cœur tendre et constant.
Pour qui la vie est à présent déserte...
    C'est en partant.

On se boudait, on renouait de même :
Caprice pur, sans motif apparent ;
Mais si jamais on sent bien que l'on aime,
    C'est en partant.

Et l'on échange une tresse adorée
De ses cheveux au reflet miroitant,
Et sur le cœur cette tresse est serrée...
    C'est en partant.

Et l'on s'étreint, confondant ses deux êtres
Que va disjoindre un destin inconstant.
On se promet des volumes de lettres...
    C'est en partant.

Et l'on se jure une flamme éternelle.
On prend le ciel à témoin éclatant
D'un doux serment, promesse solennelle.
    C'est en partant.

Puis on revient d'une lointaine rive.
Plus de tourments, plus de rêve attristant :
Un doux espoir nous berce et nous captive.
    C'est en partant.

On touche au port, et l'on franchit l'espace ;
On est au seuil, le sein tout haletant ;
On frappe en vain, et puis, l'oreille basse,
        C'est en partant

Que du volet on entendra sa belle
Dire au blondin qu'elle va becquetant :
« Le vrai moyen que l'on vous soit fidèle,
        C'est en restant. »

VI

Auguste est de retour. Il s'est mis sur ma piste.
Oh ! la désespérance entre en mon pauvre cœur !
On m'a remis hier des boucles d'améthyste
De la part d'un quidam, un bijou de valeur...
C'est lui, cet inconnu. Dieu ! que mon âme est triste !
Cet envoi me présage, à coup sûr, un malheur.

Il habite Paris, me guette et me pourchasse ;
Il a su faufiler un espion dans la place.
X*** est loin. Bravement il va se présenter.
Par un tiers tout d'abord il m'avait fait tâter :
J'ai repoussé ses dons. Alors c'est face à face
Qu'il ose me braver, croyant m'épouvanter.

Il vient dans ma chambrette : un ami l'accompagne,
Honnête homme, il paraît, qui croit tout bonnement
Que par des nœuds sacrés je suis bien la compagne
De ce fourbe. Jugez de son étonnement
Quand il voit que ces droits lui méritent le bagne...
Ah! ce jour là, j'avais du courage, vraiment.

X*** est bien loin. Eh bien! des forces surprenantes ·
Qui me venaient de lui réconfortaient mon cœur.
Je toisai l'ennemi de mon dédain moqueur,
Et puis, en lui jetant ces paroles tonnantes :
« Ah! tu veux m'acheter en espèces sonnantes, »
Je foulai ses bijoux sous mon talon vainqueur.

« Monsieur, c'est le dernier des derniers ; cet infâme
Est coupable de viol... Il faudrait qu'en tous lieux
Tout le monde le sût. C'est un monstre odieux !
A Toulon, le forçat des galères qui rame
N'est pas plus criminel, bien haut je le proclame,
Que cet être aussi vil que lâche et vicieux. »

A ma rude apostrophe Auguste devint blême
Comme un linge ; après quoi, pris de colère extrême,
· Je ne sais vraiment pas tout ce qu'il eût osé, ·
Si son ami, s'étant alors interposé,
Ne l'eût par son maintien fait rentrer en lui-même
Et ne l'eût entraîné. Moi, j'avais épuisé

Les forces de mon âme, et je tombai malade,
Mais gravement malade, après un tel émoi.
Mon tyran n'a plus l'air de s'occuper de moi ;
Il fait le mort depuis notre vive algarade...
Enfin, j'ai pu savoir par une camarade
Qu'il est en Angleterre... Y restera-t-il coi?

Il tient à moi. Peut être ourdit-il quelque piége.
Craint-il les tribunaux, les lois? Enfin que sais-je?
Mais cet acharnement à me poursuivre encor,
Quand je n'en voudrais point au prix de tout son or !
Ce corps aurait-il donc le triste privilége
De l'attirer, quand même il sent que dans mon for

Je le hais. Je le hais! L'orgueil, la jalousie
Le mordraient-ils au cœur? Je tremble qu'un beau jour
Quelque nouvel éclat m'apprenne son retour.
J'ai peur. Au moindre bruit je suis toute saisie ;
Je crains que dans la nuit il n'ait la fantaisie
De me surprendre. En vain je ferme à double tour,

Je ne dors plus. J'ai peur de le voir apparaître.
Cet homme est si méchant ! Il est ensorcelé.
Il m'obsède et revient à mon esprit troublé.
Si j'allais porter plainte, on m'enverrait peut-être
A Charenton, disant : « C'est un cerveau fêlé. »
Le découragement s'empare de mon être.

J'irais le dénoncer. Et puis, comment prouver,
Après sept ans bientôt, que cet homme est coupable?
Cette plainte aurait mis bien du temps à couver.
Seule au monde, à Paris, de quoi suis-je capable?
Les preuves qui pourraient perdre ce misérable
Sont un fardeau pour moi trop lourd à soulever.

VII

Écrivons. Il est loin, bien loin. L'ennui me ronge.
Paris m'est un désert, malgré ses mille bruits...
Dans de sombres pensers mon pauvre cœur se plonge ;
L'ennui sans trêve assiége et mes jours et mes nuits.

Il me sourit pourtant dans sa photographie,
Avec son doux regard. Autour de moi, de lui
Quand tout me parle encor; de lui qui fait ma vie,
Qui m'absorbe en entier, hélas! je meurs d'ennui.

Ce petit livre vert où son âme mutine
Est peinte au naturel, où le volage amant,
Folâtre papillon, à chaque fleur butine,
De la brune à la blonde allant trop galamment :

Plus je relis ce livre, et plus je suis pensive...
Mon pauvre cœur soupire, et je me dis tout bas :

« Vagabond, il explore une lointaine rive.
De quels âcres parfums s'enivre-t-il là-bas? »

Aux amants du soleil et de la poésie
Il faut des sucs nouveaux et toujours plus ardents,
Et je sens dans mon cœur entrer la jalousie,
Et ce hideux serpent me mord à belles dents.

Non, ce n'est plus l'amour qui m'énerve et me tue,
Qui dans mes veines fait circuler du poison,
Qui fait que je voudrais avoir la double vue
Pour au-delà des mers transpercer l'horizon,

Pour le suivre en ses pas, en ses jeux, dans sa couche,
Même dans ses pensers, dans ses mille actions,
Enfin pour l'épier d'un œil oblique et louche,
Et scruter de son cœur les palpitations...

Pauvrette! je voudrais qu'en son île perdue
Dans le vaste Océan tes yeux pussent le voir,
Pensif, priant le ciel que tu lui sois rendue,
N'ayant que le retour pour but et pour espoir,

Soucieux d'abréger et le temps et l'espace,
De réunir bientôt ce qu'a disjoint le sort,
Comptant les mois, les jours, jusqu'à l'heure qui passe,
Ne formant qu'un seul vœu · de revenir au port.

Oui, ma délicieuse amante,
C'est toi qui remplis mon sommeil,
Toi dont le souvenir m'enchante;
C'est toi dont la grâce touchante
M'envoie un rayon de soleil.

Toi, ma belle et chère Albertine,
C'est toi seule qui me souris;
Et c'est par ta flamme divine
Que ma nuit sombre s'illumine.
C'est par toi seule que je vis.

Espère et reprends confiance;
Rêve de ton bonheur passé.
Encore un peu de patience :
Savoir attendre est la science.
Ton cœur sera récompensé.

Il est temps de sécher tes larmes;
Tes pleurs rougiraient tes beaux yeux.
Les chagrins, les vaines alarmes
Ne pourraient que nuire à tes charmes.
Invoque ce jour radieux

Où tu viendras, mon adorée,
A cette gare où, tout en pleurs,
Tu me quittas désespérée. .
Tu reviendras l'âme enivrée,
Et se confondront nos deux cœurs.

VIII

Oui, l'espoir me soutient. Mais je suis inquiète
Malgré tout. Je voudrais qu'il dît la vérité :
Je m'efforce de croire à sa fidélité.
Mais là-bas je crois voir mainte et mainte fillette
Qui l'attire. L'amour... il en a plein la tête...
Quiconque a lu ses vers n'en a jamais douté.

Ah ! si vous connaissiez ces rimes vagabondes
Où tout naïvement il met à nu son cœur,
Où tour à tour pensif, gai, langoureux, moqueur,
Il jette sa pensée aux échos des deux mondes
Comme accompagnement au murmure des ondes,
Ah ! vous comprendriez ma peine et ma langueur.

Le travail me distrait : il endort ma pensée;
Mais quand revient le soir revient l'ennui rongeur...
La lecture qui berce une âme délaissée
M'ennuie, à part ses vers : mais je les sais par cœur !
Cette page, cent fois je l'ai recommencée...
C'est un parfum si doux pour mon esprit songeur.

IX

Il m'écrit. O bonheur! quel trouble je sens naître!
C'est ainsi tous les mois, quand je reçois sa lettre;
Je ressens dans mon cœur un vif tressaillement.
Depuis quatorze mois, toujours fidèlement
Il m'écrit. Dans deux mois il reviendra peut-être...
Dans deux mois je verrai la fin de mon tourment.

Je renais. Dans deux mois plus d'ennuis, de déboire,
De larmes, de chagrins; plus de nuits sans sommeil.
Je revis. A long trait j'aspire le soleil,
L'air vif. C'est dans deux mois! Je n'ose pas y croire...
Ne nous hâtons pas trop de sonner la victoire:
La désillusion vient souvent au réveil.

Non! il ne me ment pas. Je crois à sa parole...
Je ne me connais plus... je suis comme une folle...
Il revient!... il revient! Je m'en vais m'attifer:
Il faut me faire belle et me faire coiffer
Comme la République, ou bien à la créole...
Oui, je me veux ainsi faire photographier.

Il me faut des couleurs... J'ai la joue un peu creuse...
Bah! cela ne fait rien... je vais paraître heureuse...

S'il me trouve à son goût ainsi, c'est l'important.
Dans mon dernier portrait j'étais si soucieuse !
Quel contraste aujourd'hui ! j'ai l'air gai, bien portant.
Et lui... je vois d'ici comme il sera content !

Il est en route... Encor quelques jours de voyage...
Il est au port... Déjà je crois ouïr ses pas...
Il arrive à Paris... il tombe dans mes bras...
Que le ciel soit béni ! Mais que vois-je ? Un naufrage...
C'est son navire... Il est... ne me trompé-je pas ?...
Il est parmi les morts... Oh ! quelle horrible page !...

X

Je suis allée hier rêver au cimetière...
J'ai passé dans ces lieux une journée entière
Au milieu des cyprès, des saules, des tombeaux...
Et j'enviais ces morts... j'enviais leur repos !

Oui, c'est là mon dimanche... et j'ai l'âme ainsi faite
Que plus Paris s'anime, et plus il est en fête,
Plus sa gaité m'attriste, et plus mon cœur est seul...
La mort seule me plaît avec son froid linceul...

Il disait : « Le soleil, l'air pur, c'est salutaire ;
Promène-toi. » J'irai rêver au cimetière,

Les dimanches, les jours de fêtes ; ce sera
Ma promenade au bois, mon bal, mon Opéra.

Est-il lieu plus propice à la mélancolie ?...
Dans le recueillement notre âme s'y replie...
Là, je lis sur la pierre : « A demain, à demain. »
Lui, que me disait-il en me serrant la main ?

A la gare, au moment où se rompait la trame
De nos jours bienheureux, quand se brisait notre âme,
Quand mes larmes pleuraient tant de bonheur perdu,
Il me disait : « Bientôt je te serai rendu. »

La mer me l'a volé : c'était sa fiancée.
La mort a caressé de son aile glacée
Ces deux amants : tout près ils dorment tous les deux.
Et moi, j'attends encore... Oh ! ces morts sont heureux !

Ils ont un lendemain ; leurs âmes se répondent.
Dans un seul tout, là-haut, leurs êtres se confondent.
A bientôt... car je sens mes forces s'épuiser...
Moi je meurs sans avoir le suprême baiser

De l'adieu !... Mais avant de fermer ma paupière,
Jour bienheureux ! je veux aller au cimetière
Rêver de l'avenir. Tous les jours, ce sera
Ma promenade au bois, mon bal, mon Opéra.

XI

A quelques jours de là, sur la plus humble pierre,
Se lisait à Montmartre, au fond du cimetière :
« Ici gît Albertine. Encor dans son printemps,
Elle est morte à la fleur de ses vingt et deux ans...
Passants, ne pleurez pas : elle a le bien suprême,
Si son âme revit près de celui qu'elle aime. »

Saint-Denis (Ile-Bourbon), 21 juin 1875.

LA PRINCESSE D'ÉLIDE

PERSONNAGES DU PROLOGUE.

L'AURORE.

LYCISCAS, valet de chiens.

TROIS VALETS DE CHIENS chantants.

VALETS DE CHIENS dansants.

PERSONNAGES DE LA COMÉDIE.

IPHITAS, prince d'Élide, père de la princesse.

LA PRINCESSE D'ÉLIDE.

EURYALE, prince d'Ithaque.

ARISTOMÈNE, prince de Messène.

THÉOCLE, prince de Pyle.

AGLANTE, cousine de la princesse.

CYNTHIE, cousine de la princesse.

ARBATE, gouverneur du prince d'Ithaque.

PHILIS, suivante de la princesse.

MORON, plaisant de la princesse.

LYCAS, suivant d'Iphitas.

PERSONNAGES DES INTERMÈDES.

PREMIER INTERMÈDE.

MORON.

CHASSEURS dansants.

DEUXIÈME INTERMÈDE.

PHILIS,
MORON.

UN SATYRE chantant.

SATYRES dansants.

TROISIÈME INTERMÈDE.

PHILIS.
TIRCIS, berger chantant.

MORON.

QUATRIÈME INTERMÈDE.

LA PRINCESSE.
PHILIS.

CLIMÈNE.

CINQUIÈME INTERMÈDE.

BERGERS et BERGÈRES chantants.   BERGERS et BERGÈRES dansants.

La scène est en Élide.

On sait que, sauf le rôle de Lyciscas et quelques parties de celui de Moron, Molière a traité en vers tout le premier acte de la *Princesse d'Élide* et le commencement de l'acte II. Le temps lui manqua pour versifier le reste de la pièce qu'il écrivit simplement en prose : « *Le dessein de l'auteur,* dit-il lui-même, *était de traiter ainsi* (en vers) *toute la comédie. Mais, un commandement du Roi qui pressa cette affaire l'obligea d'achever tout le reste en prose, et de passer légèrement sur plusieurs scènes qu'il aurait étendues davantage, s'il avait eu plus de loisir.* »

M. E. Monestier a essayé ici, dans la mesure de ses forces, de reprendre le dessein de Molière.

(Note de l'Éditeur.)

LA PRINCESSE D'ÉLIDE

PROLOGUE

SCÈNE I.

L'AURORE ; LYCISCAS, et plusieurs autres VALETS DE
CHIENS, endormis et couchés sur l'herbe.

L'AURORE chante.

Quand l'amour à vos yeux offre un choix agréable,
    Jeunes beautés, laissez-vous enflammer ;
Moquez-vous d'affecter cet orgueil indomptable
    Dont on vous dit qu'il est beau de s'armer :
        Dans l'âge où l'on est aimable,
        Rien n'est si beau que d'aimer.

Soupirez librement pour un amant fidèle,
    Et bravez ceux qui voudraient vous blâmer.
Un cœur tendre est aimable, et le nom de cruelle
    N'est pas un nom à se faire estimer :
        Dans le temps où l'on est belle,
        Rien n'est si beau que d'aimer.

SCÈNE II.

LYCISCAS et plusieurs valets de chiens, endormis; TROIS VALETS
DE CHIENS, chantants, réveillés par l'Aurore.

TOUS TROIS ENSEMBLE chantent.

Holà! holà! Debout, debout, debout.
Pour la chasse ordonnée il faut préparer tout.
Holà ho! debout, vite debout.

PREMIER.

Jusqu'aux plus sombres lieux le jour se communique.

DEUXIÈME.

L'air sur les fleurs en perles se résout.

TROISIÈME.

Les rossignols commencent leur musique,
Et leurs petits concerts retentissent partout.

TOUS TROIS ENSEMBLE.

Sus, sus, debout, vite debout.

(A Lyciscas endormi.)

Qu'est-ce ci, Lyciscas? Quoi! tu ronfles encore,
Toi, qui promettais tant de devancer l'aurore!
Allons, debout, vite debout.
Pour la chasse ordonnée il faut préparer tout.
Debout, vite debout; dépêchons, ho, debout.

LYCISCAS [1], en s'éveillant.

Hé ! vous autres... morbleu ! Le diable vous emporte...
Qu'avez-vous à brailler si matin de la sorte ?

TOUS TROIS ENSEMBLE.

Ne vois-tu pas le jour qui se répand partout ?
Allons, debout ; Lyciscas, debout.

LYCISCAS.

De me mettre au supplice avez-vous fait gageure ?

TOUS TROIS ENSEMBLE.

Non, non, debout ; Lyciscas, debout.

LYCISCAS.

Eh ! laissez-moi dormir un tout petit quart-d'heure.

TOUS TROIS ENSEMBLE.

Point, point, debout, vite debout.

LYCISCAS.

De grâce.

TOUS TROIS ENSEMBLE.

Point. Debout.

(1) Les répliques de Lyciscas sont en prose dans le texte de Molière.

LYCISCAS.

Hé !

TOUS TROIS ENSEMBLE.

Non. Debout, debout.

LYCISCAS.

Je finis à l'instant.

TOUS TROIS ENSEMBLE.

Non, non, debout; Lyciscas, debout.
Pour la chasse ordonnée il faut préparer tout.
Vite, debout, dépêchons, debout.

LYCISCAS.

Hé bien ! laissez-moi, je me lève...
Les ennuyeuses gens vous réveillant sans trève !...
Quel plaisir de vous tourmenter!...
Bien sûr que tout le jour je vais me mal porter,
Car, enfin, le sommeil est nécessaire à l'homme,
Et quand on ne dort pas son somme
A son contentement, il s'en suit qu'on n'est pas...

(Il se rendort.)

TOUS TROIS ENSEMBLE.

Lyciscas, Lyciscas, Lyciscas, Lyciscas.

LYCISCAS.

Diables soient les braillards ! D'une chaude bouillie
Je vous voudrais à tous voir la gueule remplie.

TOUS TROIS ENSEMBLE.

Debout, debout.
Vite, debout, dépêchons, debout.

LYCISCAS.

J'enrage de n'avoir pas pu dormir mon soûl.

PREMIER.

Holà ! ho !

DEUXIÈME.

Holà ! ho !

TROISIÈME.

Holà ! ho !

TOUS TROIS ENSEMBLE.

Ho ! ho ! ho !

LYCISCAS.

Oh ! oh ! Peste des gens qui troublent votre somme
Avec leurs chiens de hurlements !
Au diable tous ces garnements !...
Ils ne seront contents que si je les assomme.

TOUS TROIS ENSEMBLE.

Debout.

LYCISCAS.

Encor !

TOUS TROIS ENSEMBLE.

Debout.

LYCISCAS.

        Vit-on rages pareilles,
De venir si matin vous chanter aux oreilles ?

TOUS TROIS ENSEMBLE.

Debout.

LYCISCAS.

    Eh quoi? toujours la fureur de chanter !
Par la sangbleu ! j'enrage... et puisque je m'éveille,
       Je vais aussi les tourmenter,
       Et veux pouvoir me contenter,
Aux autres, à mon tour, en rendant la pareille.
Allons, Messieurs, debout, oh! vite, allons, debout.
C'est trop dormir. Faisons le vacarme partout.
           (Il crie de toute sa force.)
Debout, debout, debout. Allons, vite, debout,

Pour la chasse ordonnée il faut préparer tout.
Debout, debout, Lyciscas, debout.
Oh ! oh ! oh !

(Plusieurs cors et trompes de chasse se font entendre : les valets de chiens que Lyciscas a réveillés dansent une entrée ; ils reprennent le son de leurs cors et trompes à certaines cadences)

FIN DU PROLOGUE.

ACTE PREMIER

SCÈNE I.

EURYALE, ARBATE.

ARBATE.

Ce silence rêveur dont la sombre habitude
Vous fait à tous moments chercher la solitude,
Ces longs soupirs que laisse échapper votre cœur,
Et ces fixes regards si chargés de langueur,
Disent beaucoup sans doute à des gens de mon âge;
Et je pense, seigneur, entendre ce langage :
Mais, sans votre congé, de peur de trop risquer,
Je n'ose m'enhardir jusques à l'expliquer.

EURYALE.

Explique, explique, Arbate, avec toute licence,
Ces soupirs, ces regards, et ce morne silence.
Je te permets ici de dire que l'Amour
M'a rangé sous ses lois et me brave à son tour;
Et je consens encor que tu me fasses honte
Des faiblesses d'un cœur qui souffre qu'on le dompte.

ARBATE.

Moi, vous blâmer, seigneur, des tendres mouvements
Où je vois qu'aujourd'hui penchent vos sentiments !
Le chagrin des vieux jours ne peut aigrir mon âme
Contre les doux transports de l'amoureuse flamme ;
Et, bien que mon sort touche à ses derniers soleils,
Je dirai que l'amour sied bien à vos pareils ;
Que ce tribut qu'on rend aux traits d'un beau visage
De la beauté d'une âme est un clair témoignage,
Et qu'il est mal aisé que, sans être amoureux,
Un jeune prince soit et grand et généreux.
C'est une qualité que j'aime en un monarque :
La tendresse du cœur est une grande marque
Que d'un prince à votre âge on peut tout présumer,
Dès qu'on voit que son âme est capable d'aimer.
Oui, cette passion, de toutes la plus belle,
Traîne dans un esprit cent vertus après elle ;
Aux nobles actions elle pousse les cœurs,
Et tous les grands héros ont senti ses ardeurs.
Devant mes yeux, seigneur, a passé votre enfance,
Et j'ai de vos vertus vu fleurir l'espérance ;
Mes regards observaient en vous des qualités
Où je reconnaissais le sang d'où vous sortez.
J'y découvrais un fonds d'esprit et de lumière ;
Je vous trouvais bien fait, l'air grand et l'âme fière.
Votre cœur, votre adresse éclataient chaque jour ;
Mais je m'inquiétais de ne point voir d'amour.
Et, puisque les langueurs d'une plaie invincible
Nous montrent que votre âme à ses traits est sensible,
Je triomphe ; et mon cœur, d'allégresse rempli,
Vous regarde à présent comme un prince accompli.

EURYALE.

Si de l'Amour un temps j'ai bravé la puissance,
Hélas! mon cher Arbate, il en prend bien vengeance!
Et, sachant dans quels maux mon cœur s'est abîmé,
Toi-même tu voudrais qu'il n'eût jamais aimé.
Car enfin, vois le sort où mon astre me guide.
J'aime, j'aime ardemment la princesse d'Élide,
Et tu sais quel orgueil, sous des traits si charmants,
Arme contre l'amour ses jeunes sentiments,
Et comment elle fuit en cette illustre fête
Cette foule d'amants qui briguent sa conquête.
Ah! qu'il est bien peu vrai que ce qu'on doit aimer,
Aussitôt qu'on le voit, prend droit de nous charmer,
Et qu'un premier coup d'œil allume en nous les flammes
Où le ciel en naissant a destiné nos âmes!
A mon retour d'Argos je passai dans ces lieux,
Et ce passage offrit la princesse à mes yeux.
Je vis tous les appas dont elle est revêtue,
Mais de l'œil dont on voit une belle statue :
Leur brillante jeunesse observée à loisir
Ne porta dans mon âme aucun secret désir,
Et d'Ithaque en repos je revis le rivage,
Sans m'en être en deux ans rappelé nulle image.
Un bruit vient cependant à répandre à ma cour
Le célèbre mépris qu'elle fait de l'amour;
On publie en tous lieux que son âme hautaine
Garde pour l'hyménée une invincible haine,
Et qu'un arc à la main, sur l'épaule un carquois,
Comme une autre Diane, elle hante les bois,
N'aime rien que la chasse, et de toute la Grèce
Fait soupirer en vain l'héroïque jeunesse.
Admire nos esprits, et la fatalité!
Ce que n'avaient point fait sa vue et sa beauté,

Le bruit de ses fiertés en mon âme fit naître
Un transport inconnu dont je ne fus point maître.
Ce dédain si fameux eut des charmes secrets
A me faire avec soin rappeler tous ses traits ;
Et mon esprit, jetant de nouveaux yeux sur elle,
M'en refit une image et si noble et si belle,
Me peignit tant de gloire et de telles douceurs
A pouvoir triompher de toutes ses froideurs,
Que mon cœur, aux brillants d'une telle victoire,
Vit de sa liberté s'évanouir la gloire :
Contre une telle amorce il eut beau s'indigner,
Sa douceur sur mes sens prit tel droit de régner,
Qu'entraîné par l'effort d'une occulte puissance,
J'ai d'Ithaque en ces lieux fait voile en diligence ;
Et je couvre un effet de mes vœux enflammés
Du désir de paraître à ces jeux renommés
Où l'illustre Iphitas, père de la princesse,
Assemble la plupart des princes de la Grèce.

ARBATE.

Mais à quoi bon, seigneur, les soins que vous prenez ?
Et pourquoi ce secret où vous vous obstinez ?
Vous aimez, dites-vous, cette illustre princesse,
Et venez à ses yeux signaler votre adresse ;
Et nuls empressements, paroles ni soupirs,
Ne l'ont instruite encor de vos brûlants désirs !
Pour moi, je n'entends rien à cette politique
Qui ne veut point souffrir que votre cœur s'explique ;
Et je ne sais quel fruit peut prétendre un amour
Qui fuit tous les moyens de se produire au jour.

EURYALE.

Et que ferai-je, Arbate, en déclarant ma peine,
Qu'attirer les dédains de cette âme hautaine,

Et me jeter au rang de ces princes soumis
Que le titre d'amant lui peint en ennemis ?
Tu vois les souverains de Messène et de Pyle
Lui faire de leur cœur un hommage inutile,
Et de l'éclat pompeux des plus hautes vertus
En appuyer en vain les respects assidus.
Ce rebut de leurs soins sous un triste silence
Retient de mon amour toute la violence ;
Je me tiens condamné dans ces rivaux fameux,
Et je lis mon arrêt au mépris qu'on fait d'eux.

ARBATE.

Et c'est dans ce mépris et dans cette humeur fière
Que votre âme à ses vœux doit voir plus de lumière,
Puisque le sort vous donne à conquérir un cœur
Que défend seulement une simple froideur,
Et qui n'oppose point à l'ardeur qui vous presse
De quelque attachement l'invincible tendresse.
Un cœur préoccupé résiste puissamment :
Mais quand une âme est libre, on la force aisément ;
Et toute la fierté de son indifférence
N'a rien dont ne triomphe un peu de patience.
Ne lui cachez donc plus le pouvoir de ses yeux,
Faites de votre flamme un éclat glorieux ;
Et, bien loin de trembler de l'exemple des autres,
Du rebut de leurs vœux enflez l'espoir des vôtres.
Peut-être, pour toucher ses sévères appas,
Aurez-vous des secrets que ces princes n'ont pas ;
Et, si de ses fiertés l'impérieux caprice
Ne vous fait éprouver un destin plus propice,
Au moins est-ce un bonheur, en ces extrémités,
Que de voir avec soi ses rivaux rebutés.

EURYALE.

J'aime à te voir presser cet aveu de ma flamme ;
Combattant mes raisons, tu chatouilles mon âme ;
Et par ce que j'ai dit je voulais pressentir
Si de ce que j'ai fait tu pourrais m'applaudir.
Car enfin, puisqu'il faut t'en faire confidence,
On doit à la princesse expliquer mon silence ;
Et peut-être, au moment où je t'en parle ici,
Le secret de mon cœur, Arbate, est éclairci.
Cette chasse où, pour fuir la foule qui l'adore,
Tu sais qu'elle est allée au lever de l'aurore,
Est le temps que Moron, pour déclarer mon feu,
A pris...

ARBATE.

Moron, seigneur !

EURYALE.

                    Ce choix t'étonne un peu.
Par son titre de fou tu crois le bien connaître :
Mais sache qu'il l'est moins qu'il ne le veut paraître,
Et que, malgré l'emploi qu'il exerce aujourd'hui,
Il a plus de bon sens que tel qui rit de lui.
La princesse se plaît à ses bouffonneries :
Il s'en est fait aimer par cent plaisanteries,
Et peut, dans cet accès, dire et persuader
Ce que d'autres que lui n'oseraient hasarder.
Je le vois propre enfin à ce que j'en souhaite ;
Il a pour moi, dit-il, une amitié parfaite,
Et veut, dans mes États ayant reçu le jour,
Contre tous mes rivaux appuyer mon amour.
Quelque argent mis en main pour soutenir ce zèle...

SCÈNE II.

EURYALE, ARBATE, MORON.

MORON, derrière le théâtre.

Au secours! Sauvez-moi de la bête cruelle !

EURYALE.

Je pense ouïr sa voix.

MORON, derrière le théâtre.

A moi, de grâce, à moi !

EURYALE.

C'est lui-même. Où court-il avec un tel effroi ?

MORON, entrant sans voir personne.

Où pourrai-je éviter ce sanglier redoutable ?
Grands dieux ! préservez-moi de sa dent effroyable !
Je vous promets, pourvu qu'il ne m'attrape pas,
Quatre livres d'encens et deux veaux des plus gras.
(Rencontrant Euryale, que dans sa frayeur il prend pour le sanglier
qu'il évite.)
Ah ! je suis mort.

EURYALE.

Qu'as-tu ?

MORON.

                    Je vous croyais la bête
Dont à me diffamer j'ai vu la gueule prête,
Seigneur; et je ne puis revenir de ma peur.

EURYALE.

Qu'est-ce ?

MORON,

          Oh! que la princesse est d'une étrange humeur,
Et qu'à suivre la chasse et ses extravagances
Il nous faut essuyer de sottes complaisances!
Quel diable de plaisir trouvent tous les chasseurs,
De se voir exposés à mille et mille peurs ?
Encore si c'était qu'on ne fût qu'à la chasse
Des lièvres, des lapins et des jeunes daims; passe :
Ce sont des animaux d'un naturel fort doux,
Et qui prennent toujours la fuite devant nous.
Mais d'aller attaquer de ces bêtes vilaines
Qui n'ont aucun respect pour les faces humaines,
Et qui courent les gens qui les veulent courir,
C'est un sot passe-temps que je ne puis souffrir.

EURYALE.

Dis-nous donc ce que c'est.

MORON.

                    Le pénible exercice
Où de notre princesse a volé le caprice!
J'en aurais bien juré qu'elle aurait fait le tour;
Et la course des chars se faisant en ce jour,

Il fallait affecter ce contre-temps de chasse
Pour mépriser ces jeux avec meilleure grâce,
Et faire voir... Mais chut. Achevons mon récit,
Et reprenons le fil de ce que j'avais dit.
Qu'ai-je dit?

EURYALE.

Tu parlais d'exercice pénible.

MORON.

Ah! oui. Succombant donc à ce travail horrible
(Car en chasseur fameux j'étais enharnaché,
Et dès le point du jour je m'étais découché),
Je me suis écarté de tous en galant homme;
Et, trouvant un lieu propre à dormir d'un bon somme,
J'essayais ma posture, et, m'ajustant bientôt,
Prenais déjà mon ton pour ronfler comme il faut,
Lorsqu'un murmure affreux m'a fait lever la vue;
Et j'ai, d'un vieux buisson de la forêt touffue,
Vu sortir un sanglier d'une énorme grandeur
Pour...

EURYALE.

Qu'est-ce?

MORON.

Ce n'est rien. N'ayez point de frayeur;
Mais laissez-moi passer entre vous deux, pour cause;
Je serai mieux en main pour vous conter la chose.
J'ai donc vu ce sanglier qui, par nos gens chassé,
Avait, d'un air affreux, tout son poil hérissé;
Ses deux yeux flamboyants ne lançaient que menace,
Et sa gueule faisait une laide grimace,

Qui, parmi de l'écume, à qui l'osait presser
Montrait de certains crocs... je vous laisse à penser.
A ce terrible aspect, j'ai ramassé mes armes ;
Mais le faux animal, sans en prendre d'alarmes,
Est venu droit à moi qui ne lui disais mot.

ARBATE.

Et tu l'as de pied ferme attendu ?

MORON.

                              Quelque sot.
J'ai jeté tout par terre, et couru comme quatre.

ARBATE.

Fuir devant un sanglier, ayant de quoi l'abattre !
Ce trait, Moron, n'est pas généreux.

MORON.

                              J'y consens ;
Il n'est pas généreux, mais il est de bon sens.

ARBATE.

Mais par quelques exploits si l'on ne s'éternise... .

MORON.

Je suis votre valet. J'aime mieux que l'on dise :
C'est ici qu'en fuyant, sans se faire prier,
Moron sauva ses jours des fureurs d'un sanglier ;
Que si l'on y disait : Voilà l'illustre place
Où le brave Moron, signalant son audace,
Affrontant d'un sanglier l'impétueux effort,
Par un coup de ses dents vit terminer son sort.

                                        10.

EURYALE.

Fort bien.

MORON.

Oui. J'aime mieux, n'en déplaise à la gloire,
Vivre au monde deux jours que mille ans dans l'histoire.

EURYALE.

En effet, ton trépas fâcherait tes amis.
Mais, si de ta frayeur ton esprit est remis,
Puis-je te demander si du feu qui me brûle....

MORON.

Il ne faut pas, seigneur, que je vous dissimule ;
Je n'ai rien fait encore, et n'ai point rencontré
De temps pour lui parler qui fût selon mon gré.
L'office de bouffon à des prérogatives ;
Mais souvent on rabat nos libres tentatives.
Le discours de vos feux est un peu délicat,
Et c'est chez la princesse une affaire d'État.
Vous savez de quel titre elle se glorifie,
Et qu'elle a dans la tête une philosophie
Qui déclare la guerre au conjugal lien,
Et vous traite l'amour de déité de rien.
Pour n'effaroucher point son humeur de tigresse,
Il me faut manier la chose avec adresse ;
Car on doit regarder comme l'on parle aux grands,
Et vous êtes parfois d'assez fâcheuses gens.
Laissez-moi doucement conduire cette trame ;
Je me sens là pour vous un zèle tout de flamme.
Vous êtes né mon prince, et quelques autres nœuds
Pourraient contribuer au bien que je vous veux :

Ma mère dans son temps passait pour assez belle,
Et naturellement n'était pas fort cruelle.
Feu votre père alors, ce prince généreux,
Sur la galanterie était fort dangereux ;
Et je sais qu'Elpénor, qu'on appelait mon père
A cause qu'il était le mari de ma mère,
Contait pour grand honneur aux pasteurs d'aujourd'hui
Que le prince autrefois était venu chez lui,
Et que, durant ce temps, il avait l'avantage
De se voir saluer de tous ceux du village.
Baste ! quoi qu'il en soit, je veux par mes travaux...
Mais voici la princesse et deux de vos rivaux.

SCÈNE III.

LA PRINCESSE, AGLANTE, CYNTHIE, ARISTOMÈNE, THÉOCLE, EURYALE, PHILIS, ARBATE, MORON.

ARISTOMÈNE.

Reprochez-vous, madame, à nos justes alarmes
Ce péril dont tous deux avons sauvé vos charmes ?
J'aurais pensé, pour moi, qu'abattre sous nos coups
Ce sanglier qui portait sa fureur jusqu'à vous
Était une aventure (ignorant votre chasse)
Dont à nos bons destins nous dussions rendre grâce ;
Mais à cette froideur je connais clairement
Que je dois concevoir un autre sentiment,
Et quereller du sort la fatale puissance
Qui me fait avoir part à ce qui vous offense.

THÉOCLE.

Pour moi, je tiens, madame, à sensible bonheur
L'action où pour vous a volé tout mon cœur,
Et ne puis consentir, malgré votre murmure,
A quereller le sort d'une telle aventure.
D'un objet odieux je sais que tout déplaît ;
Mais, dût votre courroux être plus grand qu'il n'est,
C'est extrême plaisir, quand l'amour est extrême,
De pouvoir d'un péril affranchir ce qu'on aime.

LA PRINCESSE.

Et pensez-vous, seigneur, puisqu'il me faut parler,
Qu'il eût eu, ce péril, de quoi tant m'ébranler ;
Que l'arc et que le dard, pour moi si pleins de charmes,
Ne soient entre mes mains que d'inutiles armes ?
Et que je fasse enfin mes plus fréquents emplois
De parcourir nos monts, nos plaines et nos bois,
Pour n'oser en chassant concevoir l'espérance
De suffire, moi seule, à ma propre défense ?
Certes, avec le temps, j'aurais bien profité
De ces soins assidus dont je fais vanité,
S'il fallait que mon bras, dans une telle quête,
Ne pût pas triompher d'une chétive bête !
Du moins, si, pour prétendre à de sensibles coups,
Le commun de mon sexe est trop mal avec vous,
D'un étage plus haut accordez-moi la gloire,
Et me faites tous deux cette grâce de croire,
Seigneurs, que, quel que fût le sanglier d'aujourd'hui,
J'en ai mis bas, sans vous, de plus méchants que lui.

THÉOCLE.

Mais, madame...

LA PRINCESSE.

Hé bien ! soit. Je vois que votre envie
Est de persuader que je vous dois la vie ;
J'y consens. Oui, sans vous, c'était fait de mes jours.
Je rends de tout mon cœur grâce à ce grand secours,
Et je vais de ce pas au prince pour lui dire
Les bontés que pour moi votre amour vous inspire.

SCÈNE IV.

EURYALE, ARBATE, MORON.

MORON.

Eh ! a-t-on jamais vu de plus farouche esprit ?
De ce vilain sanglier l'heureux trépas l'aigrit.
Oh ! comme volontiers j'aurais d'un beau salaire
Récompensé tantôt qui m'en eût su défaire !

ARBATE, à Euryale.

Je vous vois tout pensif, seigneur, de ses dédains ;
Mais ils n'ont rien qui doive empêcher vos desseins.
Son heure doit venir ; et c'est à vous, possible,
Qu'est réservé l'honneur de la rendre sensible.

MORON.

Il faut qu'avant la course elle apprenne vos feux,
Et je...

EURYALE.

Non. Ce n'est plus, Moron, ce que je veux.

Garde-toi de rien dire, et me laisse un peu faire :
J'ai résolu de prendre un chemin tout contraire.
Je vois trop que son cœur s'obstine à dédaigner
Tous ces profonds respects qui pensent la gagner ;
Et le dieu qui m'engage à soupirer pour elle
M'inspire pour la vaincre une adresse nouvelle.
Oui, c'est lui d'où me vient ce soudain mouvement,
Et j'en attends de lui l'heureux événement.

ABBATE.

Peut-on savoir, seigneur, par où votre espérance...

EURYALE.

Tu vas le voir. Allons, et garde le silence.

MORON.

Jusqu'au revoir.

FIN DU PREMIER ACTE.

PREMIER INTERMÈDE[1].

SCÈNE I.

MORON.

Pour moi, je reste dans ce lieu :
Aux arbres, aux rochers, je veux parler un peu.

Bois, prés, fontaines, fleurs, qui voyez mon teint blême,
Si vous ne le savez, je vous apprends que j'aime.
  Philis est l'objet charmant
  Qui tient mon cœur à l'attache ;
  Et je devins son amant
  La voyant traire une vache.
Ses doigts, tout pleins de lait et plus blancs mille fois,
Pressaient les bouts du pis d'une grâce admirable.
  Ouf! cette idée est capable
  De me réduire aux abois.
  Ah! Philis! Philis! Philis!

---

(1) Tout cet intermède, sauf la romance à Philis, est en prose dans le texte de Molière.

SCÈNE II.

MORON, UN ÉCHO.

L'ÉCHO.

Philis.

MORON.

Ah !

L'ÉCHO.

Ah.

MORON.

Hem.

L'ÉCHO.

Hem.

MORON.

Ah ! ah !

L'ÉCHO.

Ah.

MORON.

Hi, hi.

L'ÉCHO.

Hi.

MORON.

Oh !

L'ÉCHO.

Oh.

MORON.

Oh !

L'ÉCHO.

Oh.

MORON.

C'est un écho bouffon.

L'ÉCHO.

On.

MORON.

Hon.

L'ÉCHO.

Hon.

MORON.

Ah !

11

L'ÉCHO.

Ah.

MORON.

Hu.

L'ÉCHO.

Hu.

MORON.

C'est un écho bouffon... Il a de la malice.

SCÈNE III.

MORON seul, apercevant un ours qui vient à lui.

Ah! monsieur l'ours! Je suis tout à votre service.
Épargnez-moi, de grâce, ô mon noble étranger;
Bien sûr que je ne vaux rien du tout à manger.
Mon corps ne vous ferait point le gras de la cuisse...
Quand on n'a comme moi que les os sous la peau,
    On n'est pas un fameux morceau.
Les gens qui sont là-bas seraient mieux votre affaire...
Hé, hé, hé! monseigneur... Hé! tout doux, s'il vous plaît.
    Ne vous mettez pas en colère.
    (Il caresse l'ours, et tremble de frayeur.)
La, la, la, monseigneur; vous avez tout pour plaire...
Ah! beau poil, doux, soyeux! L'air galant tout à fait!

Votre altesse, vraiment, est bien faite et jolie !
Vit-on, comme la vôtre, une taille accomplie ?
Belle tête !... Des yeux brillants et bien fendus !...
Charmante bouche !... Un nez !... Gentillettes quenottes !...
Une gorge à ravir !... Les plus fines menottes !
 Et quels petits ongles pointus !
(L'ours se lève sur ses pattes de derrière.)
A mon aide ! Au secours ! Pitié ! Miséricorde !
Pauvre Moron ! Mon Dieu, venez avant qu'il morde !
Vite à moi ! Je suis mort ! A moi ! Je suis perdu !
(Moron monte sur un arbre.)

SCÈNE IV.

MORON, CHASSEURS.

MORON, monté sur un arbre, aux chasseurs.

Hé ! messieurs, par pitié ! Je suis tout éperdu !
(Les chasseurs combattent l'ours.)
Bon, messieurs ! tuez-moi cette vilaine bête.
 O ciel ! daignez les assister.
 Il fait mine de résister.
Bon ! le voilà qui fuit. Le voilà qui s'arrête !
 Voilà que sur eux il se jette !...
Bon ! dans la gueule il vient de recevoir un coup.
 Les voilà tous. On l'entoure, on le presse.
 Courage ! Allons, mes amis, de l'adresse.

Bon ! poussez fort. Encor ! Voilà qu'il est à bout.
Il tombe... il est à terre... il expire, il trépasse...
Il est mort ! Descendons pour lui donner cent coups.
(Moron descend de l'arbre.)
Ah ! messieurs, de Moron c'en était fait sans vous.
Votre humble serviteur à tous vient rendre grâce
De l'avoir délivré du terrible animal.
Maintenant qu'il est mort, je ne ferai pas mal
    De l'achever d'une main valeureuse.
Et prenant part ensemble au succès triomphal,
Nous allons célébrer cette victoire heureuse.
(Moron donne mille coups à l'ours qui est mort.)

ENTRÉE DE BALLET.

Les chasseurs dansent pour témoigner leur joie d'avoir remporté la victoire.

FIN DU PREMIER INTERMÈDE.

ACTE DEUXIÈME.

___

SCÈNE I.

LA PRINCESSE, AGLANTE, CYNTHIE, PHILIS.

LA PRINCESSE.

Oui, j'aime à demeurer dans ces paisibles lieux ;
On n'y découvre rien qui n'enchante les yeux,
Et de tous nos palais la savante structure
Cède aux simples beautés qu'y forme la nature.
Ces arbres, ces rochers, cette eau, ces gazons frais,
Ont pour moi des appas à ne lasser jamais.

AGLANTE.

Je chéris comme vous ces retraites tranquilles,
Où l'on se vient sauver de l'embarras des villes :
De mille objets charmants ces lieux sont embellis ;
Et ce qui doit surprendre est qu'aux portes d'Élis
La douce passion de fuir la multitude
Rencontre une si belle et vaste solitude.

Mais, à vous dire vrai, dans ces jours éclatants,
Vos retraites ici me semblent hors de temps ;
Et c'est fort mal traiter l'appareil magnifique
Que chaque prince a fait pour la fête publique.
Ce spectacle pompeux de la course des chars
Devait bien mériter l'honneur de vos regards.

LA PRINCESSE.

Quel droit ont-ils chacun d'y vouloir ma présence ?
Et que dois-je, après tout, á leur magnificence ?
Ce sont soins que produit l'ardeur de m'acquérir,
Et mon cœur est le prix qu'ils veulent tous courir.
Mais, quelque espoir qui flatte un projet de la sorte,
Je me tromperai fort si pas un d'eux l'emporte.

CYNTHIE.

Jusques à quand ce cœur veut-il s'effaroucher
Des innocents desseins qu'on a de le toucher,
Et regarder les soins que pour vous on se donne
Comme autant d'attentats contre votre personne ?
Je sais qu'en défendant le parti de l'Amour,
On s'expose chez vous à faire mal sa cour ;
Mais ce que par le sang j'ai l'honneur de vous être
S'oppose aux duretés que vous faites paraître ;
Et je ne puis nourrir d'un flatteur entretien
Vos résolutions de n'aimer jamais rien.
Est-il rien de plus beau que l'innocente flamme
Qu'un mérite éclatant allume dans une âme ?
Et serait-ce un bonheur de respirer le jour,
Si d'entre les mortels on bannissait l'amour ?
Non, non, tous les plaisirs se goûtent à le suivre ;
Et vivre sans aimer n'est pas proprement vivre.

AGLANTE [1].

Pour moi, je soutiendrai que cette passion
De toute l'existence est l'occupation,
L'affaire la plus douce et la plus agréable,
Et que sur terre il n'est de plaisir véritable,
Il n'est pas de bonheur, si l'on vit sans amour.

LA PRINCESSE.

Pouvez-vous bien tenir ce langage de cour?
Pouvez-vous toutes deux prononcer ces paroles?
Ne vanter sans rougir que des passions folles,
Où je ne vois qu'erreur, faiblesse, emportement,
Désordre, dont la fin est notre abaissement,
Et qui de notre sexe avilissent la gloire...
Non, pour moi, je déclare, et vous pouvez m'en croire,
Qu'autant que je vivrai j'en soutiendrai l'honneur,
Et ne veux accepter ce commerce trompeur
Avec ceux qui de nous se disent les esclaves,
Et qui, tyrans plus tard, briseront leurs entraves,
Et nous domineront du haut de leur pouvoir.
Ces larmes, ces soupirs, ce respect, ce devoir,
Tous ces hommages faux ne sont qu'embûche et piége
Tendus à notre cœur, pauvre cœur qu'on assiége,

---

(1) A partir de cette réplique d'Aglante, tout le reste de la pièce, à
l'exception de quelques chansons et du cinquième intermède, est en prose
dans le texte de Molière.

Pour lui faire accomplir toutes les lâchetés.
Des exemples fameux pourraient être cités
De l'avilissement, de l'état misérable
Où des sens abusés cette erreur déplorable
A plongé certains cœurs, et de l'abjection,
Bassesse épouvantable, où cette passion
Ravale les mortels soumis à sa puissance.
Quand j'y songe, mon cœur s'en émeut et s'offense,
Tout entier se révolte, et je ne puis souffrir
Que toute âme un peu fière y puisse consentir,
Sans trouver de la honte à pareille faiblesse.

CYNTHIE.

Faiblesse, j'y consens, mais qui point ne me blesse,
Qui va hantant la gloire à ses plus hauts degrés.
D'idée à cet égard, un jour, vous changerez,
Si cela plaît au ciel; qui sait? bientôt peut-être,
Ce cœur si fier, ce cœur de lui-même si maître...

LA PRINCESSE.

Arrêtez... Ce souhait heurte mes sentiments,
Princesse; j'eus toujours pour ces abaissements
Une invincible horreur et n'y veux condescendre :
Et si jamais mon cœur ne s'en pouvait défendre,
Je jure...

AGLANTE.

Gardez-vous de ce mépris hautain,

Madame, pour l'Amour; ce petit dieu mutin
Sait se venger : peut-être...

LA PRINCESSE.

           A ses traits je m'expose,
Vous dis-je, et je les brave... Amour est peu de chose,
Cet immense pouvoir qu'on lui prête, pour moi,
N'est rien qu'une chimère... et sa puissante loi
Est le grand mot de ceux qui le font invincible
Pour excuser leur cœur trop faible et trop sensible.

CYNTHIE.

Mais par toute la terre on reconnaît ses droits;
Les dieux... Jupiter même aima plus d'une fois...
Enfin, Diane, à qui vous élevez un temple,
A soupiré d'amour : suivez donc son exemple...

LA PRINCESSE.

La foule aime l'erreur, et je trouve odieux
Qu'à nos bas sentiments on ravale les dieux,
Cynthie; ils ne sont pas ce qu'un vain peuple pense,
Et qui les fait petits d'être grand se dispense.

11.

SCÈNE II.

LA PRINCESSE, AGLANTE, CYNTHIE, PHILIS, MORON.

AGLANTE.

Viens, approche, Moron ; viens fournir à ton tour
Quelque bonne raison pour défendre l'amour
Contre les sentiments d'une fière princesse.

LA PRINCESSE.

Un fameux défenseur pour vous, je le confesse !

MORON.

Madame, écoutez moi, bientôt vous pourrez voir
Qu'il ne faut pas d'Amour récuser le pouvoir...
Mon exemple est parlant... longtemps, niant ses charmes,
Je faisais de mon drôle, et je bravais ses armes :
Mais il a bien fallu rabattre mon orgueil ;
La traîtresse me tient et m'a donné dans l'œil...
Elle m'a rendu doux comme un agneau timide...
Tantôt je ris ; tantôt j'ai la paupière humide...
Je suis fou. Qu'on ait donc des scrupules d'aimer
Après ça ! Tôt ou tard, il faudra désarmer.

CYNTHIE.

Moron aussi s'en mêle ; il aime.

MORON.

Tout de même.

CYNTHIE.

Et tu veux être aimé ?

MORON.

Moron permet qu'on l'aime ;
Pourquoi non ? suis-je pas assez bien fait pour ça ?
Regardez ma tournure et ce visage-là...
Est-il assez passable ! et toute ma personne,
Enfin, pour le bel air ne le cède à personne.

SCÈNE III.

LES MÊMES, LYCAS.

LYCAS.

Votre père en ces lieux vient vous trouver, madame,
Avec les princes grecs...

LA PRINCESSE.

Ciel ! quel trouble en mon âme !

Ces princes, dont on peut deviner le désir,
Mon père les amène, et je voudrais les fuir.
Quel est donc son dessein? Résoudrait-il ma perte?
Me faut-il faire un choix? Mon cœur se déconcerte...

SCÈNE IV.

LES MÊMES, IPHITAS, EURYALE, ARISTOMÈNE, THÉOCLE.

LA PRINCESSE, à Iphitas.

Voulez-vous m'accorder la licence, seigneur,
De lire vos pensers au fond de votre cœur?
Il est deux vérités qu'il faut que je vous dise...
C'est d'abord qu'à vos lois je fus toujours soumise,
Prête à vous obéir en tout aveuglément.
Je dois vous assurer, mon père, également,
Que j'abhorre l'hymen autant que la mort même...
Je ne puis exprimer l'aversion extrême
Que pour lui je ressens; mais sachez bien ceci:
C'est que si vous voulez me donner un mari,
Vous me donnez la mort; c'est une même chose...
Que votre volonté librement en dispose
Maintenant. Me voici prête à vous obéir.
Plutôt que d'y manquer, j'aimerais mieux mourir.
Parlez, et prononcez, seigneur, votre sentence.

IPHITAS.

Ma fille, calme-toi ; tu t'alarmes d'avance...
Et je trouve mauvais qu'un pareil sentiment
Puisse dans ta pensée exister un moment.
Quoi ! je serais assez sévère et tyrannique
Pour te violenter, ô toi, ma fille unique,
Pour te parler en maître en invoquant la loi
Et les droits que le ciel m'a départis sur toi !
Je l'avoue, il est vrai, j'avais cette espérance
De te voir pour quelqu'un montrer ta préférence...
Oui, mon vœu le plus cher et mes soins les plus doux
Consistaient à te voir faire choix d'un époux,
Ma fille ; dans un an, tu comptes quatre lustres :
C'est pour cela qu'ici tu vois les plus illustres
Parmi les fils des Grecs. Ces fêtes et ces jeux,
Je les ai préparés pour te rapprocher d'eux,
Enfin pour te montrer à la noble jeunesse,
Pour fixer ta pensée et que ton cœur connaisse
Celui qui le fera doucement palpiter,
Et choisisse l'époux qu'il voudra souhaiter...
C'est là mon espérance et mon désir suprême...
Je le demande au ciel : encor ce matin même,
A Vénus j'adressais un hommage pieux,
Et si j'explique bien le langage des dieux,
Nous verrons avant peu s'accomplir un prodige...
Allons, ne tremble pas ; rassure-toi, te dis-je ;
En rien je ne voudrais heurter ta volonté,
Mon enfant : si ton cœur ne peut être dompté

Par ces jeunes seigneurs, modèles de vaillance,
Les intérêts pressants d'État ou d'alliance
Cèderont à cette âme insensible à l'amour.
Je demande pourtant une grâce en retour :
Alors qu'autour de toi tout le monde s'empresse,
Fais un accueil aimable aux princes de la Grèce :
Qu'un gracieux souris remplace un air boudeur,
Et sache m'épargner d'excuser ta froideur...
Sois affable pour eux, encourage leur zèle,
Tâche de plaire enfin !... La course nous appelle...

THÉOCLE, à la princesse.

Chacun va s'efforcer de remporter le prix ;
Mais, à vous dire vrai, princesse, vos mépris
Pour qui cherche à vous plaire énervent mon courage :
A quoi sert en ces jeux d'obtenir l'avantage ?
J'aurais voulu pouvoir être l'heureux vainqueur,
Si le prix de la course eût été votre cœur.

ARISTOMÈNE.

Madame, le seul prix, bien haut je le proclame,
Que partout je poursuive et qui partout m'enflamme,
C'est vous. Dans ces combats d'adresse et de vigueur,
Je n'ai qu'un seul objet, qu'un but : c'est votre cœur.
Si j'en sors triomphant, vous en aurez la gloire.

EURYALE.

Pour moi, l'honneur de vaincre est le plus méritoire,

Madame. J'ai toujours considéré l'amour
Comme indigne d'un homme... et vous faire la cour,
Prétendre à votre cœur est loin de ma pensée....
Si je vaincs, j'aurai l'âme assez récompensée :
L'honneur seul me conduit.

SCÈNE V.

LA PRINCESSE, AGLANTE, CYNTHIE, PHILIS, MORON.

LA PRINCESSE.

                Quel excès de fierté !
Princesses, à le voir, qui se serait douté
D'un orgueil si hautain? Pourtant vous l'entendîtes...
De quel ton il l'a pris! Qu'est-ce que vous en dites?

AGLANTE.

Oui, vraiment, le propos me paraît un peu fier.

MORON, à part.

Quelle botte! Le prince a bien lancé le fer.

LA PRINCESSE.

Mais ne trouvez-vous pas, mesdames, que ce brave
Mérite à son orgueil que l'on mette une entrave?

Ce ton tranchant a droit un peu d'être abaissé,
Et c'est avec plaisir qu'on le verrait blessé
Ce cœur invulnérable.

CYNTHIE.

On vous comble d'hommages ;
Les adorations et les plus doux ramages
Vous ont accoutumée à d'autres sentiments,
Et vous n'attendiez pas de pareils compliments,
A parler franc.

LA PRINCESSE.

Cynthie, eh bien ! oui, je l'avoue :
Un peu d'émotion a coloré ma joue...
J'en suis encor touchée et voudrais châtier
La hauteur de ce prince et son orgueil altier.
Cette course, d'abord, m'était indifférente...
Mais maintenant j'y vois une lutte attrayante...
Ah ! beau prince orgueilleux ! J'y veux aller exprès,
Et de l'Amour au cœur lui décocher les traits.

CYNTHIE.

Prenez garde, madame, à pareille entreprise ;
Dans vos propres filets vous risquez d'être prise ;
C'est un jeu périlleux. On lutine l'Amour ;
Il ramasse la flèche et la darde à son tour :
Réfléchissez-y bien.

LA PRINCESSE.

Allons, dans cette affaire,
De moi je vous réponds et sais ce qu'il faut faire...

FIN DU DEUXIÈME ACTE.

DEUXIÈME INTERMÈDE.

SCÈNE I.

PHILIS, MORON.

MORON.

Philis, demeure ici.

PHILIS.

Non, là-bas on m'appelle.

MORON.

Si Tircis t'en priait, tu resterais, cruelle !

PHILIS.

Cela se peut. Je conviens avec toi
Que l'un me plaît et que l'autre m'ennuie.
Rien qu'à sa voix je suis toute ravie.
Si, comme lui, tu veux être écouté de moi,
Remplace ton caquet, ton vilain bavardage
Par un chant gracieux et par un doux langage.
Moron, comme Tircis, me tiendra sous sa loi.

MORON.

Reste encor.

PHILIS.

Je ne puis.

MORON.

De grâce...

PHILIS.

Nenni.

MORON.

Tu ne partiras pas.

PHILIS.

Que de façons, que d'embarras !
Ah ! laisse-moi.

MORON.

Tu crains que je t'embrasse.
Je ne veux qu'un instant demeurer avec toi.

PHILIS.

J'y consens. Mais d'abord, il faut promettre...

MORON.

Quoi ?

PHILIS.

De ne pas dire une seule parole.

MORON.

Hé ! Philis ! tu te ris de moi.
Veux-tu me...

PHILIS.

Laisse-moi partir.

MORON.

Petite folle !
Reste. Je ne dis mot.

PHILIS.

Prends garde, ou je m'envole.

MORON.

Soit.
(Après avoir fait une scène de gestes.)
Ah ! Philis !

SCÈNE II.

MORON.

Partie ! Allez courir après.
Si je savais chanter, ça ferait mon affaire.
C'est la mode à présent et le moyen de plaire.
Les femmes d'aujourd'hui ne trouvent plus d'attraits
     Qu'aux petits vers ou bien à la musique.
Tout le monde s'en mêle, et la chose est comique
D'entendre roucouler de petites chansons,
Et gazouiller des vers par ces beaux céladons.
     A ce bel art il faut que je m'applique,
          Et que je prenne des leçons.
          Bon, voici justement mon homme.

SCÈNE III.

LE SATYRE, MORON.

LE SATYRE chante.

La, la, la.

MORON.

Ah ! Satyre, mon ami, comme
Tu me l'avais promis, viens m'apprendre à chanter.

LE SATYRE, en chantant.

J'y consens. Mais, d'abord, tu devras m'écouter.
C'est moi qui suis l'auteur de cette chansonnette.

MORON, bas, à part.

La musique, le chant, il en a plein la tête,
    Et ne peut parler sans chanter.
        (Haut.)
    Allons, j'ai l'oreille béante.

LE SATYRE chante.

Je portais...

MORON.

Tu portais? Quelque chanson, vraiment?

LE SATYRE.

Je port...

MORON.

Chanson d'amour? Peste! et du plus charmant!

LE SATYRE chante [1].

Je portais dans une cage
Deux moineaux que j'avais pris,
Lorsque la jeune Chloris
Fit, dans un sombre bocage,
Briller à mes yeux surpris
Les fleurs de son beau visage.

(1) En vers dans le texte.

Hélas ! dis-je aux moineaux en recevant les coups
De ces yeux si savants à faire des conquêtes,
  Consolez-vous, pauvres petites bêtes !
Celui qui vous a pris est bien plus pris que vous.

MORON [1].

C'est fade et doucereux... Redis-moi, je t'en prie,
Celle de l'autre jour dont j'eus l'âme ravie.

LE SATYRE chante [2].

    Dans vos chants si doux
    Chantez à ma belle,
    Oiseaux, chantez tous
    Ma peine mortelle ;
    Mais si la cruelle
    Se met en courroux
    Au récit fidèle
  Des maux que je sens pour elle,
    Oiseaux, taisez-vous.

MORON [3].

  Ah ! que ta chanson est jolie !

LE SATYRE.

La, la, la, la.

MORON.

    La, la, la, la.
  Ah ! quelle est belle ! Apprends-la-moi.

(1) En prose dans le texte.
(2) En vers dans le texte.
(3) En prose dans le texte.

LE SATYRE.

Fa, fa, fa, fa.

MORON.

Fat, fat. Garde ce mot pour toi.

ENTRÉE DE BALLET.

Le satyre, en colère, menace Moron, et plusieurs satyres dansent
une entrée plaisante.

FIN DU DEUXIÈME INTERMÈDE.

TROISIÈME ACTE.

SCÈNE I.

LA PRINCESSE, AGLANTE, CYNTHIE, PHILIS.

AGLANTE.

Ah! le prince d'Ithaque éclipse ses rivaux,
Et des fêtes du jour il est bien le héros!

CYNTHIE.

Je conviens que le prince, en cette circonstance,
A fait voir une adresse avec une prestance,
Un grand air surprenants et faits pour imposer.
En vainqueur il a bien le droit de se poser
Sans nul excès d'orgueil... Mais je doute, madame,
Qu'après ce bel exploit il retrouve son âme
Telle qu'auparavant, et qu'il ne soit touché
Du trait que dans son cœur vous avez décoché.
Jamais on ne vous vit si belle et séduisante...
Vous dansiez à ravir... et quelle voix charmante,

12

D'une étrange douceur, qui devait aujourd'hui
En toucher de plus durs et de plus froids que lui !

LA PRINCESSE.

Mais il vient par ici. Passons par cette route.
Il cause avec Moron. Bientôt, sans qu'il s'en doute,
L'indiscret nous dira le fond de ses discours ;
Et puis nous reviendrons, après quelques détours,
Sur leurs pas.

SCÈNE II.

EURYALE, ARBATE, MORON.

EURYALE.

Ah ! Moron ! quelle femme charmante !
Que de grâces, d'attraits ! En elle tout m'enchante...
Je trouve la princesse adorable en tout temps :
Mais il fallait la voir, il n'est que peu d'instants,
Plus belle que jamais, plus séduisante encore :
Ses yeux vifs pétillants, sa voix pure et sonore,
D'une extrême douceur... Mes oreilles, mes yeux
Ensemble étaient charmés ; je me croyais aux cieux.
Les plus vives couleurs brillaient sur son visage.
L'éclat de sa beauté ressortait davantage,
Quand les sons de sa voix, dans un air tout charmant,
Sont venus remuer mon cœur profondément.

Ces merveilleux accents qui frappaient mon oreille,
Dans un trouble profond, extase sans pareille,
Plongeaient mes sens émus, au point qu'en ce moment
Je suis encor perdu dans le ravissement.
Puis, lorsque vint la danse, une grâce infinie...
Son corps souple était plein de divine harmonie,
Quand, amoureusement, sur le tendre gazon,
Ses pieds traçaient des pas qui troublaient ma raison,
Et semblaient m'attacher par des nœuds invincibles
Aux ondulations de ses formes flexibles.
Mon âme n'eut jamais si vive émotion.
Comment j'ai pu garder ma résolution,
Je ne m'en rends pas compte... Aux pieds de la princesse
J'ai failli mille fois déclarer ma tendresse,
Et lui faire l'aveu de mes feux amoureux...

MORON.

Gardez-vous en, seigneur; c'est un jeux dangereux...
Vous perdriez du coup les fruits de votre ruse.
Elle réussira, vrai, si je ne m'abuse.
La femme est, croyez-m'en, un étrange animal,
D'un naturel bizarre et que nous jugeons mal.
Plus nous voulons lui plaire en étant doux pour elle,
Et plus elle se montre insensible et rebelle.
Et je crois qu'après nous on la verrait courir,
Si de tous ces respects on voulait s'affranchir
Et des soumissions où l'homme s'acoquine...

ARBATE.

La princesse, seigneur, à l'écart s'achemine;
Sa suite est à distance.

MORON.

                    Au moins, résolument
Poursuivez vos projets. Je vais adroitement
Parler à la princesse et causer avec elle,
Pour tâcher de savoir ce que pense la belle.
Promenez-vous ici; mais n'allez pas montrer
Le désir de la joindre ou de la rencontrer,
Et si l'on vient à vous, sauvez-vous au plus vite.

SCÈNE III.

LA PRINCESSE, MORON.

LA PRINCESSE.

Tu connais donc le prince? On dirait qu'il m'évite...
Dès qu'il m'a vue, il a pris un autre chemin.

MORON.

Madame, il me connaît déjà de longue main.
C'est un homme bizarre : il vit en sa pensée.

LA PRINCESSE.

L'étrange madrigal dont il nous a bercée
Tantôt!

MORON.

Oui, j'étais là, madame. En vérité,
J'ai trouvé, n'en déplaise à sa principauté,
Ce compliment assez impertinent, en somme.

LA PRINCESSE.

Je rabattrai bientôt la hauteur de cet homme.
Je l'avouerai sans fard, sa fuite m'a déplu.

MORON.

Madame a bien raison. Il n'est pas superflu,
Ma foi, de rabaisser une fierté si grande...
Mais à dire le vrai, j'hésite et me demande
Si vous pourrez jamais atteindre votre but.

LA PRINCESSE.

Comment?

MORON.

Comment! Madame, orgueilleux s'il en fut,
C'est le petit vilain le plus fier à la ronde...
Personne autre que lui n'a de valeur au monde,
Et la terre n'est point digne de le porter.
Il me semble, en tout cas, difficile à dompter.

LA PRINCESSE.

Mais encor t'a-t-il point parlé de ma personne?

MORON.

Lui! pas un traître mot.

LA PRINCESSE.

Vraiment! Cela m'étonne...
Mon chant, ma danse?

MORON.

Rien.

LA PRINCESSE.

C'est un choquant mépris
Que je ne puis souffrir; rien pour lui n'a de prix.
Quelle étrange hauteur!

MORON.

Il s'estime lui-même,
Et sa personne au monde est la seule qu'il aime.

LA PRINCESSE.

Eh bien! je ferai tout pour lui dicter des lois,
Pour l'engager...

MORON.

Nos monts ont des marbres moins froids,
Madame ; ils sont moins durs que ce cœur inflexible.

LA PRINCESSE.

Le voilà.

MORON.

Voyez donc comme il reste insensible,
Sans prendre garde à vous.

LA PRINCESSE.

Moron, fais-lui savoir
Que je suis en ces lieux, et le mets en devoir
De venir m'aborder...

SCÈNE IV.

LES MÊMES, EURYALE.

MORON, allant au-devant d'Euryale et lui parlant bas.

La princesse d'Elide
Désire vous parler, seigneur. Le ciel vous guide,
Et tout marche à souhait ; surtout, gardez-vous bien
D'oublier votre rôle en un long entretien.

LA PRINCESSE.

Seigneur, savez-vous bien qu'être ainsi solitaire
Est le fait d'une humeur fort extraordinaire...
Au beau sexe pourquoi renoncer et le fuir?
Les hommes de votre âge ont-ils plus doux loisir
Que la galanterie et le bel art de plaire?

EURYALE.

On pourrait aisément vous prouver le contraire,
Madame, sans aller chercher bien loin d'ici.
Si vous me condamnez, vous condamnez aussi
Vos propres sentiments : mon système est le vôtre...

LA PRINCESSE.

Ce qui va bien à l'un ne convient pas à l'autre...
Les hommes doivent rendre hommage à la beauté,
Tandis qu'à nous sied mieux l'insensibilité.
De l'amour il est beau de préserver nos âmes,
Quand en nous chacun veut en allumer les flammes...
Mais c'est marquer pour nous un insultant mépris
Que de n'accorder point à la femme son prix,
Et lui soustraire ainsi l'hommage légitime
Qu'on doit à notre sexe... Il y peut voir un crime,
Et tout entier le doit vivement ressentir.

EURYALE.

Madame, je ne vois ce qu'en pourraient souffrir

Celles qui de l'amour récusent la puissance,
Et ne sauraient avoir souci de telle offense.

LA PRINCESSE.

Cela n'empêche point, parce qu'on n'aime pas,
De souhaiter qu'on rende hommage à nos appas,
Et c'est plaisir pour nous de savoir qu'on nous aime.

EURYALE.

Moi, madame, je suis loin de penser de même,
Et serais au regret qu'il se pût qu'on m'aimât...

LA PRINCESSE.

Et pour quelle raison?

EURYALE.

Pour n'être pas ingrat...

LA PRINCESSE.

Si je vous comprends bien, pour fuir l'ingratitude,
Vous accepteriez donc plutôt la solitude,
Et puis, à votre tour, vous aimeriez l'objet
Qui de vouloir vous plaire eût conçu le projet...

EURYALE.

Moi, madame, non pas; autre est mon attitude...
Je l'avoue, il est vrai, je hais l'ingratitude,
Mais je m'y résoudrais bien plutôt que d'aimer.

LA PRINCESSE.

Quoi ! ce cœur ne pourrait se laisser désarmer,
Croyez-vous ? Si quelqu'un...

EURYALE.

               Rien ne serait, madame,
Capable de toucher et de charmer mon âme...
Par dessus tous les biens j'aime ma liberté.
Le ciel employât-il toute sa volonté
A faire une beauté parfaite et sans pareille ;
Et de l'âme et du corps fût-elle la merveille...
Enfin, s'il exposait à mon œil enchanté
Un miracle d'esprit, de grâce et de beauté,
Qui me dût prodiguer des trésors de tendresse,
Je ne l'aimerais pas, car ma seule maîtresse,
Celle, madame, à qui je consacre mes vœux,
Je vous le dis encor, c'est ma liberté !

LA PRINCESSE, à part.

                      Dieux !
Jamais a-t-on fait voir une pareille audace !

MORON, bas, à la princesse.

Peste soit du brutal ! Je voudrais sur la face
Lui bailler de mon poing.

LA PRINCESSE, à part.

                 Cet orgueil me confond,
Et le dépit me plonge en un trouble profond.

MORON, bas, au prince.

Bon ! tout va pour le mieux. Encore du courage ;
Tenez ferme et gardez de gâter votre ouvrage...

EURYALE, bas, à Moron.

Moron, je n'en puis plus...

LA PRINCESSE, à Euryale.

L'insensibilité
Dont vous donnez la preuve est rare, en vérité.

EURYALE.

C'est l'humeur que le ciel m'a donnée en partage.
Madame, j'aurais tort de rester davantage.
Solitaire, en ces lieux vous vouliez promener ;
Le respect me défend de vous en détourner.

SCÈNE V.

LA PRINCESSE, MORON.

MORON.

En dureté, madame, il n'a rien à vous rendre,
Et vous savez de lui ce que l'on peut attendre...

LA PRINCESSE.

Oh ! pour en triompher, pour en venir à bout,
Les plus chers de mes biens j'abandonnerais tout !

MORON.

Je le crois.

LA PRINCESSE.

Tu pourrais me servir de complice.

MORON.

La princesse me sait tout prêt pour son service.

LA PRINCESSE.

Adroitement de moi, dedans tes entretiens,
Parle-lui ; vante-lui ma naissance et mes biens,
Ma personne ; fléchis sa froide indifférence
Par la douce lueur d'un rayon d'espérance...
Tu lui diras enfin tout ce que tu voudras
Pour mieux me l'engager.

MORON.

N'ayez point d'embarras.

LA PRINCESSE.

Cela me tient au cœur, et je brûle qu'il m'aime.

MORON.

Oui, ce petit pendard est bien fait tout de même !
Bonne physionomie et bon air tout à fait.
D'une jeune princesse il serait bien le fait...

LA PRINCESSE.

Enfin, tu dois de moi tout espérer d'avance,
Si tu peux amener son cœur en ma puissance.
Oui, je le veux réduire et courber sous ma loi.

MORON.

Madame, si cela ne dépend que de moi,
Je ferai mon possible afin de le soumettre...
Mais vous, quels sentiments lui ferez-vous paraître,
Si son amour venait couronner mes efforts ?

LA PRINCESSE.

Ah ! je prendrais plaisir à triompher alors :
De tant de vanité quand je serais maîtresse,
Ma froideur, mes mépris puniraient sa tendresse ;
J'exercerais sur lui toutes les cruautés
Que puissent inventer mes esprits irrités...

MORON.

Il ne se rendra pas.

13

LA PRINCESSE.

Ah! je te le demande ;
Il le faut; va, Moron, fais tout pour qu'il se rende...

MORON.

Ce sera temps perdu. Je le connais trop bien,
Madame, et mes efforts ne serviront de rien.

LA PRINCESSE.

Eh bien! quand même, il faut essayer l'impossible,
Savoir si c'est une âme en tous points insensible...
Allons, de mon côté je vais l'entretenir,
Et tenter un moyen qui vient de me venir.

FIN DU TROISIÈME ACTE.

TROISIÈME INTERMÈDE.

SCÈNE I.

PHILIS, TIRCIS.

PHILIS.

Viens, Tircis ; laissons-les aller,
Et dis-nous un peu ton martyre.
Tes yeux depuis longtemps ont déjà su parler ;
Ce qu'ils disaient, ta voix saura mieux me le dire.

TIRCIS chante [1].

Tu m'écoutes, hélas ! dans ma triste langueur ;
Mais je n'en suis pas mieux, ô beauté sans pareille !
Et je touche ton oreille
Sans que je touche ton cœur.

PHILIS [2].

Va, va, charmer l'oreille, ah ! c'est déjà beaucoup,
Et le temps vient à bout de tout.

---

(1) En vers dans le texte.
(2) En prose dans le texte.

Chante-moi, cependant, quelque plainte nouvelle,
Un doux chant composé par toi
Pour moi.

SCÈNE II.

MORON, PHILIS, TIRCIS.

MORON.

Ah ! ah ! je vous y prends, la belle :
Pour ouïr mon rival, vous allez à l'écart.

PHILIS.

Oui, je vais à l'écart pour cela, pour l'entendre.
Je me plais avec lui ; je te le dis sans fard.
Quand un amant nous chante une plainte si tendre,
On désire toujours l'entendre.
Que ne chantes-tu comme lui ?
C'est le vrai moyen de me plaire.
Alors j'aurais plaisir à t'écouter aussi.

MORON.

Si le chant n'est pas mon affaire,
Philis, je saurai bien autrement te distraire,
Et quand...

PHILIS.

(A Tircis.)
Tais-toi ! Tircis, dis ce que tu voudras.

MORON.

Ah! cruelle!

PHILIS.

Silence, ou tu me fâcheras,
Et tu vas me mettre en colère.

TIRCIS chante [1].

Arbres épais, et vous, prés émaillés,
La beauté dont l'hiver vous avait dépouillés
Par le printemps vous est rendue;
Vous reprenez tous vos appas.
Mais mon âme ne reprend pas
La joie, hélas! que j'ai perdue.

MORON [2].

Morbleu! que n'ai-je aussi la voix! D'où vient cela,
O marâtre nature!
Que je ne puis donner le *la*
Tout comme une autre créature?

PHILIS.

En vérité, Tircis, c'est tout à fait charmant,
Et sur tous tes rivaux tu l'emportes vraiment.

(1) En vers dans le texte.
(2) En prose dans le texte.

MORON.

Pourquoi ne chanterais-je, enfin, comme un autre homme ?
N'ai-je pas un gosier, un estomac, en somme
Une langue ? Voyons, je veux chanter, ma foi.
        L'amour, dit-on, est un grand maître ;
        Tu vas pouvoir le reconnaître.
Écoute ma chanson. Je l'ai faite pour toi.

PHILIS.

Oui, pour la rareté du fait, dis-nous ta pièce.

MORON.

Du courage, Moron, un peu de hardiesse.
        (Il chante [1].)
            Ton extrême rigueur
            S'acharne sur mon cœur.
            Ah ! Philis, je trépasse :
            Daigne me secourir !
            En seras-tu plus grasse
            De m'avoir fait mourir ?

    Vivat Moron !

PHILIS [2].

        C'est pour le mieux du monde ;
    Mais je souhaiterais que quelqu'un à la ronde
        Pour moi consentît à mourir.

(1) En vers dans le texte.
(2) En prose dans le texte.

C'est un précieux avantage
Dont je n'ai pas encore pu jouir,
Et celui qui voudrait me donner ce plaisir,
Je l'aimerais de tout mon cœur, je gage.

MORON.

Tu m'aimerais si je mourais pour toi ?

PHILIS.

Oui, par ma foi.

MORON.

Cela suffirait pour te plaire ?

PHILIS.

Oui.

MORON.

La chose est facile à faire.
Je vais te montrer que je peux
Et sais me tuer quand je veux.

TIRCIS chante [1].

Ah ! quelle douceur extrême
De mourir pour ce qu'on aime !

_____

(1) En vers dans le texte.

MORON, à Tircis [1].

Vous pouvez vous donner ce plaisir tout de même.

TIRCIS chante [2].

Courage, Moron ! meurs promptement
En généreux amant.

MORON, à Tircis [3].

Ce n'est pas votre affaire, et, ne vous en déplaise,
Si je veux me tuer, qu'on me laisse mourir
        Tout à mon aise.
Allons ! tous les amants de honte vont rougir.
            (A Philis.)
Tiens, je ne suis pas homme à faire des manières,
Et ne badine pas en pareilles matières.
Vois ce poignard... Je vais m'en transpercer le cœur...
        Je suis bien votre serviteur.
Quelque niais.

PHILIS.

        Allons, Tircis, je veux encore
Entendre ta chanson près de l'écho sonore.

(1) En prose dans le texte.
(2) En vers dans le texte.
(3) En prose dans le texte.

FIN DU TROISIÈME INTERMÈDE.

ACTE QUATRIÈME.

SCÈNE I.

LA PRINCESSE, EURYALE, MORON.

LA PRINCESSE.

Prince, jusqu'à ce jour, nous avons fait paraître
Une conformité si grande dans notre être,
Que le ciel a semblé calquer nos sentiments...
On nous croirait liés par les mêmes serments,
Dans notre liberté mettant le bien suprême,
Tandis que pour l'amour notre horreur est extrême.
Je suis bien aise ici de vous ouvrir mon cœur,
Et vous veux confier un changement, seigneur,
Dont vous aurez d'abord le droit de vous surprendre...
Vous serez étonné quand vous allez l'apprendre,
Et vous admirerez ce prompt revirement.
J'avais considéré jusques à ce moment
L'hymen comme une chose affreuse et haïssable,
Et j'avais fait serment de rester indomptable,

13.

Et de mourir plutôt que renoncer jamais
A cette liberté, le seul bien que j'aimais.
Un moment a suffi pour changer mes pensées :
Mes résolutions sont toutes renversées...
Le mérite d'un prince a désillé mes yeux,
Et tout à coup mon âme, ô miracle des cieux !
S'offre aux traits de l'Amour, sans défense livrée
A cette passion de moi tant abhorrée.
J'ai trouvé tout d'abord un bon raisonnement
Pouvant justifier un pareil changement,
Et j'ai, pour appuyer ma volonté présente,
D'un père respecté la prière pressante.
Tous les vœux de l'État tendent au même but.
Mais parlons franc : je suis perplexe, s'il en fut.
Or, votre opinion, en cette circonstance,
Votre bon jugement sont pour moi d'importance...
Et je voudrais savoir, dans ce projet d'hymen,
Si vous le trouvez sage ou blâmez mon dessein.

EURYALE.

Il est tel choix auquel je pourrais bien souscrire,
Madame.

LA PRINCESSE.

Devinez pour qui mon cœur soupire...

EURYALE.

Pour le dire, il faudrait être dans votre cœur...
Comme je n'y suis pas... très-humble serviteur.

LA PRINCESSE.

Voyons, nommez quelqu'un ; dites à l'aventure...

EURYALE.

J'ai peur de me tromper dans cette conjecture...

LA PRINCESSE.

Mais encore? Pour qui formez-vous des souhaits?

EURYALE.

Oh! je sais bien à qui je vous souhaiterais...
Mais si vous désirez qu'à l'aise je m'exprime,
Dites-moi franchement votre pensée intime.

LA PRINCESSE.

Eh bien! prince, c'est dit : je vais vous découvrir
Celui que parmi tous mon cœur a su choisir...
Et vous approuverez, j'en suis sûre d'avance,
Mon choix et les motifs de cette préférence,
Et, comme je ne veux plus longtemps vous tenir
Dans cette incertitude et vous faire languir,
Sachez-le donc, celui qui m'attire et m'enchaîne,
L'objet de mes vœux, c'est... le prince de Messène.

EURYALE, à part.

O ciel!

LA PRINCESSE, bas, á Moron.

J'ai réussi dans mon invention.
Moron! vois donc son trouble et son émotion.

MORON, bas, à la princesse.

Bien, madame.
                    (Bas, au prince.)
          Seigneur, ne perdez pas courage.
(Bas, à la princesse.)
Il en tient.
                    (Bas, au prince.)
          Soyez ferme.

LA PRINCESSE, à Euryale.

                    Eh bien! prince, je gage
Que vous m'applaudissez et me donnez raison...
Convenez-en, le prince est, sans comparaison,
Du plus rare mérite; avouez-le vous-même.

MORON, bas au prince.

Remettez-vous, seigneur, de votre trouble extrême;
Il faut répondre.

LA PRINCESSE.

          Prince, on vous voit interdit;
D'où vient votre silence et ce trouble subit?

EURYALE.

Je le suis en effet, et j'admire, madame,
Comme le ciel a pu nous accorder une âme
A chacun si semblable et conforme en tous points ;
Ces âmes qui semblaient prendre les mêmes soins,
S'efforcer à la fois, sans qu'on les eût contraintes,
De braver de l'Amour les puissantes étreintes,
Ces deux âmes, d'un coup, perdent leur liberté,
Avec ce grand renom d'insensibilité.
Car enfin, votre exemple à parler m'autorise.
Madame, apprenez donc que l'Amour me maîtrise,
Que des attraits divins sont venus désarmer
Ce cœur que jusqu'alors rien n'avait pu charmer.
Je suis ravi, devant ma défaite et la vôtre,
Que l'un n'ait rien, madame, à reprocher à l'autre.
Une princesse aimable et de rare beauté
A détruit d'un regard mes projets de fierté...
Oui, sachez, en un mot, que la princesse Aglante
Vient d'allumer en moi cette ardeur enivrante...
Je suis sûr que, songeant vous-même à votre amour,
Vous louerez amplement mon choix à votre tour.
Ce miracle, il le faut proclamer à la ronde,
Et le faire éclater aux yeux de tout le monde.
Ne différons donc plus à contenter nos cœurs...
Aussi, pour moi, je viens implorer vos faveurs,
Madame, pour gagner celle que je souhaite,
Et vous trouverez bon que je me mette en quête

Du prince votre père, en allant de ce pas
Lui demander l'objet où brillent tant d'appas.

MORON, bas, à Euryale.

O digne, ô brave cœur !

SCÈNE II.

LA PRINCESSE, MORON.

LA PRINCESSE.

Ah ! je suis défaillante !
Et le coup qui me frappe, en trompant mon attente,
Moron, anéantit toute ma fermeté.
Il triomphe, Moron.

MORON.

Madame, en vérité,
Le coup est surprenant ; voyez comme on s'abuse...
J'aurais cru tout d'abord au succès de la ruse.

LA PRINCESSE.

Ah ! ce m'est un dépit à me désespérer
Qu'une autre de ce cœur parvienne à s'emparer,
Alors que je voulais en triompher moi-même...

SCÈNE III.

LA PRINCESSE, AGLANTE, MORON.

LA PRINCESSE.

Princesse, je vous fais une prière, et même
Il faut absolument que vous me l'accordiez.

AGLANTE.

Madame, il suffira que vous me commandiez.

LA PRINCESSE.

Euryale vous aime, et ce seigneur espère
Obtenir aujourd'hui votre main de mon père...

AGLANTE.

Quoi ! le prince d'Ithaque...

LA PRINCESSE.

             Oui, pour vous obtenir,
Le prince à ses efforts me priait de m'unir...
A l'instant il m'en vient d'adresser la requête...
On serait fière assez de moins belle conquête :

Mais, de grâce, veuillez n'accepter point ses vœux,
Et fermer votre oreille à ses plus doux aveux.

AGLANTE.

Mais cependant, madame, en semblable occurrence,
Si le prince pour moi montre sa préférence,
Enfin, s'il était vrai qu'il m'aimât, dites-moi,
N'ayant aucun désir d'engager votre foi,
Pourquoi voudriez-vous empêcher...

LA PRINCESSE.

Non, princesse.

Non, je vous en conjure, et plaignez ma faiblesse,
Je vous en prie encor, faites-moi ce plaisir;
Et trouvez bon qu'enfin, n'ayant pu réussir
A lui dicter des lois, j'exerce ma vengeance
A lui ravir ce cœur qui fait son espérance...
(A part.)
Et le mien, qui croyait savoir se commander !

AGLANTE.

A vos pressants désirs il faut bien accéder,
Madame ; en ce moment le devoir seul commande ;
Mais sachez d'un tel cœur que la conquête est grande,
Et n'est pas une chose à dédaigner vraiment...

LA PRINCESSE.

Non, je veux n'être pas bravée impunément...

SCÈNE IV.

LES MÊMES, ARISTOMÈNE.

ARISTOMÈNE.

A vos pieds, à l'Amour, madame, je m'empresse
De mes heureux destins, du bonheur qui m'oppresse,
De venir rendre grâce et, dans un doux transport,
De témoigner la joie où me plonge le sort,
Et le ressentiment où je suis, dans mon âme,
Des si vives bontés dont vous daignez, madame,
Favoriser, combler, en termes positifs,
Le plus heureux de ceux que vous tenez captifs.

LA PRINCESSE.

Comment?

ARISTOMÈNE.

Mais à l'instant le seigneur Euryale
A daigné m'annoncer (fortune sans égale!)
Que votre cœur lui-même avait eu la bonté
Pour moi de s'expliquer avec sincérité
Sur ce célèbre choix qu'attend toute la Grèce.

LA PRINCESSE.

Il vous l'a dit tenir de ma bouche?

ARISTOMÈNE.

Oui, princesse.

LA PRINCESSE.

Quoi ! prince, vous montrez tant de crédulité
De prendre ces propos pour une vérité ?
Paroles d'étourdi !... Cette grande nouvelle
Mériterait, avant de passer pour réelle,
Qu'on en doutât un peu, ce me semble, et de moi
Il la faudrait tenir pour y mettre sa foi.

ARISTOMÈNE.

Excusez-moi d'avoir été si prompt à croire,
Madame...

LA PRINCESSE.

Soit. Brisons, prince, sur cette histoire,
Et si vous me voulez faire une certain plaisir,
Laissez-moi seule ici promener à loisir.

SCÈNE V.

LA PRINCESSE, AGLANTE, MORON.

LA PRINCESSE.

Quelle rigueur pour moi montre la destinée !
Mais, du moins, tiendrez-vous la parole donnée,
Aglante ?

AGLANTE.

Je l'ai dit ; il faut vous obéir,
Madame.

SCÈNE VI.

LA PRINCESSE, MORON.

MORON.

Cependant, s'il vous venait choisir,
Vous n'en voudriez point, et, repoussant sa flamme,
Vous ne permettez pas qu'il aime une autre femme,
Et des nœuds de l'hymen qu'il se puisse lier.
C'est justement le cas du chien du jardinier,
Sauf la comparaison...

LA PRINCESSE.

Non, qu'une autre ait la gloire.
D'être heureuse avec lui, d'emporter la victoire,
Non, ce m'est un dépit que je ne puis souffrir,
Et si la chose était, j'en pourrais bien mourir !
Hélas !

MORON.

Ma foi, madame, avouons donc la dette :
Vous voudriez du prince avoir fait la conquête,
Et qu'il vous appartînt. Toutes vos actions
Semblent montrer pour lui vos prédilections.

LA PRINCESSE.

Moi ! je l'aime ? oh ! je l'aime ?... Avez-vous l'insolence
De me parler ainsi ? Sortez de ma présence...
Impudent ! n'osez plus paraître devant moi.
Entendez-vous ?

MORON.

Madame !...
                              (A part.)
                    Elle en tient, sur ma foi...

LA PRINCESSE.

Retirez-vous d'ici, vous dis-je... Ma colère
Vous en ferait sortir de toute autre manière...

MORON, bas, à part.

Du coup, voilà son cœur tout à fait attrapé,
Et...

(Il sort, sur un regard de la princesse.)

SCÈNE VII.

LA PRINCESSE.

Quelle émotion soudain a donc frappé
Ce cœur, qui se remplit de vague inquiétude,
Cette âme jusqu'alors si calme d'habitude?
Cette agitation et ce trouble secret,
Qui s'emparent ainsi de mon cœur, ce serait
Ce que je ne veux pas que l'on ose me dire...
Ce prince jeune et beau, quand je le veux maudire,
Je viendrais à l'aimer!... et sans en rien savoir?
Si c'était vrai, pour moi quel sombre désespoir,
Et quelle destinée! Ah! ce n'est pas possible.
Je vois bien que mon cœur est toujours insensible...
Je ne puis pas l'aimer. Eh quoi! tant de fierté
Viendrait céder la place à tant de lâcheté?
L'insensibilité toujours la plus profonde
Commandait à mon âme, alors que tout le monde,
Que la terre venait se courber à mes pieds.
Eh! qu'importaient alors à mes esprits altiers

Tant de soumissions et tout ce vain hommage !
L'indifférence aurait cet étrange avantage
De me toucher le cœur ! La fierté, le dédain,
De tant de fermeté triompheraient soudain ?
Comment ! j'ai méprisé tous ceux qui m'ont aimée.
Et je serais ainsi sans force et désarmée
Devant celui qui n'a que du mépris pour moi ?
Non, je ne l'aime pas. Non : l'aimer ? et pourquoi ?
Je ne vois à cela nul motif, je suppose...
Mais cette émotion, qu'est-ce donc qui la cause,
Si ce n'est pas l'amour ? Et quel est ce poison
Qui pénètre mon sang, égare ma raison,
Et fait que tout mon être est plein d'un trouble extrême,
Qui ne me laisse pas me connaître moi-même ?
Invisible ennemi qui t'empares de moi,
Sors de mon pauvre cœur, à mes yeux montre-toi.
Qui que tu sois, revêts une forme sensible,
Et deviens à l'instant quelque animal nuisible,
La plus affreuse bête, un monstre de nos bois
Que je puisse frapper des traits de mon carquois !

FIN DU QUATRIÈME ACTE.

QUATRIÈME INTERMÈDE.

SCÈNE I.

LA PRINCESSE, seule.

O vous, charmantes créatures
Qui, par la douceur de vos chants
Et par vos langoureux accents,
Savez calmer les plus vives tortures,
De grâce, approchez-vous ; laissez votre bosquet,
Pour chasser les tourments de mon cœur inquiet.

SCÈNE II [1].

LA PRINCESSE, CLIMÈNE, PHILIS.

CLIMÈNE chante.

Chère Philis, dis-moi, que crois-tu de l'amour ?

---

(1) Tout le reste de cet intermède, jusqu'aux paroles de la princesse, est
en vers dans le texte.

PHILIS chante.

Toi-même, qu'en crois-tu, ma compagne fidèle ?

CLIMÈNE.

On m'a dit que sa flamme est pire qu'un vautour,
Et qu'on souffre en aimant une peine cruelle.

PHILIS.

On m'a dit qu'il n'est point de passion plus belle
Et que ne pas aimer, c'est renoncer au jour.

CLIMÈNE.

A qui des deux donnerons-nous victoire ?

PHILIS.

Qu'en croirons-nous, ou le mal, ou le bien ?

TOUTES DEUX ENSEMBLE.

Aimons, c'est le vrai moyen
De savoir ce qu'on en doit croire.

PHILIS.

Chloris vante partout l'amour et ses ardeurs.

CLIMÈNE.

Amarante pour lui verse en tous lieux des larmes.

PHILIS.

Si de tant de tourments il accable les cœurs,
D'où vient qu'on aime tant à lui rendre les armes ?

CLIMÈNE.

Si sa flamme, Philis, est si pleine de charmes,
Pourquoi nous défend-on d'en goûter les douceurs?

PHILIS.

A qui des deux donnerons-nous victoire ?

CLIMÈNE.

Qu'en croirons-nous, ou le mal, ou le bien ?

TOUTES DEUX ENSEMBLE.

Aimons, c'est le vrai moyen
De savoir ce qu'on en doit croire.

LA PRINCESSE [1].

Achevez seules vos refrains ;
Je retourne à ma solitude.
Vos doux chants ne pourraient apaiser mes chagrins,
Ni calmer mon inquiétude.
Je ne saurais demeurer en repos,
Et je sens que vos chants font redoubler mes maux.

(1) En prose dans le texte.

FIN DU QUATRIÈME INTERMÈDE.

14

ACTE CINQUIÈME.

SCÈNE I.

IPHITAS, EURYALE, AGLANTE, CYNTHIE, MORON.

MORON, à Iphitas.

Oui, croyez-m'en, seigneur, la chose est assez claire :
Madame votre fille était d'une colère...
J'en suis disgracié, déconfit et tout sot.
Il m'a fallu tirer mes chausses au plus tôt.
Vous ne vîtes jamais une fureur pareille ;
J'ai tout juste eu le temps de filer.

IPHITAS, à Euryale.

                 A merveille...
O prince, c'est à vous que je dois d'être heureux,
Si je vois réussir votre piége amoureux,
Et si, par ce moyen, au cœur de la princesse
Vous avez fait germer une aimable tendresse...

EURYALE.

Quoi que par ce témoin vous en puissiez savoir,
Seigneur, je n'ose encor nourrir ce doux espoir,
Et dans un plein succès mettre ma confiance.
Mais si de rechercher votre illustre alliance,
De ma part ne vous semble une témérité,
Enfin, si ma personne et ma principauté...

IPHITAS.

Trève à ces compliments; vous avez pour me plaire
Tout ce qu'en pareil cas peut souhaiter un père;
Si le cœur de ma fille est pour vous, sachez bien
Que c'est tout l'important : il ne vous manque rien.

SCÈNE II.

LES MÊMES, LA PRINCESSE.

LA PRINCESSE.

O ciel! que vois-je ici?

IPHITAS, à Euryale.

Soyez certain d'avance
Que je suis honoré d'une telle alliance,
Et que de tout mon cœur j'y souscris aisément;
Soyez donc assuré de mon consentement.

LA PRINCESSE, à Iphitas.

Accordez-moi, seigneur, une grâce suprême
Que j'implore à vos pieds, dans ma détresse extrême.
Je sais que je vous dois déjà mille bienfaits,
Et que je ne pourrai m'en acquitter jamais.
Vos vives amitiés, bien mieux que ma naissance,
Vous ont acquis des droits à ma reconnaissance,
Et j'exprimerais mal tout ce que je vous dois...
D'un excès d'amitié cependant, cette fois,
Je vous demande encore une preuve éclatante :
Refusez-lui la main de la princesse Aglante ;
Empêchez, je vous prie, une telle union.

IPHITAS.

La refuser, ma fille ! Et pour quelle raison ?

LA PRINCESSE.

La raison ? Je le hais, ce prince ; je l'abhorre,
Seigneur !

IPHITAS.

Quoi ! tu le hais, ma fille ; mais encore ?

LA PRINCESSE.

Je voudrais, si je puis, empêcher son bonheur.

IPHITAS.

Et que t'a-t-il donc fait pour autant de rigueur ?

LA PRINCESSE.

Mais il m'a méprisée...

IPHITAS.

Et comment?

LA PRINCESSE.

O mon père,
Il ne m'a pas trouvée assez bien pour lui plaire,
Puisqu'il a dédaigné de m'adresser ses vœux.

IPHITAS.

Eh bien ! n'aurais-tu pas repoussé ses aveux ?

LA PRINCESSE.

N'importe... il me devait adresser son hommage,
Et de le refuser j'aurais eu l'avantage.
Je suis blessée au vif, et je trouve odieux
Qu'au sein de votre cour, et qu'ici, sous vos yeux,
Ses déclarations pour la princesse Aglante
M'infligent d'un affront l'injure humiliante.

IPHITAS.

Mais à cela pourquoi mettrais-tu tant de prix ?

LA PRINCESSE.

J'en mets à me venger, seigneur, de son mépris ;

14.

Et comme je vois bien sa passion ardente,
Les élans de son cœur, son amour pour Aglante,
Je voudrais entraver ses projets amoureux,
Et pouvoir empêcher qu'ensemble ils soient heureux.

IPHITAS.

Cela te tient donc bien au cœur ?

LA PRINCESSE.

J'y tiens, mon père,
Au point que si le prince obtient ce qu'il espère,
Bientôt vous me verrez sous vos yeux expirer.

IPHITAS.

Va, ne te laisse pas ainsi désespérer,
Ma fille... et, franchement, ose-le reconnaître,
Le mérite du prince à tes yeux vient paraître :
Tu l'aimes, pour tout dire, et t'en défends en vain...

LA PRINCESSE.

Moi, seigneur !

IPHITAS.

Oui, vraiment, tu l'aimes.

LA PRINCESSE.

Quel destin !

Je l'aime, dites-vous, et je dois vous entendre
De cette lâcheté sans pouvoir me défendre !
Je l'aime ! est-ce possible ?... Il me faudra souffrir
Un semblable soupçon de l'aimer, sans mourir !
Je l'aime !... A ce point-là puis-je être infortunée ?
Si tout autre que vous m'eût ainsi soupçonnée,
Je ne sais pas à quoi je pourrais me livrer,
Seigneur !

IPHITAS.

        Allons, c'est bien... tu peux te rassurer :
Non, tu ne l'aimes pas. Bien plus, ton cœur l'abhorre ;
Tu le hais, j'y consens, et pour mieux faire encore
Je lui refuse Aglante... As-tu le cœur content ?

LA PRINCESSE.

Ah ! seigneur, vous rendez la vie à votre enfant.

IPHITAS.

Mais afin d'empêcher tout retour de sa flamme,
Il faut pour toi le prendre et que tu sois sa femme.

LA PRINCESSE.

Vous vous moquez, mon père, et ce n'est pas de moi
Que le prince est épris et dont il veut la foi.

EURYALE.

Madame, excusez-moi d'être si téméraire ;
Mais j'en prends à témoin le prince votre père :

C'est vous-même, c'est vous dont j'implore la main,
Vous que je veux tenir sous les lois de l'hymen.
Oui, voilà trop longtemps déjà que cela dure.
Vous ne pouvez juger la peine que j'endure.
Il faut lever le masque et déclarer mes feux,
Dussé-je vous déplaire et vous être odieux.
Je n'ai jamais voulu d'autre cœur que le vôtre;
Je vous aime, et jamais ne veux en aimer d'autre.
Vous seule avez vaincu l'insensibilité
De mon cœur trop hautain. Ce dédain affecté,
Ces froideurs, ces mépris, tout ce que j'ai pu dire,
N'étaient qu'un stratagème, et pour n'y contredire,
Pour ne pas à vos yeux trahir la vérité,
Qu'il m'a fallu d'efforts, de ferme volonté!
Et que de violence imposée à mon âme
Pour comprimer ainsi les élans de ma flamme!
Je ne sais pas comment j'ai pu me contenir;
Cette demi-journée était longue à finir...
Car enfin je mourais, je brûlais; cette feinte,
Ces dédains m'imposaient une horrible contrainte.
Vous n'imaginerez jamais que de tourments
J'eus à vous déguiser mes plus chers sentiments;
Mais si vous y voyez, madame, quelque offense,
Moi-même je saurai servir votre vengeance.
Dites un mot : pour vous je suis prêt à mourir;
Prononcez votre arrêt, et j'y vais obéir.

LA PRINCESSE.

Je ne vous en veux pas de m'avoir abusée,
Prince, et votre froideur me plaît mieux déguisée ;
Je l'aime bien mieux feinte, et non pas vérité.

IPHITAS.

Si bien donc que de toi le prince est accepté,
Ma fille, et pour époux tu consens à le prendre?

LA PRINCESSE.

En moi-même, seigneur, j'ai besoin de descendre :
Je ne sais pas au juste encor ce que je veux,
Et suis un peu confuse à déclarer mes vœux.

IPHITAS.

Prince, vous comprenez ce que cela veut dire :
Vous n'avez là-dessus qu'à vous laisser conduire.

EURYALE.

Je l'attendrai, madame, autant qu'il vous plaira,
L'arrêt que sur mon sort votre cœur dictera ;
Et si, par cet arrêt, ma vie est condamnée,
Sans murmurer je veux suivre ma destinée...

IPHITAS.

Viens, Moron; dans ce jour de paix et de bonheur,
De ma fille je veux te rendre la faveur.

MORON.

Dorénavant, seigneur, j'aurai moins de franchise :
La vérité déplaît à ceux que l'on courtise.
Aussi, je retiendrai ma langue une autre fois.

SCÈNE III.

LES MÊMES, ARISTOMÈNE, THÉOCLE.

IPHITAS, aux princes de Messène et de Pyle.

Princes, je l'avouerai, je crains bien que le choix
Que votre ambition attendait de ma fille
Soit contraire à vos vœux; mais si dans ma famille
Vous voulez par des nœuds enchaîner votre cœur,
Vous vous consolerez de ce petit malheur :
Ces princesses...

ARISTOMÈNE.

         Il faut nous résigner en braves,
Seigneur. Si ces beautés nous veulent pour esclaves,
Si leur âme, pour nous exempte de mépris,
A des cœurs rebutés met encor quelque prix,
Nous pouvons revenir, telle est notre espérance,
A l'honneur de former ensemble une alliance.

SCÈNE IV.

LES MÊMES, PHILIS.

PHILIS, à Iphitas.

Du cœur de la princesse, en cet heureux moment,
Vénus vient d'annoncer, seigneur, le changement.
Bergères et pasteurs s'en vont à la déesse,
Par leur danse et leurs chants témoigner leur liesse,
Et si vous voulez bien en récréer vos yeux,
L'allégresse publique envahira ces lieux.

FIN DU CINQUIÈME ACTE.

CINQUIÈME INTERMÈDE [1].

BERGERS ET BERGÈRES.

QUATRE BERGERS ET DEUX BERGÈRES, alternativement avec le chœur.

Usez mieux, ô beautés fières,
Du pouvoir de tout charmer :
Aimez, aimables bergères ;
Nos cœurs sont faits pour aimer.
Quelque fort qu'on s'en défende,
Il y faut venir un jour ;
Il n'est rien qui ne se rende
Aux doux charmes de l'amour.

Songez de bonne heure à suivre
Le plaisir de s'enflammer :
Un cœur ne commence à vivre
Que du jour qu'il sait aimer.
Quelque fort qu'on s'en défende,
Il y faut venir un jour ;
Il n'est rien qui ne se rende
Aux doux charmes de l'amour.

ENTRÉE DE BALLET.

Quatre bergers et quatre bergères dansent sur le chant du chœur.

(1) En vers dans le texte.

FIN DE LA PRINCESSE D'ÉLIDE.

LA PETITE SARDINE

C'était en février, par un hiver bien rude ;
   Jean le pêcheur, de l'île d'Oléron,
Avec son fils Jeannot, un solide luron,
Et sa vieille compagne (elle avait nom Gertrude),
Après avoir peiné du matin jusqu'au soir,
N'avait rien pris du tout. Il allait perdre espoir,
Quand sa femme voulut tenter encor la chance.
Le sort semblait narguer tant de persévérance.
     Que virent-ils dans leur filet ?
Un si menu fretin, un poisson si fluet,
Qu'on n'avait jamais vu si petite sardine...
Jean, à défaut de mieux, allait tout bonnement
La prendre, quand (jugez de son étonnement !)
  Il entendit une voix argentine
    Qui semblait sortir du filet :
    C'était la petite sardine...
Car, en sa qualité de fée, elle parlait.
« De moi que ferez-vous, dit-elle, s'il vous plaît ?

15

— A défaut de turbot, de sole ou de loubine,
Que j'aurais bien vendus, je m'en vais te manger,
    Dit Jean. Faut-il pas que je dîne?
    A quelle sauce allons-nous l'arranger,
Ma femme? » La sardine a compris le danger,
Et s'adresse à Gertrude : « Et vous, la bonne mère,
N'aurez-vous pas pitié de moi dans ma misère?
    Qui s'aviserait de songer,
    Quand on est sage ménagère,
    Dans l'huile ou la graisse à plonger,
    Pour en faire quelque friture,
    Une aussi mince créature?
    Petit poisson, en grandissant,
    Plus tard, je vous le jure,
Saura bien vous prouver qu'il est reconnaissant. »
Les femmes ont le cœur tendre et compatissant.
Gertrude dit : « Le jeu n'en vaut pas la chandelle!
    Jean, mon homme, ayons pitié d'elle.
— Je la mangerai crue alors, dit le pêcheur.
    Assez de ce ton pleurnicheur.
— Elle ne remplirait pas même ta dent creuse,
Lui riposte Gertrude avec un air moqueur.
    Laissons grandir la malheureuse ;
Bien sûr, un jour, cela nous portera bonheur.
— Oui, oui, je la connais ; qu'est-ce qu'elle rabâche?
Que me donneras-tu, dit Jean, si je te lâche,
    Sardine de l'enfer?
— Commence à tes jurons par mettre une sourdine,
    Dit en tremblant la petite sardine.

Je promets par Jonas, saint patron de la mer,
Si jamais le malheur ou le besoin te presse,
    Si tu tombes dans la détresse,
    De te tirer de l'embarras,
Et de réaliser trois vœux que tu feras.
    Mais ne bois pas, et gare à la paresse ! »
Jean n'était pas méchant. « J'accepte ta promesse ;
Mais si tu mens et viens jamais dans mon filet,
    Que tu sois maigre ou grassouillette,
Tu me le paieras cher. » Il lance la pauvrette
Dans la mer, où son corps au miroitant reflet
Aux yeux de Jean surpris fit briller une flamme.
« Les bonnes actions ragaillardissent l'âme,
Pensa Jean ; mais mon ventre est vide, en attendant :
    Rien à se mettre sous la dent.
Cette sardine fée est une fine lame ;
    Elle promet, j'en suis certain,
    Bien plus de beurre que de pain.
    — Nous verrons bien, reprit sa femme.
Fais ce que dois, et puis, à la grâce de Dieu !
    Vois-tu, la petite sardine
Est un ange du ciel. Couchons-nous : qui dort dîne. »
Jeannot déjà ronflait et dormait comme un pieu.

Tout alla bien durant un mois et la quinzaine :
Dans le filet poissons tombaient à la douzaine,
    Et des plus beaux, qu'on vendait au marché
A des prix fous (le gras en carême est péché).

Maître Jean, tout surpris d'avoir la poche pleine,
    Bientôt courut la prétentaine.
Jeannot d'habits tout neufs fit emplette au marché,
    Et tous les jours sortait endimanché.
Gertrude s'acheta vêtements de futaine,
Cachant ce quelle put dans un vieux bas de laine.
Jean ne travaillait plus. Tout l'argent dépensé,
Il chercha son filet. Les rats l'avaient percé,
    Mais jusqu'à la dernière maille ;
    Et Jean le sot, n'ayant ni sou ni maille,
      Se trouvait fort embarrassé.
    Il eut beau faire et se creuser la tête...
Pour avoir un filet, où trouver du quibus?
      « Il ne pousse pas des écus
Sous le pas d'un cheval, dit la mère Gertrude.
Tandis que tu buvais, détestable habitude !
    Du vin, du grog, et tant et plus...
Nigaud ! j'ai fait appel à la fée, et devine
    Ce que m'a dit la petite sardine.
— Quoi ! tu l'as vue? Allons, tu te gausses de moi !
— Je l'ai vue, entendue, ainsi que je te vois...
    Et regarde dans cette armoire. »
Jean ouvrit de grands yeux, ne pouvant pas y croire,
    Quand il vit trois beaux louis d'or,
Que sa femme, un à un, tirait de leur cachette
    (C'était une vieille chaussette),
Et puis de la monnaie, et puis des sous encor.
    « Surtout, que Jean soit économe,
    A dit la fée, aussi vrai qu'on me nomme

La petite sardine; et si par les deux bouts
Jean brûle la chandelle et, comme font les fous,
S'il gaspille l'argent en noces et ripaille
Au lieu de travailler, il mourra sur la paille,
Ou bien à l'hôpital, vrai comme je le dis :
       Il n'aura pas le paradis. »
Il embrassa sa femme et fit mainte promesse,
En jurant ses grands dieux de ne plus se griser.
Gertrude ne dit rien, mais s'en fut à la messe.
    C'est en priant qu'elle avait su puiser
       Dans la divine Providence,
Secours du malheureux, espoir et confiance.
      Jean, nanti d'un nouveau tramail,
Avec son fils Jeannot se remit au travail,
Tandis qu'en son logis Gertrude, humble servante,
Faisait tout le ménage, et de plus, pour la vente,
Allait à Saint-Denis et portait le poisson,
      Mais, en femme sage et prudente,
      Savait s'arranger de façon
Qu'à l'insu du mari, pour l'empêcher de boire,
      En arrivant à la maison,
Une part du profit fût mise dans l'armoire.
    Vous allez voir comme elle avait raison.

A quelques mois de là, la mer était mauvaise,
      Et la pêche ne donnait pas;
Le ménage de Jean n'était guère à son aise...
Le terme était prochain. Jean à ses embarras

Rêvait dans son sommeil. La petite sardine
Apparut à ses yeux. Cette fois gros et gras,
    Son corselet avait pris de la mine.
    Et voilà Jean qui d'une voix câline
        Lui dit : « C'est gentil d'accourir,
            Ma petite sardine ;
        Bien sûr tu viens pour me servir. »
Il croyait voir la fée à deux pas du rivage,
Lui disant, en faisant ondoyer son corsage :
« Parle, que me veux-tu ? Je veux te secourir. »
        Alléché par ce doux langage,
Jean répond : « Je voudrais... cent francs ! — Tu les auras,
Dit la fée, et surtout ne les gaspille pas. »
Puis elle disparut, faisant la révérence,
C'est-à-dire un plongeon. Le cœur plein d'espérance,
Jean se frotte les yeux... encor mal éveillé,
        Que voit-il tout émerveillé
        Sur le vieux tapis de lustrine... ?
        Les cent francs de dame sardine !
« Allons, grand paresseux, quand te lèveras-tu ?
— Le bien vient en dormant : j'ai vu sardine fée.
— Oui, tu rêvais tout haut ; je t'ai bien entendu.
Quand tu te prélassais dans les bras de Morphée,
Ta cousine est venue et m'a payé son dû...
        Je croyais cet argent perdu. »

. . . .

La conduite de Jean devint presque parfaite ;
    Pendant trois mois tout alla pour le mieux :

Il se grisait à peine aux jours de grande fête...
      Gertrude bénissait les cieux.
Ça ne pouvait durer. C'était trop méritoire ;
Il faut un rude effort pour renoncer à boire !
      Si bien qu'après un temps d'arrêt,
Comme par le passé, Jean vint au cabaret,
   Jouant, buvant, n'allant plus à la pêche.
        Adieu tramail,
        Adieu travail.
Notre homme à son argent fit une telle brèche,
Qu'il ne lui resta plus de quoi payer son bail.
Gertrude ne savait de quel bois faire flèche.
Jeannot fut embarqué sur les vaisseaux du roi.
Or, entendant crier à la sardine fraîche,
   Notre pêcheur, vrai pêcheur, par ma foi,
   Se rappela la petite sardine...
« Mais je veux, pensait-il, pour mon dernier souhait,
      Puisant largement à la mine,
     Devenir riche tout à fait. »
     Il voyait double et bricolait.
Il gagne le rivage et hèle son ondine
     D'abord de son ton le plus doux...
La mer était un lac, et son onde argentine
Sur la rive mourait. Mais rien dans son remous :
     Pas plus de petite sardine
   Que dans ma main. « Veux-tu venir, gredine ! »
Cria-t-il en fureur... Il tempêta, jura ;
C'était mal ! Rien ne vint, pas même un rémora.
Jean s'égosillait donc depuis trois bons quarts d'heure,

Et pour cuver son vin regagnait sa demeure,
Quand sur le flot limpide une voix lui parla,
Et lui dit : « Maître Jean, si tôt vous revoilà !...
    Vous avez bu, j'en ferais la gageure,
    Tout votre argent. » Notre pêcheur madré
Répond : « A l'avenir, je me corrigerai...
Donnez-moi mille écus ! » La sardine en colère :
« Mille écus ! mille écus ! Seigneur ! et pour quoi faire ?
Pour te griser à l'aise ?... Enfin je l'ai promis :
    Mais si tu veux que nous restions amis,
    Au lieu de boire et de jouer du bobre,
Entretiens tes filets... L'homme qui n'est pas sobre,
Vois-tu, qui tous les jours se remplit comme un muid... »
Jean ne l'écoutait plus et retournait chez lui
    En se frottant les mains de joie.
Sa ménagère était en train de mettre une oie
    A la broche. « C'est aujourd'hui
Grande fête, dit-elle en embrassant son homme.
Tiens, lis : nous héritons d'une fameuse somme :
    Notre oncle d'Amérique est mort.
(Le revers de sa manche essuya sa paupière).
Brave homme d'oncle ! Mais, sans lui faire du tort,
    Il était de trop sur la terre,
Vieux, infirme, grognon. » Plus d'un célibataire
Est pleuré de la sorte. Et puis elle ajouta :
    « Nous ferons dire à Notre-Dame
Dix messes, pour que Dieu fasse paix à son âme. »
    Ce fut dix francs qu'il en coûta...
    Les pauvres gens ne sont pas chiches,

Quand le hasard les a faits riches.
« Mille écus! pensait Jean dégrisé, mille écus!
    Je suis plus riche que Crésus.
Je veux voir du pays. Allons à la Rochelle.
Nous irons au théâtre entendre un opéra. »
Gertrude voulut voir jouer la *Tour de Nesle,*
Les *Huguenots,* la *Part du Diable, et cœtera.*
Jean vit sur les chantiers une belle chaloupe :
    L'acheter ne fit pas un pli,
Et pour remercîment du souhait accompli,
    Il voulut qu'on mît à la poupe :
La Petite-Sardine, en grosses lettres d'or.
Il racheta son fils, autre brèche au trésor.
    On fit des repas magnifiques,
    A s'en donner des indigestions.
    Plus de brèdes, plus de bichiques...
Jean fumait des londrès au lieu de vieilles chiques.
    L'argent filait en mille occasions.
    Se croyant riche à millions,
    Jean prit des fiacres à la course ;
    Enfin, il fit tant et si bien
    Qu'en fouillant le fond de sa bourse
    Un beau jour il n'y trouva rien.
Je me trompe : il restait *la Petite-Sardine,*
Bon bateau pour la pêche, et son fils et ses bras
    Pour échapper à la ruine.
C'était plus qu'il n'en faut pour sortir d'embarras,
Quand on a bon courage et que l'on ne boit pas.

                  15.

Ce conte, ma petite amie,
Nous enseigne l'économie,
Le travail, la sobriété,
Et qu'au sein de la pauvreté,
Dans la divine Providence
Même le plus déshérité
Doit avoir pleine confiance
Au travail s'il donne ses soins :
« Travaillez, prenez de la peine,
A dit excellemment notre bon La Fontaine ;
C'est le fonds qui manque le moins. »

Cette histoire nous prouve aussi que la richesse
Qui, comme on dit, nous vient en dormant, sans effort,
Si nous vivons dans la paresse,
S'évapore en fumée et nous fait plus de tort
Que notre pauvreté. Le travail, la sagesse,
L'espoir en Dieu, voilà ce qui rend fort
Et permet de narguer le sort.

LA CHARITÉ ET LA RÈGLE

Auprès du matelot qui souffre et qui délire,
Près du dyssentérique et du pâle fiévreux,
Près du soldat râlant qui loin des siens expire,
Qui loin de ses foyers meurt sans un doux sourire
De mère ni de sœur, près de ces malheureux,

Voyez, alerte et calme, une humble et chaste femme,
Attentive, à l'œil pur, au ton plein de douceur,
Ici donnant à boire, ailleurs parlant à l'âme,
A tous, dans un sourire, apportant un dictame:
C'est de la charité l'ange consolateur.

C'est la fille du ciel. C'est Marthe, et c'est Marie,
Soignant l'âme et le corps, tout ce qui souffre, hélas!
Le pauvre cœur désert, la chair endolorie...
Sans cesse elle travaille et mentalement prie,
Pour le malade vit et ne s'appartient pas.

Quelle sérénité sur ce front que la toile
Ombrage d'un bandeau plein de simplicité!

Quel limpide regard sous de longs cils se voile!
A son pas, à sa voix, l'espoir court dans la moelle
Du pauvre moribond soudain réconforté.

Eh bien! pendant qu'ainsi multipliant son être,
Cet ange à nos soldats comme à nos matelots
Se donne tout entier, en ce moment peut-être,
Non loin d'ici, sa mère, au bourg qui la vit naître,
Agonise, au milieu des siens, dans les sanglots.

Tous les enfants sont là, serrés près de sa couche,
Sauf elle. On la vit bien apparaître un moment,
Le temps de recueillir un mot de cette bouche,
Un regard, un baiser.... mais la Règle farouche
L'a soustraite à ce cher et pur embrassement.

La Règle est inflexible. Ah! pour un militaire,
Un étranger... très-bien. Elle les veillera
Jusqu'au dernier soupir. Son cœur est en prière...
Mais là-bas, quand sa mère abandonne la terre,
Loin des bras de la sainte elle s'endormira...

Cependant, n'allez pas la croire indispensable
Au chevet du malade en son lit d'hôpital ;
D'autres filles sont là, d'un dévoûment semblable,
Prêtes à prodiguer leur aide secourable...
Mais la Règle commande, et l'arrêt est brutal.

La nuit, le jour, elle est au lit d'une mourante
De famille influente, et riche, s'il vous plaît.

Et la Règle? Ah! la chose est ici différente :
C'est l'Ordre qui l'embusque à l'affût d'une rente,
Pauvre sacrifiée! Et la Règle se tait.

Noble fille du ciel, ô Charité sublime !
On dénoue en ton nom le plus sacré lien.
Veiller près de sa mère, innocente victime,
C'est dangereux! Cachez votre souffrance intime,
Holocauste pieux ! n'aimez, n'aimez plus rien.

Renoncez à la terre, à tout ce que l'on aime,
A tout ce qu'on vénère et dont battent les cœurs,
Aux amis, aux parents, au sein sacré lui-même
Qui vous porta. Là-haut, seul est le bien suprême...
Les purs, les forts là-haut se rejoindront vainqueurs.

Eh bien, non! si la Règle est atroce, implacable,
Votre cœur est plus fort que ce pacte inhumain.
Il est bon ; il se fond sous le coup qui l'accable...
Quand votre mère meurt, la Règle impitoyable
N'a pas changé ce cœur en un sec parchemin.

Vous êtes comme nous une enfant de la terre ;
Honorez par ce cœur la pauvre humanité...
Courbez ce vain orgueil; laissez la Règle austère :
Pleurez. Le pleur sied bien à votre ministère ;
Il donne l'auréole à votre charité.

Pleurez, ô sainte fille, alors qu'au ciel remonte
Celle qui dans ses flancs généreux vous porta...

Pleurez! c'est une gloire, et non pas une honte.
C'est un cœur dur et sec que celui qui se dompte :
Jésus, le doux Jésus, pleurait au Golgotha.

Oui, Jésus-Christ pleurait, cloué sur son calvaire,
Voulant montrer à tous qu'à notre humanité
Il appartenait bien. Il cria vers son père.
Il était vraiment homme et pleurait sa misère,
Avant de resplendir dans sa divinité!

Sainte femme, pleurez! pleurez toutes vos larmes...
Sur la mort d'une mère il est bon de pleurer...
Pleurer, c'est être humain... c'est se forger des armes
Pour les douleurs d'autrui. Si les pleurs ont des charmes,
Ils nous viennent de Dieu. Pleurons pour l'honorer.

Il est d'airain le cœur qui commande à sa fibre...
C'est un âpre rocher, un marbre dur et froid,
Un être dans lequel rien ne tressaille et vibre ;
C'est l'abstraction pure, à force d'être libre,
Un type monstrueux qui nous glace d'effroi.

Élucubration d'une horreur indicible
Que Dante n'a pas pu rêver pour son enfer :
La Charité soumise à la Règle inflexible,
Vrai produit du délire, un mythe, l'impossible,
Ou cet immense orgueil qui damna Lucifer.

VAGABONDES [*]

POUR LE JOUR DE L'AN.

J'apprends que l'ami Z*** vous offre des dragées
    Avec un gentil compliment.
Par malheur, je n'ai pas de phrases arrangées
    Pour ce joyeux avénement...
Je suis au dépourvu : je voudrais bien vous dire
    Ce que mon cœur pense tout bas,
Vous exprimer combien grand est sur moi l'empire
    De tant de grâces et d'appas ;
Mais ce n'est pas mon fort : ma plume est impuissante
    A dépeindre mes sentiments.
Ne provoquez donc pas ma muse languissante
    A chanter vos attraits charmants.
Je formerai des vœux pour la nouvelle année ;
    Ce seront là mes compliments.

[*] La première partie a été publiée du vivant de l'auteur : *Les Vaga-bondes*, par Émile Ormestine (août 1874).

Commençons par la sœur aînée...
Son front se penche soucieux...
Quelle langueur éteint le doux feu de ses yeux?
Je préfère un sourire à cette morbidesse,
La gaîté franche à ces vagues soupirs.
A-t-elle au cœur un poignard qui la blesse?
Que faudrait-il pour combler ses désirs?...
Son chant se voile... et son piano l'ennuie...
Pour ramener sa joie et sa vivacité,
Qu'on la marie...
Mais dirigeons nos yeux vers un autre côté :
Passons à la malade, à la pâle cadette...
Tous nos vœux sont pour sa santé.
Quand pourra-t-elle enfin marcher seulette,
Sauter, courir en liberté?
Pauvre lys doucement incliné vers la terre,
Relevez-vous, et regardez aux cieux...
Oui, remerciez Dieu d'une tendre prière
Pour les doux soins d'une excellente mère;
Exhalez de votre âme un cantique pieux.
Vous reprendrez bientôt des couleurs plus riantes;
Je veux à votre joue un brillant incarnat;
Un sang plus riche à vos lèvres charmantes
Ajoutera plus de feu, plus d'éclat...
Chaque année aujourdhui vous sourit et vous pare;
C'est l'avenir, c'est un espoir nouveau.
Pour moi, c'est le passé. La vieillesse s'empare
De moi pour le tombeau.
Mais avant d'y descendre, un vœu que je formule,

Et que j'accomplirai, ma foi,
A moins qu'à mon aspect, d'effroi,
Un an de plus ne fasse qu'on recule,
C'est de vous embrasser, fillette, une, deux, trois,
Et même quatre fois.

A V. B***

Dis-moi dans ton style de flamme,
Peins-moi de tes pinceaux puissants,
Les brûlants désirs de ton âme...
Vante-moi l'adorable femme
Dont les charmes éblouissants
Mettent le trouble dans tes sens.

Mais non, depuis ton mariage,
Ta muse va languissamment ;
Plus de chants, plus de doux ramage.
La folle, naguère volage,
Chantait les transports de l'amant ;
Mais pour ceux du mari, néant...

C'est ainsi : qu'y pouvons-nous faire ?
Du cher objet tant convoité
Sitôt qu'on est propriétaire,
L'impôt dont on est tributaire
Amenant la satiété,
L'ennui de la propriété,

L'absence de la fantaisie
Qui rêve le fruit défendu,
De notre paradis perdu
Font envoler la poésie.
Nous remontons de notre vie
Le cours trop gaîment descendu.

REGRET.

Les monts, les bois et la verdure,
De l'âme la sérénité,
Le soleil, la belle nature
Conspirent pour votre santé.
L'air pur des champs sur votre joue
Répand un brillant incarnat...
Pour moi, que le service cloue
Sous la férule d'un Barat,
Soyez sûre que je regrette
De ne pouvoir pas dès demain,
Gai, d'une jambe guillerette,
Pour là-haut me mettre en chemin ;
Il faut remettre la partie...
Ce sera pour une autre fois...
Le corps reste ; l'âme est partie :
Elle vole vers Saint-François.

A PROPOS DE MALLE.

Mes vers tombent mal à propos :
C'est le jour des propos de malle.
Devant la prose je détale...
Plus tard je reviendrai dispos
Vous tenir de légers propos...
      Un jour de malle,
Les vers tombent mal à propos.

A FLAVIEN MASSIOU.

De Saint-Rogatien j'ai gardé la mémoire ;
Pour moi son souvenir est rempli de douceur :
Mon enfance déserte était un long déboire ;
Seule ton amitié mit du baume en mon cœur...
   Loin des pensums, des remontrances,
   C'est là que, pendant les vacances,
   L'esprit calme, le cœur dispos,
   J'ai goûté des jours de repos.
   Qu'était douce l'escarpolette,
   Sous l'ombre des jeunes ormeaux !
   Quel bonheur lorsque notre tête
   Atteignait les plus hauts rameaux !
J'étais heureux, vivant sans souci, sans contrainte,
Sans peur du lendemain dont la puissante étreinte
Empoigne l'homme fait, l'occupe à tout instant.
Non, l'avenir alors ne troublait pas ma tête ;
La verdure des prés, le chant de l'alouette,
Le bonjour d'un ami me rendaient gai, content.
Si je revois un jour notre vieille Rochelle,
   J'irai, comptes-y bien,

Ainsi qu'un pèlerin vers l'antique chapelle
　　Où quelque vœu l'appelle,
J'irai joyeux revoir ton Saint-Rogatien.
J'irai voir le castel et les vignes jaunies,
　　De Brossard le châlet,
Ses abeilles, ses plants, déguster son clairet,
Et je retrouverai des figures amies,
Qui se réjouiront de m'être réunies...
Enfin notre bonheur sera pur et complet,
S'il ne manque personne à l'heure du banquet.

　　Mais Ernest déserte le chaume...
A la ville son cœur est dans son élément :
Il construit des palais; il ne rêve que dôme,
　　Clocher, splendide monument,
Que temples ogivaux, tombeaux vivants de l'homme,
Où nous courbons nos fronts sous le sceptre de Rome,
Et s'il emprunte aux champs leur plus bel ornement,
　　Leur parure charmante,
C'est le lierre grimpant ou la feuille d'acanthe.
　　Et toi, depuis qu'au droit tu t'es voué,
　　Étude sèche et peu riante,
Que tu veux obtenir l'écusson d'avoué,
　　Tu dois déserter la campagne :
Et puis j'entends parler d'une aimable compagne
　　Dont tu voudrais être doué.
Soit, c'est la loi du sort : chacun poursuit son rêve...
Mais j'emprunte au métier une comparaison :

Lorsque le vent debout s'élève,
On court une bordée, on fait dos à la grève
Où l'on veut atterrir, on change d'horizon ; .
Puis, quand on a longtemps battu la mer houleuse,
Que l'on ramène au port sa barque voyageuse,
On cherche vainement la trace d'un ami :
L'un est loin ; l'autre en route a sombré... J'ai fini.

Gorée, 1853.

ROMANCE.

J'avais seize ans, et j'aimais une femme,
Et tous mes jours n'étaient qu'un éternel printemps,
   Et je n'avais de place dans mon âme
Que pour graver son nom, ses traits et ses accents.
     Auprès d'une chaste maîtresse,
     Tout souriait à mes désirs.

     Là-bas, où passa ma jeunesse,
     Reportez-moi, doux souvenirs...
  Là-bas, là-bas, où passa ma jeunesse,
     Reportez-moi, doux souvenirs,
     Reportez-moi, doux souvenirs.

J'avais seize ans; l'illusion si douce,
Qui vient tout embellir de ses pinceaux riants,
   Loin de mon cœur écartait la secousse
Des fortes passions et des désirs brûlants.
     Je jurais sur sa blonde tresse
     Pour elle de vivre et mourir.

     Là-bas, etc.

16

Là-bas, là-bas est l'arbre solitaire
Où, loin du bruit de l'homme et des chemins frayés,
Devant Dieu seul, tremblante, avec mystère,
Ma main entrelaça nos chiffres mariés.
Jamais l'objet de ma tendresse
Ne connut mes humbles soupirs,

Là-bas, etc.

DÉSIR.

Grâce, beauté, talent, tout en toi brille et charme ;
Rien que ta vue excite un trouble dans mes sens.
Avec quel art tu sais arracher une larme,
Au plus blasé faire aimer tes purs accents,
Et consumer les cœurs des feux les plus puissants !
Mais que dis-je ? tout haut, insensé, je soupire :
Obtenir un regard, un sourire de toi,
N'est-ce pas le seul vœu qu'en mon ardent délire,
En ma fièvre d'amour, j'ai formé plein de foi ?
Si mon audace est grande, elle aura pour excuse
Ton charme inspirateur, tes séduisants attraits.
Inhabile à louer, si ma trop faible muse
Est impuissante à peindre, à retracer tes traits,
Ris tout bas, mais bien bas, de mes feux indiscrets.

UN ALBUM.

Album veut dire blanc. Sur cette blanche page
　　　Mettre du noir, mettre des vers,
Un dessin à la plume ou bien quelque estompage,
　　　Sentences ou sujets divers...
Pourquoi salir ainsi la page immaculée,
　　　Le satiné, le blanc vélin?...
Non, cette page blanche est comme ensorcelée,
Et j'ai peur d'en souiller le reflet opalin.

Vous demandez des vers; vous désirez que j'orne
　　　Cet album d'un gentil huitain.
La folle du logis reste impassible et morne:
　　　Plus de rêve ailé du matin,
Plus d'inspiration.... quand on nous fait un crime
　　　Ou qu'on dit: « D'un fou c'est l'objet
De cadencer les mots, d'y mettre un bout de rime,
En vers petits ou longs de tourner un sujet. »

On nous dit que le vers torture la pensée,
　　　La met dans un étau d'airain,

Qu'elle est sacrifiée à la rime insensée,
  Ou du mètre subit le frein...
« Mais à quoi pensez-vous? me dit un journaliste
  L'autre jour, sur un ton narquois,
En triant de feuillets une fort longue liste.
Que de galimatias! quel fatras! je ne vois

Rien qui dans tout cela puisse entrer dans ma feuille :
  Point de scandale ou de cancans ;
De politique point ; rien des représentants. »
  Fermant alors son portefeuille
Où précieusement restaient les beaux morceaux,
  Élucubration de prose,
Il alluma son feu, puis, avouons la chose,
Les vers, bons ou mauvais, servirent de copeaux.

  D'abord une flamme bleuâtre
  Apparut et brilla dans l'âtre,
  Et bientôt il ne resta plus
  De tant d'efforts vains, superflus,
  Qu'une cendre parcheminée
  Voletant dans la cheminée,
  Rien qu'un informe résidu
  De tant d'enfantement ardu,
  Des nuits d'insomnie ou des veilles,
  Qui promettaient tant de merveilles.
La montagne en travail n'avait pas, j'en souris,
  Enfanté même une souris.

      16.

Instruit suffisamment par cette courte histoire,
    Trop longue peut-être pour vous,
Lecteur, je vis combien chose vaine est la gloire,
Et que la poésie a fui bien loin de nous.
J'en conclus aujourd'hui que pour tant de cervelles
    Par trop ardentes à rimer,
Dans un iambe amer il leur faut s'escrimer
En commentant, jugeant, disséquant les nouvelles...
Politiques s'entend, en calquant Juvénal,
En imitant Gilbert, Perse, Barbier et l'autre
Qui, dix ans plein de verve, a, dans son vers brutal,
    Stigmatisé le pouvoir qui se vautre
Dans la corruption, et se dit satisfait...
Puis qui tourna, faisant commerce de sa plume,
Mangeant au râtelier du vorace budget,
    Frappant celui qu'hier il encensait,
Forgeant toujours son vers sur sa puissante enclume,
Mais, suppôt du pouvoir, frappant en ennemi
Le peuple! O honte à toi, Barthelémy!

A VICTOR B...

Que fais-tu là-bas au pays des cannes,
Des sveltes palmiers, des jaunes bananes ?
    Comment vont tes jours ?
Mollement tu vis ; doucement tu flânes,
    En suivant le cours
D'un frais ruisselet, babillard, limpide,
    Aux bassins ombreux,
Plongeant, à l'écart d'un soleil torride,
Dans le clair azur d'une onde sans ride
    Ton corps langoureux.

Ou, dans le fauteuil, la pipe allumée,
    Vois-tu revenir,
A travers des flots de blanche fumée,
Le portrait charmant d'une femme aimée ?
    Riant souvenir !
Tu fuis le travail ; dans l'insouciance
    Tu dors ; mais ton cœur
Tout à coup s'envole et retourne en France...
Le vaisseau t'emporte aux bords de la Rance ;
    Te voilà songeur.

Oui, je crois qu'ainsi s'écoule ta vie ;
Au doux farnienté, Victor, te convie
      Un calme parfait :
Je te vois fumant dans ta rêverie
      Le doux calumet.
Va, dans le hamac berce ton doux rêve
      Près d'un beau sein nu.
Dépense à loisir ta bouillante sève,
Sans peur d'irriter de ta fille d'Ève
      Le mari cornu.
Va, prends le bonheur que le ciel t'envoie,
Avant que trop tôt le destin déploie
      Sa sévérité ;
Vide jusqu'au fond la coupe de joie...
      Bois la volupté.
Dors dans le hamac, sur la natte molle ;
      Au pays lointain
Songe, caressé par la brise folle
Que fait sur ton front la jeune créole
      Au corps de satin.

Près de ta maîtresse aimable et charmante
Vogue sans bourrasque, et vis sans tourmente,
      Au gré du désir ;
Étreins, fais pâmer ta lascive amante,
      Au point d'en mourir.

A Mme CULLARD, NÉE EYMONIN.

(Acrostiche.)

Éveiller en ce jour ma lyre inanimée !...
Y pouvez-vous songer, lorsque votre salon,
Madame, vibre encor du puissant violon
Où votre âme paraît elle-même enfermée ?...
Non ! quand si fièrement résonne le piano,
Il n'en faut pas troubler l'harmonieux écho ;
Nos chants détonneraient à l'oreille charmée.

Saint-Denis, août 1874.

A VICTOR B***.

O toi qui sur le flot immense
Promènes tes vagues loisirs,
O toi dont la seule espérance
Et l'objet des constants désirs
Est de voir s'étaler magique
Tout à coup le charmant tableau
D'une île, perle océanique,
Tu vas la voir sortir de l'eau.
Tandis qu'avec sa large houle
La mer s'enfle, brise et mugit,
Le panorama se déroule,
Une fraîche oasis surgit.
Mais déjà tu touches la terre ;
Tu gravis le sommet des monts,
Et pensif au bord d'un cratère,
Tu rêves aux pays bretons.
Bourbon, île aux flancs volcaniques,
Riche en verdure, au chaud soleil,
Sœur féconde des Amériques,
Issue un jour du flot vermeil,

Plaines, ravins, pitons coniques,
Neige sur des pics orgueilleux,
Mornes, aiguilles basaltiques,
Cratères aux bords sourcilleux,
Tout cela nous frappe et nous touche,
Remplit l'âme d'élans pieux,
Quand le souffle de notre bouche
Semble se perdre dans les cieux...
Oui, c'est beau. Spectacle sublime !
A ses pieds la terre et les mers,
Et puis, tout à fait à la cime,
La tête au milieu des éclairs...
En haut, le givre et la froidure,
La lave ou des troncs rabougris....
En bas, la plus fraîche verdure
Avec le plus chaud coloris,
Puissant et splendide mélange
Des rocs, des bois, du ciel, des eaux !
Tour à tour le contraste étrange
De riants ou sombres tableaux !

Mais d'une nature puissante,
Des palmistes ou des cactus,
De la fougère arborescente,
Des cannes, des eucalyptus,
De tous ces décors de la scène,
Pleins de grâce ou de majesté,
Et de la tournoyante haleine
De l'ouragan, quand vient l'été,

Du cyclone qui tourbillonne,
Et du folâtre bengali
Qui, voletant, joue et bourdonne
Près d'un calice épanoui,
De la plus sublime palette
Où l'œuvre du grand ouvrier,
Si grande et belle, se reflète,
Et fait qu'on ne peut l'oublier,
De tout cela, Victor, je doute
Que tu fasses tous tes loisirs ;
Et je pense, que, dans ta route,
Tu cueilles de plus doux plaisirs.
Tu dois, sous ce soleil de flamme,
Sur un sol tout luxuriant,
Tu dois ressentir dans ton âme
Quelque amour subtil et brûlant.
La créole à peau blanche et mate
Vient-elle réveiller tes feux ?
Ou bien partages-tu la natte
Des métisses aux bras nerveux,
Aux traits purs des femmes d'Europe
Mêlant un sang qui toujours bout,
Et qui, sous leur brune enveloppe,
Cachent les feux d'un soleil d'août ?
La mulâtresse, qui se pâme,
T'embrasse, t'étreint et te mord,
Messaline, au regard de flamme,
Qui toujours vous répète : « Encor ! »
Ah ! Victor, je crains que ta sève,

Et la vigueur de tes vingt ans
N'aient souvent besoin d'une trève
Qu'on n'accorde point aux amants.
Je crains qu'en sa fougue vivace,
Ta maîtresse aux épais cheveux
D'un sillon ne creuse ta face,
N'éteigne le feu de tes yeux.
Mais tu dors, le jour, sous l'ombrage
De tes larges contrevents verts,
Ayant un négrillon pour page,
Près de toi caressant les airs
Avec son instrument moresque,
Sous ce ciel précieux trésor,
Avec l'évantail gigantesque,
Doux vampire qui vous endort.
Tu dors sans crainte des moustiques,
Et sans penser au lendemain ;
Tu dors sur tes exploits épiques,
Et peut-être que de ta main
Tu caresses la forme vaine
D'un fantôme qui t'apparaît ;
Tu rêves de la souveraine
De ton cœur ; tu vois le portrait
De celle à qui tu pris la vie
Et le bonheur en la quittant,
Et qui vers ta Rance chérie,
Toute soucieuse, t'attend.
Tu rêves... et dans ta pensée
Tu te transportes en ces lieux

Où la journée était passée
En ris, travail, ébats joyeux,
En ces lieux où mainte parole
Était un piquant quolibet,
Écho de la jeunesse folle
Qui tous les trois nous animait...

Nous étions trois, et, chose triste,
Seul chacun de nous voyageant
De son côté cherche la piste
Du bonheur, en cherchant l'argent ;
L'argent, ce métal qui nous pousse
De notre naissance au tombeau,
Et nous fait braver la secousse
Des tempêtes sur un vaisseau...
Et quand, usés, perdant haleine,
Nous croyons arriver au port,
Et quand, une fois la main pleine,
Nous voudrions jouir, la Mort,
La Mort, avec sa face blême,
Vient nous dire : « Arrête tes pas. »
C'est pour les autres que l'on sème ;
Pour soi l'homme ne plante pas...
Et la tombe est là qui s'entr'ouvre ;
Notre horizon s'évanouit,
Et sous le sapin qui nous couvre
Notre beau rêve est enfoui.
Et le Gascon mélancolique,
Enfant de Cubzac, de Bordeaux,

Que lorgne-t-il d'un œil oblique?
Que va-t-il faire aux pays chauds?
Court-il après une Espagnole
A la taille fine, aux grands yeux?...
Imprime-t-il sur son épaule
Le brûlant cachet de ses feux?
Ou, faisant la méridienne,
Bercé de rêveuses torpeurs,
Aspire-t-il la chaude haleine
D'un cigare aux âcres vapeurs?
Non, il fume la cigarette ;
Il est allongé sur le dos.
Mais voici qu'il lève la tête ;
Il écarte un peu les rideaux.
Il prend le cristal d'émeraude,
Y puise à longs traits la liqueur
Qui, bientôt enivrante et chaude,
Ne fait qu'augmenter sa langueur.

Mais je voyage en un champ vague,
Champ des imaginations,
Et souvent ma tête extravague
Et se nourrit d'illusions...
Non, non, ce que cherche Laffisse,
Ce qu'il poursuit dans ses ébats,
Ce qu'il rêve au fond du calice,
Ce qui l'attire en ces climats,
C'est l'or! la luisante chimère,
Ce grand mobile de nos pas ;

C'est l'or qu'en mon rêve éphémère
Je poursuis et ne trouve pas.
Je cherche partout une rive
Où je puisse enfin m'accrocher,
Et toujours vais à la dérive,
Ainsi qu'un maladroit nocher.
Laffisse et toi, je vous envie :
Je pense aux pays tropicaux.
J'y voudrais me créer la vie
Dont vous m'envoyez les échos...
Adieu ! vivez votre existence...
Comme vous, je veux loin d'ici,
Des mers franchissant la distance,
Aller tenter fortune aussi.

La Rochelle, 1851.

A Mlle ÉGLANTINE S***.

Il est des aveux que l'on n'ose
Pas toujours faire en vile prose :
Aux vers il vaut mieux recourir.
Un soir, par un beau clair de lune,
Possédé d'un ardent désir,
J'ai poursuivi certaine brune,
Hélas ! bien inutilement...
Je crus qu'au bras de son amant
Elle fuyait vers une sphère
Où mon cœur n'avait rien à faire.
Donc je partis désespéré,
Confus, triste et désemparé,
Ma tête battant la campagne,
Et le cœur tout bouleversé.
Je marchais comme un insensé
Qui voit ses châteaux en Espagne
Crouler... quand, effet du hasard,
Je rencontre sur mon passage
Une femme au riche corsage,
Une blonde au plus doux regard,

Belle de forme et de visage,
Qui me demande son chemin.
Sans autre compliment d'usage,
Galamment je lui tends la main,
Prends son bras, cause et l'interroge,
Veux savoir où la beauté loge,
Ce qu'elle fait, son nom, son rang,
Si la dame a quelque parent,
Si la personne est mariée,
Ou bien à quelque homme liée
Par les nœuds les plus doux du cœur.
Elle arrivait de sa province,
Le cœur gros, mais la bourse mince,
De son volage séducteur
(Un damoiseau, genre régence!)
Jalouse de tirer vengeance.
« Je brûle aussi de me venger,
Lui dis-je, d'une péronnelle.
Tout en jouant de la prunelle,
La petite a l'air de songer
Que je vis d'amour et d'eau fraîche...
C'est beau de contempler le ciel ;
Mais il faut du substantiel.
Et puis, quand sur pied je dessèche,
(Au front m'en monte le courroux),
Voilà bras dessus bras dessous
Qu'elle s'envole avec un homme :
Un beau gaillard ! Pouvais-je, en somme,
Me douter qu'elle offrît le bras

A son frère guettant ses pas,
Qui semblait l'attendre en cachette,
Et lui dit : « Bonsoir, ma bichette. »
Il a bien plus l'air d'un amant
Que d'un frère. Mais si vraiment
Tout cela n'est pas une histoire,
Un roman pour m'en faire accroire,
Que je déplore mon erreur !
Le regret de mon cœur s'empare :
J'ai froissé cette aimable fleur,
L'Églantine ; ma main barbare
N'a su que la faire souffrir
Quand elle aurait pu la cueillir !
Mais je m'attarde, et je radote... »
Pour terminer mon anecdote,
La belle me dit : « Vengez-vous !
— Vous me plaisez ; je veux vous plaire,
Repris-je à mon tour ; vengeons-nous ! »
Nous nous vengeâmes. La colère,
Mon Églantine aux yeux si doux,
Doit allumer votre courroux
Contre un homme qui vagabonde,
Courtisant la brune et la blonde ;
Mais je n'ai pas voulu mentir...
Je sens croître mon repentir,
Lorsque je songe que votre âme
Ayant certain faible pour moi,
Eût, un jour, accepté ma loi.
Mais diable ! je serais bigame.

Pour l'heure, j'y renonce donc,
Et j'implore votre pardon
De cette bouche si mignonne.
Oui, quand la femme nous pardonne,
Elle acquiert de nouveaux attraits :
On voit s'illuminer ses traits.
Un franc et ravissant sourire
A ses lèvres semble nous dire :
« Ah! qu'il est doux de pardonner! »
Bientôt mon départ va sonner.
Je vais affronter les orages,
Les flots et les vents furieux ;
La mer est féconde en naufrages ;
Faites une prière aux cieux.
Pour moi, quand je serai sur l'onde,
A vous je penserai souvent.
Quand j'aurai bien battu le monde,
Je reviendrai par un bon vent
A Paris, cueillir l'Églantine,
Si mon bateau n'a pas sombré,
Et si le cœur de la mutine
N'est pas d'un autre énamouré.

Allons, rendez-moi l'espérance ;
L'espérance, c'est le bonheur.
Je vous tire ma révérence
Et vous adore, sur l'honneur.

Paris, 1873.

A Mlle ÉGLANTINE S***.

J'aime la fraîche violette,
La fleur parfumée et discrète ;
Mais la plus enivrante fleur,
Celle qui me tourne la tête,
Celle qui fait battre mon cœur,
    C'est la brunette
    Vive et coquette
    Que j'aime à voir
    A son comptoir.

Tantôt c'est un malin sourire
A l'adorateur qui l'admire,
Et qui la lorgne de côté.
Je devine ce que veut dire
Ce sourire, et je sais bien lire
Ce qu'elle cache, en vérité,
Sous ce fin regard velouté,
    Cette brunette
    Vive et coquette
    Que j'aime à voir
    A son comptoir.

17.

Mais, par instants, elle soupire,
Et son sein paraît agité.
Par l'amour est-il tourmenté?
On dit que notre cœur soupire
Quand il n'a pas ce qu'il désire...
Encor s'il nous restait l'espoir,
L'espoir où notre âme s'inspire...
Soupirante j'aime à la voir
     A son comptoir.

Mais à quoi, mon Dieu! pense-t-elle?
A quelque séduisant fichu?
A des bijoux? à la dentelle?
A quelque ornement superflu?
N'est-elle donc pas assez belle
Avec ses modestes atours,
La gracieuse demoiselle?
Faut-il des robes de velours
     A la brunette
     Vive et coquette
     Que j'aime à voir
     A son comptoir?

Mais non, ce n'est pas la toilette
Qui, nuit et jour, la fait rêver,
Qui lui trottine par la tête;
Mais ce qui la fait endêver,
C'est son trop précoce veuvage.

Être jeune, gentille et sage,
Et ne pas avoir un mari !
C'est ce qui fait son cœur marri ;
C'est ce qui la rend inquiète ;
C'est ce qui cause le souci
    De la brunette
    Que j'aime à voir
    A son comptoir.

« Tous ces godelureaux, je pense,
Qui viennent se remplir la panse
(Dit-elle en soi-même tout bas),
Pour assaisonner leur repas,
Me débitent mille sornettes,
Me tiennent des propos galants.
Ils sont polis, fort avenants :
A les croire, ils sont bien honnêtes...
Aucun ne voudrait m'abuser :
Ils parlent même d'épouser
    Dans leur chambrette
    Cette brunette
    Si guillerette
    Qu'on aime à voir
    A son comptoir.

« Et chacun près de moi s'empresse ;
On entre, l'on sort, on se presse.
La plupart paraissent joyeux ;

Ils vont soit à la promenade,
Soit au travail, soit à leurs jeux,
Soit aux rendez-vous amoureux.
Les uns me lancent une œillade ;
Les autres, d'un air gracieux,
M'adressent une révérence.
Mon sourire fait des heureux.
Ne vit-on pas de l'espérance?
Je souris, mais, au fond du cœur,
Je suis triste, et l'ennui rongeur
　　　Rend inquiète
　　　Cette pauvrette
　　　Qui, tout le soir,
　　　Reste au comptoir.

« Je suis triste, et ma nuit sans trève
Est agitée, et je crois voir,
Au milieu d'un horrible rêve,
La Mort dans un suaire noir.
Les visions les plus funèbres
M'assiégent pendant les ténèbres.

« Je vois dans des flots déchaînés
Bien des navires entraînés,
Plus d'un naufragé qui s'accroche
Aux âpres sommets d'une roche
Avec ses mains tout en lambeaux :
Partout de lugubres tableaux !

« Je sens remuer tout mon être ;
Je vois des cadavres épars,
Des morts !... des morts de toutes parts !
J'en vois que je crois reconnaître ;
J'entends un long gémissement,
Et je vois sombrer le navire...
Tout se tait... seul le flot soupire...
Il engloutit le bâtiment !

« Oui, tout se tait dans la nuit sombre,
Silence plein d'un morne effroi !
Et je crois entrevoir une ombre
Qui, pâle, se penche vers moi.

« L'eau de ses longs cheveux ruisselle ;
Son regard est pensif et doux,
Et sa voix murmure et m'appelle,
Et dit : « Églantine, vers vous
« Je viens à mon heure dernière
« Vous demander un seul baiser ;
« Soyez sensible à ma prière... »
Et je sens ses pleurs m'arroser...
Et des pleurs mouillent ma paupière...

« Un baiser ! rien qu'un seul baiser...
« Il ne laissera pas de trace...
« Je meurs ! peux-tu le refuser ? »
Et l'ombre dans ses bras m'enlace,

Et sur mes lèvres vient poser
De ses lèvres le doux baiser...
Des morts la prière est sacrée...
Comment oser la refuser?
Mais à cette coupe enivrée
Encore je voulus puiser
Un baiser, un si doux baiser...
Et l'ombre m'étreint et m'embrasse...
Et, dans un long baiser de miel,
M'emporte au milieu de l'espace,
Et je crois être dans le ciel...
Je me sens mourir et revivre;
L'étreinte et me tue et m'enivre...
L'ombre est-elle un être réel?
Est-ce le divin empyrée,
En ce moment délicieux,
Qui s'ouvre à mon âme enfiévrée?
Est-ce l'enfer? ou bien les cieux?

« C'est le cauchemar et le songe
Qui m'ont assaillie à la fois
D'un cruel et d'un doux mensonge ;
Et je reconnais bien la voix
De celui qui s'est mis en tête
De toujours me compter fleurette,
Du Céladon au désespoir
De n'avoir pas fait ma conquête,
    Et de n'avoir
    En son pouvoir

Cette brunette
Vive et coquette
Qu'il ne peut voir
Qu'à son comptoir. »

Paris, janvier 1874.

A Mlle ÉGLANTINE S***.

Pourquoi ce front inquiet?
Qu'est-ce que je vous ai fait,
Pour vous poser en victime?
Ai-je donc commis un crime?
Et quel est mon noir forfait?
    Quel est mon crime?
Ai-je perdu votre estime?
Suis-je trop audacieux,
Ou bien trop sage à vos yeux?
A la fleur de l'Églantine
A peine si j'ai touché
D'une main leste et mutine.
Est-ce là tout mon péché?
    Leste et mutine,
Quand un amant vous lutine,
Vous allez poussant des cris,
Vous tenant en défiance
Devant l'homme de science.
Mon Dieu, que vous ai-je pris?
    Pousser des cris

Pour un baiser sur la lèvre,
Après l'avoir défendu,
Baiser qu'on n'a pas rendu,
Baiser permis dans la fièvre
Dont j'étais tout éperdu.
    Tout est perdu
Pour un baiser assez mièvre...
Et cependant c'est beaucoup
Un baiser à votre lèvre...
Ce doux baiser-là rend fou;
Au diable la médecine,
En voyant les yeux si doux
De la tremblante Églantine !
    La médecine
Au diable à côté de vous !
C'est en vain que je rumine
D'où me vient votre courroux.
Ah! dites-le-moi, de grâce.
Pour obtenir mon pardon,
A l'homme du Val-de-Grâce
Jeune et rose faut-il donc
Que j'aille céder la place?
    Dites-moi donc
D'où me vient votre abandon.
Non ! vous détournez la tête,
Et vous fuyez mes regards,
Promenant des yeux hagards
Ou les baissant, inquiète;
Ou bien si votre œil s'arrête,

Si quelqu'un est regardé,
C'est l'aide-major brodé.
　　　Tournez la tête
Un peu plus de mon côté,
Sinon je fuirai la place...
Ce n'est pas par trop d'audace
Que je pêche en vérité.
Vous n'êtes pas raisonnable
De vous plaire à mon tourment.
Si vous avez pour amant
L'aide-major trop aimable,
Je vous trouve impardonnable
D'hésiter un seul moment :
　　　Pour un amant,
Il a jeunesse et figure,
Et, plein de désinvolture,
Porte l'épée au côté ;
Irrésistible tournure !
N'allons pas lui faire injure,
Car s'il est vif, emporté,
Il pourrait d'une main sûre
Me faire quelque blessure
Dans le ventre ou le côté.
　　　Une blessure !
Ai-je peur d'être blessé
Dans le flanc, à la figure ?
Non... Mais mon cœur est froissé
Et de douleur oppressé,
Nullement, je vous le jure,

Par l'officier de santé,
Mais par votre œil irrité.
　　Être irritée,
Et vous montrer dépitée !...
De quoi vous plaindriez-vous ?
Nous sommes tous aussi fous.
Si mon âme est partagée,
Si je joue un double jeu,
La vôtre, aussi dégagée,
Alimente un double feu.
Je sais que la jalousie
Prend les choses autrement.
En puissance d'un amant,
Voilà qu'un beau jour saisie
D'un besoin de fantaisie
(La chose est pleine d'attraits),
Vous allez faire des traits
A l'amant. La jalousie,
De quel droit vient-elle après
Réclamer, trouver mauvais
Que l'autre, en somme fragile,
Ait (la chose est fort utile !)
Sous son toit hospitalier,
Par cette rude froidure,
Une aimable créature
Qui réchauffe son foyer ? .
D'un côté c'est la brioche,
Et de l'autre, il le faut bien,
C'est le pain quotidien.

Ainsi donc pas de reproche...
Il faut rester bons amis.
Profitez de mon avis :
Soignez bien votre poitrine ;
Mais pour préserver la fleur
De l'Églantine,
Choisissez un vieux docteur,
Afin que sa main mutine
Ne frôle pas votre cœur.
Prenez un octogénaire :
A cet âge, d'ordinaire,
Ils sont calmes, circonspects,
Et laissent les cœurs en paix.
Quant à celui d'Ormestine,
Vous l'avez presque en entier,
Lui qui n'a pas la moitié
D'une Églantine.

Paris, février 1874.

A Mlle ÉGLANTINE S***.

— Comment ! encore il me pourchasse !
Malgré le temps, malgré l'espace,
Il s'obstine à m'écrire en vers,
Et croit que je ne suis point lasse
D'ouïr toujours ses mêmes airs.

J'espérais qu'aux rives lointaines
Son cœur m'oubliait : allons donc !
Tout en courant la prétentaine,
Il revient avec son antienne :
Toujours le même Céladon. —

Oui, je reviens, avec ma plume,
Vous prouver que je suis vivant.
En moi la flamme se rallume ;
A vous je pense aussi souvent
Qu'au temps où, foulant le bitume

Du gai boulevard Saint-Michel,
Je vous guettais à la fenêtre,

Heureux de vous voir apparaître.
Ce plaisir discret, mais réel,
Quand donc le verrai-je renaître ?

Vous me trottez par le cerveau :
Certes, ce n'est point qu'en mon île,
Devant mes yeux il ne défile
Plus d'une brunette facile...
Mais quelle est celle qui vous vaut ?

Qui sait ? La facilité même
Fait de nous des indifférents :
Plus on combat et plus on aime ;
Mais vaincre est un rude problème,
Quand tant d'autres sont sur les rangs.

Quand la jeunesse des Écoles,
Futurs avocats, médecins,
A vos oreilles bénévoles
Glisse les plus tendres paroles,
Avec des regards assassins,

A moi c'est de l'outrecuidance,
Dans ce concert, comme un intrus,
De venir battre la cadence,
Et de vouloir me mettre en danse,
Avec des fous faisant chorus.

Tant pis ! malgré tout, je persiste
A vouloir être votre amant.

Niais celui qui se désiste !
Je me remets sur votre piste
Et redouble d'acharnement.

Mais donnez-moi signe de vie.
Dans mon ardeur inassouvie,
Un mot comblerait mon espoir.
A vous mon âme est asservie.
Adieu ! mais surtout au revoir.

La Rochelle, juin 1874.

A Mlle X^{***}.

(Premiere lettre.)

Vous avez une bouche rose ;
Vous avez de fort blanches dents ;
Vous avez des yeux noirs ardents,
Et vous avez bien autre chose,

Pose charmante, un œil mutin
Et vif, un gracieux sourire :
Il faudrait six pages pour dire
Tous les bijoux de votre écrin.

A votre brune chevelure
La rose pourpre va très-bien ;
La rose thé n'y gâte rien,
Ni celle de votre ceinture.

La violette vous convient ;
Son parfum discret et modeste
Se marie avec goût, du reste,
A votre adorable maintien.

Tout donc vous sourit et vous pare :
La jeunesse habite chez vous.
Quand l'âge mûr de moi s'empare,
Pourquoi vous faire les yeux doux ?

De moi vous rirez avec grâce,
Mais vous ne vous fâcherez pas,
Sachant que toute mon audace
Vient de l'attrait de vos appas.

Si vous n'êtes qu'une coquette
Vous plaisant à ce traître jeu,
Prenez bien garde, ma pauvrette,
De vous brûler avec le feu.

Car si d'un vieux vous voulez rire,
D'autres feront couler vos pleurs ;
Les jeunes hommes sur les cœurs
Exercent le plus doux empire.

Si je dois avoir de l'espoir,
Si je vous plais, par aventure,
Par une rose à la ceinture
Vous saurez me le faire voir.

Ma demeure n'est pas lointaine :
On s'y peut donner rendez-vous,
Et passer des moments bien doux
Hôtel de S***, la nuit prochaine.

18

J'attendrai près du boulevard
Celle qui me trouble et m'agite ;
J'attendrai le gibier au gîte
Jusqu'à dix heures moins un quart.

Si je me morfonds dans la rue
A faire en vain le pied de grue,
J'en conclurai tout simplement
Que vous avez un autre amant.

Si j'allais me tromper en somme,
Si vous n'aviez jamais goûté
A ce doux fruit, à cette pomme
Dont notre mère Ève a tâté,

Vous pardonneriez ma folie...
Moi je ferais contrition
D'avoir à fillette accomplie
Fait telle proposition ;

Mais n'en accusez que vous-même ;
Si je vous dis que je vous aime
Et vous donne des rendez-vous,
Accusez-en vos yeux si doux.

Paris, octobre 1873.

A Mlle X^***.

(Deuxième lettre.)

Vous avez ri : vous voilà désarmée ;
　　Mais ce matin j'ai vainement
Cherché des yeux la rose parfumée
　　A votre corsage charmant.

Quoi ! souriant votre bouche refuse
　　Quand le regard parle autrement,
Quand sa douceur ne dit aucunement
　　Que je me trompe et je m'abuse !

Car j'y crois lire un secret sentiment
　　Empreint d'une aimable tendresse ;
Donc, en mon for, je nourris et caresse
　　L'espoir d'être un heureux amant.

De votre cœur je veux toucher la fibre.
　　Comme un luth chante sous mes doigts,
A l'unisson du mien je veux qu'il vibre,
　　Et qu'il obéisse à mes lois.

L'amour! il règne en maître sur la terre;
 Sans lui tout meurt, tout se flétrit.
Oui, sans ce feu, beauté, jeunesse, esprit,
 Tout languit. Pourquoi? doux mystère!

C'est le rayon chaud et vivifiant,
 Le flambeau qui luit sur le monde,
A qui, dans l'air, sur la terre et dans l'onde,
 Tout emprunte un aspect riant.

Ce feu sacré ranime la nature,
 Nous réchauffe au foyer divin,
Et c'est par lui que mon cœur vous adjure...
 Doit-il vous supplier en vain?

Dis-moi tout bas : « Je t'aime ! » un mot si tendre
 Qu'il suffit pour nous enivrer,
Ce mot charmant qu'il est si doux d'entendre,
 Qu'il est si doux de murmurer.

Paris, 22 octobre 1874.

A Mlle X***.

(Troisième lettre.)

Hier au soir, voulant connaître
La demeure d'une beauté
Dont j'espérais être écouté,
Je mis le nez à la fenêtre
Pour voir si le temps était sûr.
La pleine lune était sans voiles ;
Le ciel resplendissait d'étoiles
A son vaste plafond d'azur.

Donc je sortis de ma demeure,
Quand approchait la neuvième heure,
Avec le cœur tout palpitant
De songer que, dans un instant,
J'allais rencontrer la fillette
Qui me galope par la tête,
Enfin bercé du doux espoir
De lui parler et de la voir.

18.

Bref, je descends et me promène
Devant le célèbre bouillon,
Guettant des yeux mon inhumaine...
Elle arrangeait son cotillon,
Régularisant sa toilette;
Elle abaissait un voile épais
D'une façon lente et coquette,
Pour mieux dissimuler ses traits.

Quelle adorable créature!
Même son waterproof si laid
Lui donne une désinvolture
Qui ne manque pas de cachet.
En me pourléchant les babines,
Tout bas je me réjouissais,
Et déjà, lecteur, tu devines
Que j'étais certain du succès.

Elle sort, et, d'un pas rapide
Voilà qu'elle prend son chemin;
Je veux la rattraper en vain;
Mais je la suis d'un œil avide.
La pauvrette avait peur vraiment
Qu'un étudiant galamment
Vînt l'agacer pendant la route.
C'est ce motif, sans aucun doute,

Qui lui fait tant hâter le pas.
Moi, continuant ma poursuite,

De marcher encore plus vite...
Bien sûr, je n'en démordrai pas,
Je me maintiendrai sur sa trace.....
La lune avait voilé sa face,
De crainte d'indiscrétion.
Donc je suivais mon cotillon.

Mais dans sa course vagabonde,
Sur ses pas entendant du bruit,
La belle regarde à la ronde
Quel audacieux la poursuit.
Elle me reconnîat en somme :
Son pas est plus précipité...
Craint-elle donc, en vérité,
Qu'on la voie au bras d'un jeune homme ?

Quand je vous disais qu'à la pomme
Elle devait avoir goûté!
C'était trop vrai. Mais, vieux bonhomme,
Puisque tu t'en étais douté,
Tu devais prévoir que la belle
Avait assez de goût, ma foi,
Pour être à tes désirs rebelle
Et choisir un autre que toi.

Eh bien! quoiqu'elle soit cruelle,
Je reviens comme un papillon
Qui, fou, se brûle à la chandelle,
Me brûler à son doux rayon.

J'ai patience à forte dose.
Elle a beau se rire de moi ;
Je veux me poser sur la rose
Qui met mon cœur tout'en émoi.

De la cueillir j'aurai la gloire.
Je veux m'enivrer de la fleur
Dont le parfum trouble mon cœur.
Mais la morale de l'histoire,
C'est que, sans se faire prier
Quand la prit son beau cavalier,
Moi je restai coi dans la rue,
Les bras ballants, à cette vue,

Et reçus pour punition
Une belle averse de pluie,
Bonne douche pour ma folie,
Et fis cette réflexion
Empreinte de mélancolie
(Pour remplacer mon parapluie) :
« Eh bien ! imprudent papillon !
Comment trouves-tu le bouillon ? »

Paris, 25 octobre 1874.

A Mme X^***.

———

« On ne vit pas de l'air du temps. »
C'est un respectable proverbe.
Les ruminants mangent de l'herbe
Et l'homme des beefsteaks saignants.
Chacun au sein de la nature,
Homme ou chacal, tigre ou mouton,
Poursuivant son instinct glouton,
A besoin de vile pâture.
Mais quand l'estomac est repu,
Quand l'animal a mangé, bu,
Qu'enfin la bête est satisfaite,
L'âme, dans ses nobles destins,
Obéit à d'autres instincts
Que ceux qui gouvernent la bête...
Dans les sublimes régions,
Avec la majesté sereine,
Elle préside en souveraine
Maîtresse de nos actions.
Elle s'absorbe et se replie,
Repousse avec dégoût la lie
De nos brutales passions.

Au-dessus des besoins vulgaires
De notre humanité grossière,
Dans les célestes horizons
Elle plane vers une sphère
Où le corps n'a plus rien à faire.
Elle prend ce corps en pitié,
Ce vase de boue et d'argile,
Ce vase, enveloppe fragile
De l'autre divine moitié.
L'amour n'est-il donc que matière,
Une émanation grossière,
Impur embrassement des corps ?
Est-ce pour de fougueux transports,
Et pour des étreintes lascives,
Qu'il met en jeu nos forces vives,
Qu'il accapare nos pensers,
Que par lui notre cœur palpite,
Qu'il nous tourmente et nous agite
Au point de nous rendre insensés,
De bouleverser tout notre être
Et de lui commander en maître,
D'anéantir la volonté
Par un talisman enchanté ?
Cent fois non ! L'amour véritable,
L'amour qui nous ouvre le ciel,
L'amour pur, bonheur ineffable,
N'est pas un vil besoin charnel.
C'est la brillante et vive flamme
Où vient se réchauffer notre âme,

Qui, ranimée à ce feu pur,
Voit s'ouvrir les séjours d'azur.
Il nous pousse aux actes sublimes,
Et nous élève vers des cimes
Où notre pauvre humanité
Confine à la divinité.
Il nous transporte dans un monde
Où seuls habitent les élus,
Où des corps l'enveloppe immonde
Disparaît et n'existe plus,
Où finit l'impure matière,
Où les cœurs seuls sont confondus ;
Transfiguration dernière
Dans un doux rayon de lumière,
Séraphita, séraphitus !...
Pardonnez donc, c'est à votre âme
Que j'en veux, et non à vos sens.
Ayez pitié de mes accents :
Soyez sensible à cette flamme
Qui ne brûle qu'un pur encens
Pour celle à qui j'offre l'hommage
De cette fugitive page...
Soyez indulgente pour moi ;
Mon cœur vous aime et vous honore.
Si, par une inflexible loi,
Enfant, vous m'en vouliez encore,
Si vous ne me pardonniez pas,
Si, sur les coins si délicats
De votre bouche, le sourire

Ne consentait pas à me dire
Qu'enfin vous ne m'en voulez plus,
Si mes efforts sont superflus
Pour calmer la juste colère
De votre âme froissée et fière,
Je partirai portant au cœur,
Comme un trait, le remords vengeur ;
Je partirai, l'âme oppressée,
Tourmenté par cette pensée
Que je vous aurai fait souffrir...
Mais vous me pardonnez, je gage ;
Je crois voir que votre visage
Rayonne au lieu de s'assombrir.
Je crois qu'au lieu d'un œil farouche
Et d'une moue à votre bouche
Un sourire aimable revient...
Allons, que ce discours vous touche,
Puisque mon cœur vous appartient...

Paris, décembre 1873.

A M. SAUTEREAU.

———

Ami, l'on se comprend de suite
Quand on parcourt les vastes champs
Où notre fantaisie habite,
Où notre cœur bat et s'agite,
En murmurant les mêmes chants.

Oui, nous avons la même arène
Où viennent s'ébattre nos jeux,
Où notre folle se promène,
Tantôt dans la clarté sereine,
Tantôt dans un ciel nuageux.

Oui, nous avons le même rêve
Et la même aspiration
Qui fait bouillonner notre sève,
Le même élan qui nous enlève
Au gré de l'inspiration.

19

Oui, nous parlons au cœur, à l'âme ;
Nous fouillons notre sein meurtri ;
Nous nous enivrons de la femme,
Électrisés par cette flamme,
Quand son foyer même est tari.

Cher poète, votre missive
Est comme un doux présent du ciel ;
Directement elle en arrive :
Vous puisez à la source vive
Votre ambroisie et votre miel.

La chose est rare et précieuse ;
Vraiment, point je ne soupçonnais
Que la Muse fût soucieuse
De plaire à la gent besoigneuse
Qui grouille dans l'Orléanais.

Votre style est coulant, allègre,
Onctueux et doux ; mais comment
Se fait-il qu'au crû du vinaigre,
Pays en beaux esprits si maigre,
S'abreuve un poète charmant?

Non, il est clair que je m'abuse ;
Vous naquîtes sous d'autres cieux
Plus sympathiques à la Muse
Qui rêve, pleure ou nous amuse
Et charme les cœurs soucieux.

Cultivez-la donc en silence ;
Vagabondez à votre gré,
Malgré la froide insouciance
Du bourgeois plein d'outrecuidance,
Par qui le rhythme est abhorré.

Tandis qu'il s'époumonne et sue
Pour l'or dont il est enivré,
Se gorgeant, avide sangsue,
Planez, poète, dans la nue,
Et conservez le feu sacré.

L'argent ! c'est la pressante affaire
Du troupeau des humains fiévreux
Creusant leur sillon terre à terre,
Sans jamais entrevoir la sphère
Où s'élèvent les bienheureux.

Merci pour vos strophes aimables ;
Mais vous êtes trop indulgent . .
Pardon pour ces vers misérables
Et pour des rimes déplorables ;
En rimes je suis indigent.

Je suis loin de la mer bruyante,
Loin de ses flots mélodieux ;
Loin d'elle ma muse indolente
N'a plus de palette riante,
N'a plus de chants harmonieux.

Paris, gouffre, immense cohue!
La politique et ses conflits,
La Bourse, où se presse et se rue
La meute, dont l'âme n'est mue
Que par de grossiers appétits !

Paris, vaste prostituée
Où se cache la pureté
Afin de n'être pas huée,
Éclaboussée et conspuée
Par le sarcasme déhonté!

A ce Paris notre anathème...
Celui qui m'attire et me plaît,
Celui qui m'attire et que j'aime,
Où je me retrouve moi-même,
Où mon esprit est plus complet,

C'est le grand Paris de l'Idée,
Paris du travail incessant,
Où toute science est sondée,
Où la pensée est fécondée
Par l'étude à l'effort puissant.

A côté du Paris du crime,
C'est Paris d'idéal épris ;
Paris s'élançant vers la cime
Des régions de l'art sublime,
Du grand, du beau, c'est mon Paris.

Encore une fois je m'excuse,
Car je m'attarde en mon chemin.
Il est temps ; je ferme l'écluse
Par où va se perdant ma muse.
Adieu ; je vous serre la main.

Paris, février 1874.

PINSON.

I

Le poète aujourd'hui peut-il vous satisfaire
Si vous lui demandez quelque nouveau sujet?
Il est fort paresseux;... son intrigue est à faire...
Mais il rêve un instant... et le poème est fait.

Ce pauvre cœur brisé n'a plus de sources vives,
De feuillages aimés ni d'oasis d'amour :
C'est qu'il est seul au monde, exilé sur des rives
Où la Mort semble vivre et fleurit chaque jour.

Les fièvres ont tari ma délicate amphore ;
Ma lèvre est pâle et sèche, et mon cœur encor plus ;
Et le vers qui gémit sur ma lyre incolore
Semble éveiller les voix de ceux qui ne sont plus.

Évoquons le passé ; car lui seul a des charmes
Pour nous faire oublier l'amertume du sort.
Pour jeter un sourire au milieu de mes larmes,
J'exhume de mon cœur les souvenirs d'un mort.

Lisez, ne lisez pas. Je suis sombre et morose,
Terne, triste, maussade, et grondeur et grognon.
Ma muse, qui jadis avait un teint de rose,
A la tête branlante et porte un faux chignon.

Dans un siècle vieillot ainsi passe un poète.
La jeunesse n'a plus de chaleureux échos,
Et roule ballottée au sein de la tempête
Comme un vaisseau sans voile égaré sur les flots.

Eh bien ! malgré l'ennui, les chagrins, la misère,
Mon cœur a des frissons et des élans joyeux,
Quand, vieillard, je reviens vers l'heure printanière
Où l'amour me montrait un petit coin des cieux.

II

Je t'ai prise, Pinson, aux fanges de la rue,
A l'heure où tes quinze ans commençaient à germer;
Je t'ai prise naïve, errante, moitié nue,
Au moment où le cœur se dit : « Qui dois-je aimer ? »

C'était en quarante-huit; souviens-toi de la date :
La femme trop souvent désire l'oublier;
Et dans son cœur léger si le caprice éclate,
En perdant la mémoire il change d'escalier.

Je t'ai prise, Pinson, par un ciel plein de givre,
Grelottante de froid sous un tartan mesquin,
Sous tes nippes n'ayant qu'une semaine à vivre,
Et traînant à ton pied un chétif brodequin.

Mais sous ce deuil humain, ma fraîche bouquetière,
Tu marchais si folâtre et le front si joyeux,
Que j'eus comme un désir de dorer ta misère,
Et de faire vibrer ton cœur silencieux.

Je ne suis pas de ceux qui vous aiment une heure,
Et vous prennent un soir pour passer une nuit,
Nuit où vos cœurs d'enfant chassés de leur demeure
S'envolent vers la sphère où la lorette luit.

Comme toi je suis pauvre, et j'aime la jeunesse.
Mais fi du sentiment aux langoureux soupirs !
J'aime l'amour des sens aux bras de ma maîtresse,
L'ardente volupté qui succède aux désirs.

Pinson, de tes quinze ans qui ravit la couronne?
Quelque vieux débauché la fana sous ses doigts...
Mais sur mon sein ton corps, ô ma douce mignonne,
A tressailli d'amour pour la première fois.

Au vieillard sans vergogne une ignoble marâtre
Vendit ton corps si beau, comme dans un bazar
On vend un objet d'art, une Vénus d'albâtre,
Un bronze, un marbre froid. Ton âme fut ma part.

J'eus l'âme; j'eus ce corps libre de toute entrave;
J'eus tes premiers baisers et leurs enivrements;
J'eus ces divins accords que la mémoire grave,
Et qui vibrent plus tard dans le cœur des amants.

Écoute-moi, Pinson, fille de Bernerette,
Bernerette, l'écho du vieux quartier Latin,
Oiseau volage et tendre, adoré d'un poète,
Et qu'Alfred de Musset mit en cage un matin.

Depuis six mois déjà cette chambre est la nôtre :
Cinq étages, des fleurs, des oiseaux et les cieux,
Un amant pour t'aimer, ton âme sœur d'une autre,
Du bonheur nuit et jour. Que désirer de mieux ?

19.

Faisons notre bilan : notre bourse est légère.
L'imprévu bien souvent a garni le buffet ;
Mais nous pourrons encor, ma folle ménagère,
Déjeûner d'un hareng et dîner d'un poulet,

Nous aurons plus d'un jour de misère ou de gêne
Dans le mois : le plaisir d'un bal l'aura voulu.
Alors il nous faudra travailler la semaine ;
J'ouvrirai mon Barthole où je n'ai jamais lu.

Et pendant que tes doigts feront courir l'aiguille,
Ou que tu lisseras un long tulle d'argent,
En quelques mots cafards j'instruirai ma famille
Qu'un futur avocat doit avoir de l'argent.

Mais qu'importe après tout l'état de notre bourse ?
Béranger avant nous a mangé son pain sec ;
Lisette d'un baiser adoptait la ressource...
Et le quartier Latin cache encor des Gobseck.

Pauvres, nous resterons chez nous, ma belle amie,
Au lit... Que ferions-nous debout sans rien manger ?
Je baiserai cent fois ta paupière endormie ;
Au réveil tu voudras m'aimer et te venger.

Riches, nous ne serons pas plus heureux, je pense ;
Mais du moins nous vivrons comme on vit à Paris
Tant que la bourse est ronde et que l'amour dépense...
Pour les vrais amoureux l'argent n'a pas de prix.

Nous paierons Paquita, l'hôtesse de l'École,
Pour habiter un mois son toit hospitalier ;
Et parmi les ébats d'une jeunesse folle
Je laisserai l'étude au pied de l'escalier.

Pinson, la neige tombe, et l'ennui l'accompagne :
Vite ton débardeur, et partons au Prado.
Pendant toute une nuit nous sommes en Espagne ;
Son ministre est Chicard, et son roi Pilodo.

Dans ce temple fameux chéri de la jeunesse
Que de fous ont passé qui sont vieux aujourd'hui !
Ils ont beau jeu vraiment à prêcher la sagesse,
Quand de leur gai printemps le rêve s'est enfui !

Ma génération vieillit, et l'heure sonne
Sur les débris épars des jeunes gens d'hier ;
Mais ce soir, comme hier, le vieux Prado résonne
Des sonores accents dont le plaisir est fier.

On médite, Pinson, dans l'endroit où nous sommes ;
C'est un livre profane où se lit l'avenir.
Tous ces écervelés seront demain des hommes,
Et ces femmes bientôt vivront de souvenir...

Pour tous ces jeunes gens nous deviendrons sévères,
Car celui qui vieillit est bien peu généreux.
Nous viendrons leur jeter nos plus fortes colères ;
Nous aurons tort, Pinson : nous aurons fait comme eux.

Mais combien du plaisir glissent dans la débauche,
Et d'un pas plus pesant s'enfoncent dans le mal !
Plus heureuses cent fois celles que la Mort fauche !
L'illusion les berce encore au jour fatal...

Demain d'autres viendront aussi folles et jeunes,
D'un matin fugitif éparpiller les fleurs,
Mêler quelques instants de joie à de longs jeûnes,
Et jeter un sourire au milieu de leurs pleurs.

Le plaisir a son temps ; mais celui-ci rapide
S'enfuit lorsque, railleurs, nous restons en chemin ;
Et, le réveil venu, nous sentons une ride
Qui creuse notre front hier pur et serein.

Mais regrets et douleurs viendront bien assez vite.
Pourquoi philosopher sur le contre et le pour ?
Savourons le bonheur auquel tout nous invite :
A notre âge il est doux de vivre au jour le jour.

Trop tôt l'ambition, la froide politique
Viendront glacer mon cœur et me troubler l'esprit,
Et je m'élancerai dans l'arène publique
Où la tête s'échauffe et le cœur se tarit.

Quel songe rend ainsi ton front sombre et morose ?
L'avenir, je le crains, a des dangers pour toi...
Hier à l'inconnu ton âme s'est éclose,
Et tu rêves déjà !... Pinson, regarde-moi.

Tu te dis : « J'ai seize ans, la taille souple et fine,
Le sein riche, l'œil vif, un teint éblouissant...
Je voudrais du velours, un long manteau d'hermine,
Dussé-je les payer des fièvres de mon sang... »

Tu te dis : « Je suis belle, et je vois bien des femmes
Qui ne me valent pas porter des diamants ;
Je puis de mon regard électriser des âmes
Et paver mon chemin de bijoux et d'amants. »

Tu te dis : « Cette chambre est douce, je l'avoue ;
Mais je puis posséder de riches mobiliers,
Des chevaux, des laquais, des salons où l'on joue,
Où le blason se heurte aux riches financiers. »

Tu te dis : « L'existence est courte, et je veux vivre
Dans le faste, monter de fringants destriers,
Et la cravache au poing il faut que je m'enivre
D'orgueil, fière d'avoir tout Paris à mes pieds... »

Tu te dis : « Le repos que m'offre ce poète
Veut un cœur moins ardent, de plus humbles projets ;
Je n'aime pas ainsi voir le ciel sur ma tête ;
De loin il me sourit : il me pèse de près.

Oui, son amour est vrai, le seul franc et sincère
Peut-être de ma vie... En ai-je tant besoin ?
Sans lui je puis régner ; sans lui je saurai plaire...
D'ailleurs mon cœur est chaud, et l'hiver est si loin !

Puis on rappellera sous peu l'enfant prodigue :
Au bercail paternel il devra revenir,
Tenir un grave emploi que sa famille brigue ;
On cherche l'héritière à qui l'on veut l'unir. »

Je suis triste, Pinson. Ton regard est immense ;
Tu cours dans l'imprévu, pauvre enfant ! sans songer
Que le rêve fini, l'infortune commence,
Et qu'un luxe insolent toujours est passager.

Lorsque de tes splendeurs tu seras descendue
Au milieu des dégoûts dont Paris est semé,
Et qu'au bout de la route où tu seras rendue
Tu chercheras en vain quelque parfum aimé,

Tu n'auras plus, hélas ! que des flots d'amertume
Qui viendront te salir dans ta robe de bal,
Et roulant ta beauté dans leur fétide écume,
Iront te déposer sur un lit d'hôpital.

Et tu regretteras, Pinson, le beau dimanche
Où, sous de frais tilleuls, nous allions d'un pas lent,
Et ces repos charmants où de ta robe blanche
Tu faisais un tapis à mon pantalon blanc.

Ecoute tes amis, ta mère Bernerette
Qui te sourit du ciel près du bon Béranger.
Sois du dernier grenier la dernière grisette,
Et des bras de Nadar passe aux bras de Murger.

Ah ! crois-moi, reste-nous longtemps, rieuse fille.
L'amour vaut la splendeur ; va, reste dans ses bras.
Le monde a trop fauché d'enfants de ta famille ;
Reste au milieu de nous : l'amour ne flétrit pas...

Il était tard. Pinson était toute rêveuse...
Puis elle eut un long rire et se mit à genoux :
« Si je rêvais ainsi, c'est que je suis peureuse.
Je t'aime. Es-tu content ? Il fait frais : couchons-nous. »

Et d'un geste la folle éteignit la bougie
Qui brûlait dans le creux d'un vieux bol ébréché.
J'arrêtai d'un soupir ma plaintive élégie...
Mon Ève était si près de son premier péché !

Mais lorsqu'elle dormit, belle comme Diane,
Pour rêver au balcon j'abandonnai ses bras,
Et voyant un passant près d'une courtisane,
Je regardai Pinson... « Tous ces divins appas,

Pensais-je, ce profil, ce velouté de pêche,
Ce galbe, ces cheveux, ce flou délicieux,
Cet ensemble charmant la feront battre en brèche
D'un flot d'admirateurs, riches, jeunes ou vieux.

Comment y résister ? L'or, ce merveilleux philtre,
Se glisse et fait reluire à votre œil irrité
Le feu des diamants. Puis le poison s'infiltre
Par l'orgueil, frère aîné de l'infidélité... »

III

Un beau soleil de juin fait fleurir mon parterre ;
Mes oiseaux près du nid gazouillent tendrement.
Je viens de bien dîner : je suis célibataire...
Mon état, cher lecteur, n'est pas très-alarmant.

Pourtant j'habite encor dans ma vieille masure,
Impasse Geneviève, au coin du Panthéon.
J'aime mon vieux quartier rempli d'un gai murmure ;
Puis, malgré les caquets, j'adore l'Odéon.

J'ai vis-à-vis de moi deux fraîches jeunes filles
Qui mangent des beignets en se léchant les doigts,
Et semblent m'inviter du bout de leurs aiguilles
A faire comme un chat qui marche sur les toits.

Je fume, s'il vous plaît, un superbe cigare
De deux sous. Je suis riche, et je fais le pacha.
Je n'ai pas de soucis : à mon gré je m'égare,
Et ma maîtresse hier avec moi se fâcha.

C'était, vous savez bien, Artémise la folle,
Celle qu'un soir Chicard laissa dans un panier.
Je l'ai prise un beau jour, en sortant de l'École.
Ce ne fut qu'un caprice, et c'est bien mon dernier.

Il ne me manque rien... j'existe, je respire ;
J'ai de nombreux amis, un petit créancier,
Un seul ; c'est surprenant, je puis bien vous le dire,
Et le marchand d'habits déserte mon palier.

— Et Pinson, tes amours, qu'est-elle devenue?...
Poète, tu te tais ; mais tes yeux ont pleuré.
A-t-elle, dépouillant sa robe d'ingénue,
Pris son vol vers le monde où d'autres ont erré ?

A-t-elle trompé Dieu ? L'amour l'a-t-il trompée ?
Pourquoi t'a-t-elle fui ? Tu dis que tu l'aimais...
La passion des sens l'avait enveloppée ;
Mais l'amour dans son cœur pénétra-t-il jamais ?

Lorsqu'on a parcouru le chemin d'une femme,
On doit savoir la route où son pied a passé.
Mais ce n'est pas son corps, poète, c'est son âme
Qu'il te faut rappeler des lointains du passé.

— Vous demandez Pinson?... Oui, je me souviens d'elle :
Bonne fille, un peu folle, ayant un cœur aimant ;
Mais plus légère encor que le vol d'hirondelle,
Elle change de nid assez facilement.

Hélas ! je veux sourire, et mon âme se brise ;
Sur ce papier peut-être une larme a coulé.
Comme un prêtre romain chassé de son église,
Je cherche mon autel dans un temple écroulé.

Un soir d'été, Pinson partit sans rien me dire :
Son cœur avait besoin de frivoles amours...
(Comme je l'aime encor, j'ai garde d'en médire ;
Si je ne l'attends plus, je m'en souviens toujours.)

Il ne lui manquait rien pourtant. Mais quel génie
Peut dire avoir signé l'œuvre qu'il ébauchait ?...
Peut-être ai-je oublié sur sa harpe bénie
De toucher un des fils que son âme touchait.

Je m'interroge en vain ; mais en mon cœur sonore
L'écho dit qu'un chagrin naît toujours du bonheur.
Puis-je donc regretter d'avoir ouvert l'amphore
Où je laissais dormir les rêves de mon cœur ?...

Oh ! je sens que je l'aime autant... quoiqu'infidèle.
Nos premières amours ont des refrains si doux !
Ici, tout la rappelle et tout me parle d'elle...
Je garde mille riens avec un soin jaloux.

J'entends encor ses pas dans ma verte vallée ;
Son ombre est là... J'entends sa bouche murmurer...
Mais où donc le parfum de la fleur envolée
S'est-il réfugié ?... Vais-je encor la pleurer ?

Tout dort autour de moi dans ces folles demeures.
Ils sont heureux... La vie est si douce à vingt ans !
Rêve des belles nuits qu'emporteront les heures,
Fuis loin de moi... Mon cœur se fane avant le temps.

IV

Qui peut sonner ainsi? Quelque folle cohorte
De joyeux carabins revenant d'un soupé...
On gravit l'escalier. Quelqu'un frappe à la porte...
Ciel! Pinson! Si mes yeux ne m'avaient point trompé!

Comme elle était changée, avec l'épaule creuse,
Ses bras maigres, ses yeux au regard effacé!
Un tremblement passait sur sa lèvre fiévreuse,
Et le frisson courait par tout son corps glacé.

Elle avait faim!... Paris, devais-tu me la rendre
En cet affreux état? Qu'as-tu fait de ce cœur,
De cette âme naïve où Dieu me fit entendre
Les plus tendres accents que dicte le bonheur?

Babel où tout se perd, gouffre où l'âme s'enfonce
Dans un torrent fangeux que cache un or trompeur,
Route où le pied d'enfant se meurtrit à la ronce,
Paris, affreux Paris, tu m'as volé son cœur!

Ce n'était plus Pinson: c'était encor son ombre.
Elle eut un regard triste en se penchant vers moi,
Et mêlant son haleine aux plis de mon front sombre
Elle dit: « Prends pitié; j'ai bien souvent vers toi

Reporté ma pensée : au milieu de l'orgie,
Au bal, même parmi les plus lascifs baisers,
Toi seul m'étais présent, toi seul faisais ma vie...
Encore en voudras-tu de ces charmes brisés?

La honte trop longtemps m'a rivée à la grève
Où du mal je vidais le calice à long trait.
Pardonne, et je n'aurai fait qu'un horrible rêve..
Vile esclave, j'attends à tes pieds mon arrêt !

Pour toujours maintenant mes ailes sont brisées,
Et mon pied se refuse au chemin qu'il parcourt.
Si mes erreurs par Dieu doivent être pesées,
Mon cœur dans la balance a le poids de l'amour.

Je suis partie un soir dans les bras du caprice...
Ne me demande pas ce que j'ai fait depuis :
J'ai bu jusqu'à la lie au plus amer calice.
Veux-tu me relever aussi bas que je suis?

Madeleine revient te demander l'aumône.
Oublie, ami, ces jours dans la fange perdus...
Interprète du ciel, la jeunesse pardonne :
Dieu bénira les biens que tu m'auras rendus.

D'un regard, d'un seul mot tu me donnes la vie ;
Ce qui me soutenait, c'est qu'en toi j'avais foi.
A la Morgue veux-tu que Pinson soit ravie?
Je t'implore à genoux, ami, pardonne-moi ! »

Sa faute... au premier mot je l'avais pardonnée,
Lecteur, mais j'ignorais si j'avais ma raison.
Je reçus dans mes bras la pauvre abandonnée,
En bénissant le ciel qui me rendait Pinson.

Un long baiser me vint de ses lèvres humides,
Aussi doux que la manne au milieu du désert ;
Mon âme se fondit ; mon front n'eut plus de rides,
Et bras dessus dessous nous mîmes le couvert.

A LAGILLARDAÏS.

Tu t'en allais gaiement en fumant un cigare
    Reçu de la main d'un Français ;
Tu t'en allais gaiement affronter la bagarre,
    Et le premier tu t'élançais.

Que la gloire est fumée! on ne peut trop le dire :
    Jeune, heureux, tout plein d'avenir,
On t'écoutait hier à bord de ton navire,
Répandant parmi tous la gaieté, le fou rire,
    Et ne pensant pas à mourir.

Loin des tiens, loin de France, à la côte africaine,
    Sous le drapeau de l'étranger
Tu montais à l'assaut d'une place lointaine[1],
    Et tu te riais du danger...

[1] Bissao, colonie portugaise.

Lagillardais n'est plus !... Sous six pieds de poussière,
    Là-bas, son corps est enfermé,
Sans l'espoir qu'une épouse, une sœur, une mère,
Puissent s'agenouiller et pleurer sur la pierre
    Qui recouvre leur bien-aimé.

Bissao, côte occidentale d'Afrique, 1853.

A Mme DE LORMEL.

En ce jour solennel, selon l'ancien usage,
        Nos populations
Viennent du gouverneur fêter l'heureux passage
        En acclamations.

Votre mari, madame, a fait tomber la pluie :
        C'est de l'or pour nos champs.
Vous faites dans notre âme un instant réjouie
        Éclore le printemps.

Nous acclamons en vous, non seulement, madame,
        La grâce, la beauté,
Mais encor le plus bel attribut de la femme,
        La douce charité.

Et quand vous rentrerez dans vos salons splendides,
        Nous sommes convaincus
Que vous n'oublierez pas nos courages vaincus
Et nos pauvres petits aux visages livides
        Par la fièvre abattus.

Si vous ne pouvez pas à la terre épuisée,
  Au sol déshérité,
Redonner l'abondance et la fécondité,
Vous répandez sur nous, ainsi qu'une rosée,
  Vos trésors de bonté.

Nous bénissons les dons que votre main amie
  A notre mal cruel
Comme un baume divin semble apporter du ciel.
En priant nous joindrons au doux nom d'Eugénie
  Le doux nom de Lormel.

A EUGÈNE GONDELIN.

Fêtons ce jour : demain tombe l'anniversaire
    Du jeune et tendre Eugène Gondelin.
Heureux qui, dans ce jour, peut embrasser un père,
Une mère, des cœurs pleins d'amitié sincère
    Où notre cœur épanche son trop plein !
Cette fête jamais ne luit pour l'orphelin.

Heureux trois fois celui qu'entoure la famille
    Jusqu'à seize ans, cet âge du réveil !...
L'adolescent alors secoue un long sommeil ;
Un horizon nouveau devant les yeux scintille.
    C'est à seize ans, garçon ou jeune fille,
Qu'on voit, miroirs charmants, vos fronts d'un feu vermeil

Rougir au moindre souffle, aux secrètes pensées
    De votre cœur, au plus discret regard.
A la vie éclosant, pas encore émoussées
Vos âmes de seize ans poursuivent au hasard
    Un sentiment nouveau, confus et vague,
Qui fait que votre cœur bat et qu'il extravague.

Hâtez-vous de jouir de ces rares instants ;
    De votre vie, enfants, c'est le printemps...
Car bientôt cet amour, calme, pur, platonique,
Amour contemplateur, doux et mélancolique,
    En vous flétri, rose fanée, hélas !
Trop vite vous allez l'effeuiller sous vos pas...

Trop heureux à seize ans celui qu'entoure un père
    Prêt à guider son pas tremblant,
Prêt à dire à l'enfant s'il devient triste : « Espère ! »
Prêt à le protéger contre un penser troublant !
    Donc, en ce jour, où la dernière année
S'enfuit vers le passé pour ne plus revenir,

D'un moment fugitif à notre âme étonnée
    Laissant à peine un vague souvenir,
En ce bienheureux jour du saint anniversaire,
L'enfant reconnaissant se doit tout oublier.
    Il voit plus haut : il remercie un père,
Une mère, et pour eux, tout bas, il doit prier.

En mer, 1858.

EN GUERRE ! EN GUERRE !

Tout est prêt : nous partons en guerre,
Mais non pas comme Malborough.
Cela ne nous tourmente guère,
Car, en partant, chacun espère
Ne pas laisser sa peau dans un horrible trou.

On dit pourtant qu'enfermé dans ses îles
Le Bissagos plein d'une fière ardeur,
Pour défendre le sol de ses plaines fertiles,
Attendrait les Français de pied ferme et sans peur.

Tant mieux ! il faut tuer ; il faut qu'un lâche outrage
Soit lavé dans le sang de ce peuple sauvage.
Il faut brûler ses villages de bois.
Il faut, pour désormais qu'on respecte nos lois,
Épouvanter, par le bronze qui tonne,
Par le plomb meurtrier, par le fer de Bellone,
Par l'incendie aux sinistres lueurs,
De nègres assassins les aveugles fureurs.

Des malheureux, des marins sans défense
Par un vent de tempête entraînés sur ce bord,
Ont été massacrés, quand les couleurs de France,
    Et quand l'humanité d'abord,
Devaient les protéger contre une lâche attaque...
`Mais c'en est fait !... déjà chaque navire braque
Obusiers et canons sur nos noirs ennemis,
Et la France est vengée !... Adieu, mes bons amis.

Gorée, 1853, à bord de l'*Alecton*.

LA ROCHELLE.

Quelles sont ces deux tours, majestueuse entrée
D'une ville aujourd'hui déchue et démembrée?
Ces tronçons, ces débris témoignent qu'autrefois
La Rochelle insurgée osa contre des rois
Dresser sa tête altière, et, fortement trempée
Dans la religion de Calvin, par l'épée,
Commune de bourgeois, par le bronze et le feu
Voulut se mesurer à toi, grand Richelieu!
O cardinal et duc, ici je vois ta trace;
Et la mer, chaque jour qui passe et qui repasse,
N'a pas pu démolir, elle qui détruit tout,
Ta digue, où je me sens honteux d'être debout,
Et ces pignons minés par le temps et la guerre,
Et le palais gothique où tu tonnais naguère,
Guiton, où, sur la foule élevant ton poignard,
Tu jurais de mourir pour ton fier étendard,
Tu jurais de percer de ta lame acérée
Le premier qui voudrait trahir la foi jurée.
Et l'on vit par le fer ce dur marbre entamé,
Et d'une seule voix tu fus maire acclamé.

On vit dans le péril les plus débiles âmes
Se retremper. On vit les enfants et les femmes
Lutter, hâves, réduits aux plus vils aliments !
On vit les Rochelais manger leurs excréments !
Autour de moi, partout, ruines entassées,
Échos parlant au cœur de vos gloires passées !...
Le dirai-je? j'ai vu les timides brebis
Au milieu d'une rue allaiter leurs petits
Qui jouaient, folâtraient et bondissaient sur l'herbe !...
J'ai cherché les vaisseaux au pavillon superbe...
Un désert !... Tout cela vivant sous d'autres lois,
Fut jadis libre et peuple, et fit trembler deux rois...
Oui, tout cela fut grand ; l'Histoire impartiale
Aux vaincus, aux vainqueurs a fait la part égale...

La Rochelle, 1846.

VEUILLOT A L'ACADÉMIE.

Richelieu, voilez-vous la face!
Corneille, cachez-vous! et Racine, fuyez!
Arrière, manants, faites place!...
Voici le vrai génie, il faut baiser ses pieds.
O cardinal! piètre ministre,
Tu te croyais jadis fort en gouvernement;
Mais aujourd'hui tu n'es qu'un cuistre,
Et Corneille n'est qu'un enfant.
Comment peut-il se faire en France
Qu'on ait assez trouvé d'ânes et de lourdauds
Pour louer avec complaisance
Polyeucte, Athalie, et pour les trouver beaux?
Ah! par ma foi, la belle chose
Qu'étaler sur la scène, en magnifiques vers,
Du sublime martyr l'âme si grandiose,
Ou du superbe Aman les terribles revers!
Rêverie et philosophisme,
Corneille, de vouloir pardonner au prochain!
Voltaire n'avait pas fait encor de sophisme...
Mais déjà dans ton cœur il soufflait son venin..

Il faut le répéter, pour que chacun le sache :
Voltaire n'est qu'un mythe en incarnation ;
        C'est le Vandale avec la hache ;
 C'est l'Orgueil, c'est Satan, c'est la Destruction.
C'est lui qui blasphémait près du Dieu qui pardonne,
Qui près du Christ mourant fut le mauvais larron.
C'est lui qui de Louis arracha la couronne
Et fit rouge de sang la Révolution.
Oui, c'est l'ange du mal, depuis six mille années
Contre le bien luttant avec rage et fureur,
Qui voudrait voir enfin à lui subordonnées
Toutes les nations, du pôle à l'équateur.
Enfin, jour bienheureux! jour de sainte allégresse!
Archange saint Michel, tu parais à nos yeux!
Hosannah! bannissons notre sombre tristesse :
Pour sauver les humains tu viens du haut des cieux.
C'est toi qui dois montrer aux peuples de la terre
Le véritable amour, le pur et saint bonheur.
Le frère désormais dénoncera le frère,
Et la sœur, sans rougir, accusera sa sœur.
Le fils pieux sans honte entraînera son père
Devant ton tribunal de justice et de paix,
Et l'on t'entonnera de célestes couplets.
Oui, c'est toi le Grand Juge, un autre Dieu fait homme,
        Venant pour le commun bonheur,
Prêt à recommencer une guerre de Rome,
        Cette fois à l'intérieur.
A toi donc le fauteuil, car toi seul en es digne.

Moi, je voudrais qu'aux siècles à venir
On te fît cet honneur insigne
De laisser vide un siége impossible à remplir.
Je voudrais que toi seul siégeant dans cette enceinte,
De fauteuil en fauteuil promenant ton loisir,
Tu fisses devant tous une prière sainte
Pour de tes devanciers chasser le souvenir,
Pour nettoyer l'égout de ce philosophisme
Que Voltaire à plein bord a fait couler partout,
Foudroyer Diderot, expulser l'éclectisme,
Terrasser de Pascal l'ombre encore debout,
Purifier ces lieux de leur fange malsaine,
En chasser la raison, proscrire le bon sens...
Et bientôt au vainqueur de la sottise humaine,
Nonotte et Patouillet offriraient leur encens!

PONDICHÉRY.

I

Cher ami, le trépied de la sybille antique,
  Un fourneau sale et presque noir,
Ma pipe, a rallumé ma flamme poétique
  Avec le feu de mon bougeoir.

Le vent s'est attiédi sur le vaisseau qui roule ;
  L'Océan, monstre qui s'endort,
Lent et majestueux, respire ; à chaque houle,
  Son sein se lève avec effort.

Oh ! j'aime à contempler sa surface immobile,
  Et dans son paisible miroir
A sonder le secret de sa force tranquille,
  Calme, mais prête à s'émouvoir.

Hier, j'imaginais des rivages paisibles
  Qu'une mer au flot soupirant,

Aux ondulations à peine perceptibles,
  Viendrait lécher en expirant.

Ici rugit la mer ; la lame furieuse
  Vient battre les sablés mouvants.
Garde à vous, matelots ! le gouffre qui se creuse
  Pourra vous engloutir vivants...

Ami, Pondichéry, dont ma verve indiscrète
  Hier a tracé le tableau,
N'est pas une humble fille ; orgueilleuse est sa tête ;
  Elle a brodé d'or son manteau.

Sultane, elle a voulu rêver sous des portiques,
  Singer le marbre de Paros,
Aligner au cordeau des monuments antiques...
  Elle a bâti pour des héros.

Au fait, Labourdonnais, Dupleix, de pareils hommes,
  Hardis géants, au cœur de fer,
En trouve-t-on comme eux dans le siècle où nous sommes
  Dont le pays puisse être fier?

Au lieu donc d'abriter son front sous les panaches
  De ses palmiers verts en tout temps,
Elle a détruit ses bois : pas un arbre ne cache
  Le stuc aux reflets éclatants.

II

Ainsi Pondichéry, la ville européenne,
Qu'un ruisseau peu profond sépare de sa sœur,
Habite l'un des bords : la payotte indigène
S'étend sur l'autre bord, humble et simple d'humeur.

On dit que Romulus, ayant fondé sa ville,
Indiqua le contour par un profond fossé,
Et qu'il tua son frère à son ordre indocile,
Qui d'un pied dédaigneux franchit le mur tracé.

Sans nul édit de mort, la payotte craintive
A fui comme un affront notre luxe et nos arts ;
L'homme y conserve encor sa pauvreté native
Et du blanc orgueilleux semble fuir les regards.

III

Je finis ; j'ai laissé pour le dieu qui m'anime
    Le feu s'éteindre à mon fourneau.
L'inspiration fuit, et pour trouver la rime
    Je me creuse en vain le cerveau.

21

Je vous serre en ami la main, malgré l'espace,
            Mon cher, en souhaitant qu'un jour,
Jour bienheureux, pour nous la distance s'efface...
            Mais, hélas! à quand le retour?

ASHAVÉRUS.

« Marche ! » a dit le Seigneur jadis au Juif avide
    Qui refusa l'aumône au malheureux :
« Tu marcheras toujours sur une plage aride ;
    L'immensité s'ouvrira sous tes yeux. »
Or, ce Juif, mes amis, n'est qu'une parabole,
Car tout homme ici-bas parcourt un grand chemin.
Heureux qui sur sa route a doté d'une obole
    Celui qui lui tendait la main !
Heureux ! pour lui sera bien moins longue la route ;
Le simple souvenir d'un heureux qu'il a fait,
    Le souvenir du plus humble bienfait
Ranime son courage et fait bannir le doute.
    Le souvenir, c'est l'oasis charmante,
Où le calme renaît aux cœurs endoloris,
    Quand le présent nous trouble ou nous tourmente,
Il dore les objets de son vif coloris,
Vient rafraîchir notre âme, abrège le voyage,
Et pour toucher le but nous donne du courage.
    Or, au Juif je ressemble un peu :
Je n'ai point sur mes pas ouvert ma main propice ;
J'ai dit : « Jusqu'à la lie avale ton calice, »

Et n'ai pas soulagé le fardeau de mon Dieu.
Je marcherai. Des mers je franchirai l'espace ;
   J'explorerai des pays inconnus,
Sans que dans mon cerveau je passe et je repasse
Le joyeux souvenir des anciens jours perdus...
Mais que dis-je ?... Plus tard, quand bercera ma tête
Le roulis du navire aux plages du Gabon,
     N'aurai-je pas la silhouette
De mes anciens amis ? Mon cerveau vagabond,
    Dans une douce rêverie,
    Ce charme unique de la vie,
Viendra me rappeler d'anciens moments heureux
Près de vous, l'hôpital où d'un vin généreux
    Nous arrosions notre soirée...
Riez si vous voulez ; pourtant je vous le dis,
    Mes bons amis, pour moi Gorée
    Près de vous fut un paradis.
Non, jamais de Guérin je n'oublierai l'organe
    Et ses harmonieux accents...
    Et si l'on me contait *Peau d'âne,*
    Il ne me plairait pas autant
    Que les mille et une historiettes
    Pleines de traits divertissants,
Qui faisaient oublier les mets appétissants
    Dont fumaient nos assiettes.

CAYENNE.

Rien devant nous, rien que la mer immense,...
La mer, la vaste mer... sans bornes l'horizon...
Et puis notre navire, une étroite prison,
Tout seul, encalminé : c'est la désespérance !
Mais déjà le flot change, et les ondes jaunissent ;
Déjà les papillons volent au sein des airs,
Et de vagues senteurs les espaces s'emplissent :
Le marin exercé reconnaîtra ces mers.
    Le grand courant des Amazones
    Ici déroule ses flots jaunes.
    Quel est ce murmure incertain,
    Ce bruit, bourdonnement lointain?
    Est-ce un ouragan qui s'apprête?
    Est-ce un prélude de tempête?
    Entendez-vous ces roulements?...
    Bientôt le murmure est tonnerre.
    D'où viennent ces sourds grondements?
    Des airs, des flots ou de la terre?

Le bruit s'enfle, grossit, mugit avec éclat;
Le voilà, le voilà, le voilà qui s'avance,
Qui galope et bondit! Le voilà, le voilà!...
C'est le flot furieux de la Prororauca.
Ces flots, ces roulements, échos d'un fleuve immense
Luttant contre la mer dans son refoulement,
   Du grand Colomb ranimaient l'espérance
Et lui pronostiquaient un nouveau continent.
   La terre enfin, que nous cachait la houle,
Largement se déploie, à nos yeux se déroule
     Derrière les palétuviers...
    C'est toi, Guyane, ô ma patrie,
      Mère chérie,
  Cayenne, au vent balançant tes palmiers!
    Je tremble à cette douce vue;
Je me sens défaillir, et mon âme est émue,
Mes yeux se sont voilés; je sens couler mes pleurs.
    Ton aspect, ô terre natale,
Panorama charmant qui sous mes yeux étale
Les plus doux souvenirs dont tressaillent les cœurs,
Soudain vient apaiser mes regrets, mes douleurs.
   Je sens déjà le doux baiser d'un frère,
Les serrements de mains des parents, des amis;
Je tombe dans les bras de mon excellent père,
    Et je m'évanouis.

   Mais reprenant mes esprits endormis,
  J'entends les cris d'une voix qui m'est chère,

Les cris d'un fils si doux pour le cœur de son père,
  Et j'aperçois, en ouvrant ma paupière,
  Et mon épouse et ma bonne Milly
Me faisant respirer un flacon de Bully.

PLAINTES.

J'étais triste et rêveur... J'errais parmi les bois.
Une onde murmurait comme fait une voix
    Et disait ces tristes paroles :
O toi, que je maudis et que j'aime ardemment,
D'une amante à loisir contemple le tourment ;
    Écoute ses plaintes frivoles.

Mes yeux se sont changés en éternels ruisseaux ;
Viens t'abreuver encor dans le cours de ces eaux,
    Sous les pâles rameaux des saules.
J'étais triste et rêveur... J'errais parmi les bois.
Une onde murmurait comme fait une voix
    Et disait ces tristes paroles...

Reste sur ce gazon qu'arrose ma douleur.
Daigne à mes pleurs sans trève entremêler un pleur,
    Toi que j'aimais comme une idole.
J'étais triste et rêveur... J'errais parmi les bois.
Une onde murmurant comme fait une voix
    Exhalait sa plainte frivole.

Toi qui fus si cruel, en saule change-toi...
Je laverai tes pieds, ô mon maître, ô mon roi,
    Et t'aimerai d'une amour folle.
J'étais triste et rêveur... J'errais parmi les bois.
Je tressaillis, croyant reconnaître la voix
    Qui répétait chaque parole...

La Rochelle.

AMOR.

Son image toujours est présente à mes yeux...
Je crois que je l'entends et la vois en tous lieux...
Elle seule m'occupe et remplit ma pensée;
Elle infiltre en mon sang une fièvre insensée.
Et puis, si je lui dis un mot de mon tourment,
Elle se fait un jeu des aveux d'un amant.
C'est un état de l'âme impossible à décrire.
De colère et de rage aussi je me sens rire
Lorsque sa douce voix, comme pour me bercer,
Déguise sans rougir son intime penser,
Lorsque, me souriant, sa bouche me refuse,
Ou de mots incertains et me trompe et m'abuse.

Eh! que dis-je? pourquoi dans mon cœur tant d'émoi,
De joie et de bonheur, et ce je ne sais quoi,
Dès que s'offre à ma vue un rien qui la rappelle,
Un papier, une fleur, venant d'elle ou pour elle?...
Pourquoi rien que son pas d'un vif tressaillement
Vient-il me remuer le cœur profondément?...

Je trouve dans sa voix une douce musique...
Absente, je la vois, et, spectacle magique,
Cette image trompeuse entretient mon sommeil,
Et je la cherche en vain à l'instant du réveil.

FRÉNÉSIE OU L'IMPOSSIBLE.

Vous voyez cette femme : on l'honore, on l'estime ;
Son nom par chaque bouche est dit avec respect.
On croirait que du mal la sépare un abîme...
Comment son front si pur paraîtrait-il suspect ?
Et comment ce regard, qui semble si limpide,
Le croiriez-vous rempli d'astuce et mensonger ?
Par quels sentiers obscurs, quelle pente rapide
S'est-elle donc laissée entraîner au danger ?
L'aisance l'entourait... Encore jeune fille,
Les meilleurs soins veillaient, gardaient ses pas tremblants.
Plus tard, tout lui sourit au sein d'une famille,
Près des enfants charmants qu'avaient portés ses flancs,
Près d'un jeune mari faisant tout pour lui plaire,
Devançant ses souhaits, attentif à ses vœux,
Fidèle à son foyer, un époux exemplaire,
Un scrupuleux gardien d'indissolubles nœuds.
Quand on voyait passer avec la jeune mère
Les enfants babillards et le père attentif,
Eût-on cru que l'amour ici fût éphémère
Et qu'un âpre désir mordît ce cœur lascif ?...

« Couple heureux ! » disait-on quand ils allaient ensemble,
Jeunes, pleins de santé, de force et de verdeur...
La scène change. « Hé quoi? dit quelqu'une, il me semble
Que la femme à son front porte un masque trompeur,
Que son sourire fin déguise l'ironie,
Qu'elle lorgne quelqu'un d'un oblique regard.
— Oui, reprend l'autre, on voit que son mari l'ennuie ;
Elle songe. — Son cœur doit aimer autre part. »
La femme est une énigme, une chose insondable :
L'hypocrisie habite en ses replis secrets ;
Sous le masque d'un ange elle cache le diable
Qui revêt à nos yeux les plus chastes attraits.
Voyez-la recueillie auprès du Christ, qui pleure
Agenouillée... elle a des extases sans fin...
Le prêtre part... mais elle a laissé passer l'heure...
Devant ce Christ mourant, à quelque séraphin,
Charnel enfant de l'homme, un beau fils de la terre,
Être tout matériel, formé de chairs et d'os,
Elle adresse ses vœux, sa lascive prière ;
Sa coupable pensée est toute à son héros.
O Christ qui sondes tout, toi qui lis dans son âme,
Tu l'entends : son époux n'a plus que son mépris.
O Christ ! tu vois combien est fausse cette femme...
Qu'importe un nœud sacré? Rien ici n'a de prix
Que son idole... un fat, à la moustache blonde,
A la lèvre ironique, aux longs cheveux frisés.
Elle voudrait le suivre à l'autre bout du monde,
Partir, se dérober aux ravissants baisers

De ses enfants, ce sang le plus pur d'une mère,
De ces êtres, doux fruit d'un pur embrassement...
Elle cherche déjà quelle rive étrangère
Pourrait la recéler aux bras de son amant...
Le monde !... Eh ! que lui font le monde et la critique ?
Elle bravera tout. Que lui font ses parents,
Sa mère, qui la suit dans sa pensée oblique,
Ce portrait, l'œil fixé sur tous ses mouvements ?...
Halte là !... ce portrait, c'est tout un long poème...
C'est un passé charmant de joie et de bonheur,
C'est pour le naufragé près du moment suprême
La planche de salut... Pour elle, c'est l'honneur ;
C'est l'image autrefois si chère et vénérée
De celle qui n'est plus, mais qui d'en haut la voit...
Ce souvenir l'obsède... elle en est torturée...
Elle veut se soustraire à cet œil fixe et froid
Qui la glace, l'atterre, et qui la rend tremblante,
Fait palpiter son cœur sourd à d'autres accents,
Tout à l'heure insensible à cette voix charmante,
A ce babil si doux de ses jeunes enfants...
Elle sent que des pleurs inondent sa paupière,
Que son cœur va se fondre... Un vertige la prend ;
Sa raison disparaît, s'efface tout entière ;
Son regard étincelle et s'injecte de sang...
Sa lèvre écume... Horreur !... la voilà rugissante...
La lionne à laquelle on vole ses petits
Apparaît moins terrible, en sa rage croissante,
Que cette brute en proie aux plus vils appétits...

C'est un monstre d'enfer que je renonce à peindre...
Elle bondit, s'accroche au tableau vénéré,
Et de sa griffe en sang parvenant à l'atteindre,
L'arrache et, déchirant ce souvenir sacré,
S'acharne à ces lambeaux dans sa rage insensée,
Et les lacère encore d'une cruelle dent...
Elle bave... elle écume... et, la gorge oppressée,
Regarde ces débris d'un œil incandescent...
Enfin, d'un tremblement tout son être s'empare ;
Dans les convulsions il s'agite et se tord...
Puis le cou devient bleu ; le visage s'effare...
Elle râle... elle est froide, et plus rien... C'est la mort !

Paris, 1873.

DE LESSEPS.

Du sable... puis du sable... et puis encor du sable !...
Le désert africain et son immensité !...
Mais un homme a gravé sa marque ineffaçable
Dans cette solitude : un phare, une cité ;
C'est Port-Saïd naissant, — le mouvement, la vie, —
Puis le canal, ce bras réunissant deux mers,
Sillon profond, empreint du sceau de ton génie,
De Lesseps, des maisons, des fleurs, des arbres verts.
L'eau douce a fécondé la vaste mer de sable.
Le ciel est embrasé ; le mirage trompeur
Fait miroiter sans cesse un lac insaisissable
Et qui renaît toujours. Une drague à vapeur
Au milieu du désert paraît un monstre immense :
D'un travail de géant c'est l'éclatant témoin.
Et puis la solitude encore recommence...
Du sable... des vaisseaux apparaissent plus loin ;
Un Anglais, un second, un troisième. L'Autriche,
La Hollande, à leur tour, montrent leur pavillon ;
L'Italie a sa part dans ce champ vaste et riche.
Et la France ?... La France a creusé le sillon ;

La France a fait germer la semence féconde ;
Elle a tracé la voie, en zélé pionnier :
Elle était à la peine, et puis quand tout le monde
Court, se rue au profit, son rang est le dernier.
Mais non, les trois couleurs flottent sur une barque,
Une mouche à vapeur, minuscule embryon.
Un homme est là, debout, en superbe monarque,
Noble et fier : tous les cœurs battent d'émotion.
De l'électricité moins prompte est l'étincelle ;
En un rapide instant on voit haubans et mâts
Se garnir de marins ; dunette et passerelle
Se couvrent d'officiers, les plats-bords de soldats.
Soudain de la *Dordogne* un cri : « Vive la France ! »
Cri trois fois répété, fait retentir les airs,
Cri de joie et d'orgueil, et de reconnaissance,
Que de Lesseps redit, lui, roi de ces déserts.
Il passe triomphant, rayonnant dans sa gloire ;
Cette gloire, elle est chère à tous les cœurs français.
Les peuples l'inscriront aux fastes de l'histoire,
Acclamant à la fois la France et de Lesseps.
Enfin, Suez approche... Une voix du rivage
Vient frapper notre oreille : étalée au soleil,
C'est une caravane au terme du voyage ;
Des chameaux accroupis se livrent au sommeil
Sur le sable brûlant. Un bouquet de verdure,
De maigres tamaris nous reposent les yeux.
Le soleil est de plomb. Gare à la calenture !..
Cependant un enfant, tête nue, en ces lieux

Joue et gambade; il va dans le simple costume
De notre père Adam. En voyant la vapeur
Majestueusement s'avancer et qui fume
Sans voiles, sans moteur apparent, la stupeur,
Un éblouissement de l'Arabe s'empare...
Et puis son œil s'allume ; il suit le bâtiment,
Marche, court, poursuivant cette forme bizarre,
S'arrête, et puis repart avec acharnement,
Pousse des cris de paon de sa voix rauque et grêle...
Sa colère s'accroît : l'œil est ensanglanté...
Est-ce illusion pure ou bien chose réelle
Que ce monstre, qui seul se serait transplanté
Au milieu du désert ? N'est-ce qu'un vain mirage,
Ce navire, ce fleuve ? Enfin, honteux et las
D'exhaler dans sa course une impuissante rage,
Il ramasse du sable, et de son faible bras
Le jette avec fureur au navire qui passe,
Et lance en se tordant cette imprécation
Au progrès qui le nargue, en franchissant l'espace :
« Raca ! je te maudis, Civilisation ! »

Dordogne, Socotora, 29 avril 1874.

CANTATE

(D'APRÈS WALTER SCOTT).

———

« Éveille-toi! » chantaient sous les arceaux gothiques
Les joyeux ménestrels : « Allons! éveille-toi!
    Fille de Lorn! » et les harpes antiques
Ensemble répétaient leurs accords sympathiques
    Et remuaient ton cœur d'un doux émoi.
      « Fille de Lorn! éveille-toi ! »

I

PREMIER BARDE.

La mer aux flots bruyants s'était presque endormie :
    Elle montait et mourait sur ces bords
En s'ondulant à peine, et la brise amollie
N'apportait qu'un murmure empli de mélodie
    Pour se mêler à ces accords.

II

DEUXIÈME BARDE.

Et le vent qui s'engouffre aux grottes du rivage,
    Le vent se tut jusqu'au sommet des monts ;
Il s'enfuit d'Innimore et du sombre feuillage,
Comme si les forêts et l'Océan sauvage
    Prenaient plaisir à ces chansons.

III

PREMIER BARDE.

Non, jamais les hautbois, les pibroks des Bretagnes,
    Jamais non plus les échos d'alentour
Ne redirent d'accents plus doux à ces montagnes,
Aux villes du Scotland, aux îles, aux campagnes
    D'Aran et d'Argyle, en ce jour,

IV

Vinrent les ménestrels par un beau ciel propice,
    Jaloux de vaincre et pleins d'un noble feu ;
Honte au barde muet qui déserta la lice,
Oublieux de sa gloire et du divin délice
    Du doux regard d'un bel œil bleu!...

V

DEUXIÈME BARDE.

Un regard, un sourire, adorable promesse...
    La gloire ! est-il un bien plus précieux
Que poursuive un poète et qu'il cherche sans cesse ?
Ah ! honte au ménestrel qui dans ce jour d'ivresse
    Au château fut silencieux !

Refrain. — CHŒUR : Éveille-toi, etc.

VI

PREMIER BARDE.

C'est à nous de bannir le sommeil de ta couche.
    A notre loi, tout, la mer et les cieux,
Oui, tout nous obéit. On voit le cerf farouche
Suspendre au fond des bois le souffle de sa bouche
    A nos concerts harmonieux.

VII

DEUXIÈME BARDE.

A tout notre pouvoir sait imprimer sa marque ;
    Sur un nuage, attentif à nos chants,

Plane l'aigle, des airs ce superbe monarque ;
Le veau marin d'Heïkar s'attache à notre barque
    Autant que durent nos accents.

Refrain. — CHŒUR : Éveille-toi, etc.

VIII

LES DEUX BARDES ENSEMBLE.

Éveille-toi !... l'aurore éveille la nature...
    Ses charmes seuls, ses charmes et les tiens
Peuvent lutter ensemble : écoute la voix pure,
Le doux gazouillement du ruisseau qni murmure,
    Du vent les soupirs éoliens.

IX

LES DEUX BARDES ENSEMBLE.

C'est à toi, souveraine et maîtresse, d'élire,
    De couronner le ménestrel vainqueur.
Tous les bardes sont là, pleins d'un fougueux délire,
Tous envieux du prix, un gracieux sourire,
    Sourire qui va droit au cœur.

Refrain. -- CHŒUR : Éveille-toi, etc.

X

LES DEUX BARDES ENSEMBLE.

Non, pour toi la nuit calme a mille attraits sans doute.
    Des songes d'or qui bercent les amants,
Elle assiége ton sein la veille d'une joûte ;
Mais ouvre ta paupière, ô Muse, et nous écoute :
    A demain les rêves charmants.

Refrain. — Chœur : Éveille-toi, etc.

XI

LES DEUX BARDES ENSEMBLE.

Déjà le crépuscule entr'ouvre ta paupière ;
    Mais nos refrains te bercent doucement.
Vois le firmament rose et sa molle lumière...
Le songe commencé dans le ciel, sur la terre
    S'achèvera plus tendrement...

XII

PREMIER BARDE.

Enfin, ouvrant les yeux, secouant le doux rêve,
    Être enchanteur, rayonnant de beauté,

Tu parais !... On croit voir l'Aurore qui se lève :
Le barde, à ton aspect, s'électrise et s'enlève
  Au ciel tout à coup transporté.

XIII

Par un suprême effort il fait passer son âme
  Dans ses accents. Son sein est agité ;
A ta vue, en son être une puissante flamme
Allume un feu divin. Tu n'es plus une femme :
  Il croit voir une déité !

CHŒUR. — REFRAIN.

« Éveille-toi ! » chantaient sous les arceaux gothiques
Les joyeux ménestrels : « Allons ! éveille-toi !
  Fille de Lorn ! » et les harpes antiques
Ensemble répétaient leurs accords sympathiques
Et remuaient ton cœur d'un doux émoi.
  « Fille de Lorn ! éveille-toi !
   Éveille-toi ! »

LA POÉSIE.

Pourquoi dans notre siècle, époque industrieuse,
La poésie est-elle amère et moins rieuse ?
Pourquoi, mordante, acerbe, ayant peur d'admirer,
Ne songe-t-elle plus, hélas ! qu'à déchirer ?
C'est que, réduisant tout aux faits mathématiques,
Notre esprit ne poursuit plus de rêves mystiques ;
C'est que, nous inclinant devant un A plus B,
De notre illusion le beau masque est tombé.
La poésie a fui, pareille à la gazelle
Que poursuit le chasseur haletant, et comme elle,
Loin des pas de la foule et du bruit des humains,
Elle se cache au fond des tortueux ravins.
Mais elle existe encor dans la fleur, dans une onde,
Dans un rayon de lune et dans la mer profonde,
Partout où l'art humain n'ayant pu pénétrer,
Le doigt puissant de Dieu vient encor se montrer.
Ce n'est plus que le soir, quand la nuit est tombée,
Que je puis ressentir, comme à la dérobée,
Un souffle inspirateur sur mon front soucieux,
Quand tout dans la cité reste silencieux.

La nuit sombre ou brillante anime ma pensée,
Et la brise du soir qui sur moi s'est glissée,
Le silence profond que troublent seulement
La vague qui murmure et le souffle du vent,
Me rejettent bientôt dans une rêverie
Où je retrouve un peu de fraîche poésie.
Oui, je le reconnais, l'illusion, hélas !
Seule nous réjouit et nous charme ici-bas :
Elle colore tout de son pinceau magique...
Et la froide raison, la sévère logique,
Qui veulent ramener l'esprit vers le réel,
En s'écartant soudain nous laissent voir le ciel.
Il faut à la pensée un horizon plus vague,
Qu'en des champs inconnus notre tête extravague,
Qu'elle crée à loisir des tableaux enchanteurs,
Et sache s'entourer d'incertaines lueurs,
Que de molles vapeurs elle voile la vue,
Pour qu'un spectacle neuf frappe notre âme émue...
Mais, hélas ! cette image aux formes sans contour,
Comme elle était venue, a fui devant le jour ;
Du soleil éclatant elle craint la lumière...
Et quand nous entr'ouvrons notre faible paupière,
Le rêve éblouissant nous dit, lors du réveil :
« Adieu la poésie, enfant, de ton sommeil. »

Brest.

PRISON CELLULAIRE.

O pauvre prisonnier! peux-tu, dans ta misère,
Rêver sous l'épaisseur de murailles de fer?
Tu n'as pour horizon que ta pensée amère,
L'affreux isolement, vrai supplice d'enfer.

Tu n'as pas dans un ciel étincelant d'étoiles
La lune au rouge disque élevant son flambeau :
Sur toi la nuit sans cesse étend de sombres voiles,
Et pourtant, cette nuit, que le ciel était beau!

Tu n'as pas une fleur par ta main arrosée,
L'alouette au matin annonçant un beau jour ;
Tu n'as pas de soleil, pas de fraîche rosée,
Pas de femme adorée à qui parler d'amour.

Tu n'as pas le murmure animé de la foule,
Une enfant de quinze ans, au front pur, aux yeux bleus ;
Tu n'as pas de la mer chaque vague qui roule
Au pied de tes remparts ses flots harmonieux.

Tu n'as pas d'un ami la lettre consolante,
Échange d'amitiés, échange de douleurs,
Le billet parfumé du sein de ton amante,
Où sécher d'un baiser les traces de ses pleurs.

Tu n'as pas une voix qui réponde à la tienne,
Pas un être créé qui te murmure un son :
Hier, j'ai vu Léda, Léda, ta pauvre chienne,
Hurlante et gémissante au pied de ta prison.

Tu n'as pas la tempête à la voix formidable,
La tempête en furie et qui glace les cœurs.
La foudre au prisonnier, la foudre semble aimable;
Les éclairs de l'espoir sont de vagues lueurs.

O pauvre prisonnier! tout plein d'insouciance,
Quand, heureux, tu foulais des roses sous tes pas,
Tu disais : « Que me font l'amour, l'art, la science? »
Répète donc encore « *Omnia vanitas!* »

O prisonnier! veux-tu que bientôt se déploie
Sous tes yeux obscurcis un tableau plein de feu?
Dans ton cœur dévasté veux-tu qu'entre la joie?
O pauvre prisonnier! élève-toi vers Dieu!

FIN DES VAGABONDES.

TABLE DES MATIÈRES

23

www.ingramcontent.com/pod-product-compliance
Lightning Source LLC
Chambersburg PA
CBHW050308030726
47505CB00003B/620